——闲·闲·拾·光——

照见星星的她

终章

随侯珠 作品

天津出版传媒集团
百花文艺出版社

图书在版编目（CIP）数据

照见星星的她：终章 / 随侯珠著. -- 天津：百花文艺出版社, 2019.4
ISBN 978-7-5306-7662-2

Ⅰ.①照… Ⅱ.①随… Ⅲ.①长篇小说－中国－当代 Ⅳ.①I247.5

中国版本图书馆CIP数据核字（2018）第292983号

照见星星的她 终章
ZHAOJIAN XINGXING DE TA ZHONGZHANG
随侯珠　著

责任编辑：郑　爽　　**特约编辑：**DORIA
装帧设计：小　茜　　**封面绘图：**顾小屿
版式设计：刘珍珍
出版发行：百花文艺出版社
地址：天津市和平区西康路 35 号　**邮编：** 300051
电话传真：+86-22-23332651（发行部）
+86-22-23332656（总编室）
+86-22-23332478（邮购部）
主页：http://www.baihuawenyi.com
印刷：北京美图印务有限公司
开本：146×210 毫米 1/32
字数：270千字
印张：9.625
版次：2019 年 4 月第 1 版
印次：2019 年 4 月第 1 次印刷
定价：39.80元

如有印装质量问题，请与北京美图印务有限公司联系调换
地址：北京市顺义区南彩镇九王庄村兴华街 79 号
电话：（010）6041815
邮编：101300

目录 CONTENTS

| Chapter14 |

余谨以至诚，爱你以赤诚

五月，汤贝论文上交，答辩也完成了。S市气温已经逐渐上升，戏剧学院大部分的女孩都穿起了夏装，露着一双又细又长的腿。

汤贝基本不穿露腿的短裤短裙，倒不是保守，主要是不方便。咳咳，见过哪位女导演穿着短裤短裙到处跑的吗？汤贝现在对自己的定位就是短片摄影师外加纪录片女导演，她本想再重新注册一个全新的马甲，又舍不得丢弃“汤三哥”这个江湖代号。

为什么叫三哥，因为她在家里排行老三啊，老汤哥，她哥，然后她小汤汤。虽然她哥姓季，但在她心里永远都是家里的一分子。

汤贝决定更改微博上的身份认证，除了编剧这个名头再加一个导演。她提供了一份戏剧学院导演系的身份验证信息，十分期待看到汤三哥红V认证里出现“导演”两字。

……结果没通过。

汤贝郁闷地在微博上发了一个红包，不知道是不是S大附属医院艾特过她的关系，大家得知她干起了正经事，最近微博底下的评论有些变化。不过，《××传》黑历史摆着，黑粉倒没什么减少，可能就是黑着黑着黑出了感情，都有人叫她老公了……

汤贝走到戏曲剧院，碰到戏曲学院的黄老师，黄老师很高兴遇到她，像是逮住了一个干活的人，笑吟吟地称呼她：“汤导。”

汤贝最受不了这一套，同样笑吟吟地回话：“黄老师有何贵干呀？”

黄老师问她明后天有没有时间，他带她免费旅游。汤贝戳着不动，黄老师对她解释说：“明后天我组织了我班孩子去Z省采风，感受婺剧文化。原本你们班的小赵说好给我们拍摄，结果刚刚给我打电话，说明天他要进组面试，直接放我鸽子了！”说完，叹了口气。

汤贝心里琢磨，过了会儿，同样叹了口气。

黄老师瞅着她：“你也有事？”

“没事，就是原本要跟男朋友约会呢。”汤贝笑笑，然后爽快地答应了黄老师说，“我去给你们拍摄吧，约会是小事，黄老师的事情才是大事。”

黄老师一脸欣慰，拍拍她肩膀说：“回头老师带你去见那谁来着，曾经也是我的学生。”

“谢谢黄老师。”汤贝偷乐了一番。

其实这个周末沈时他们要北上开研讨会，今早就飞走了，刚刚她还犯愁这个周末上哪儿玩呢，没想到黄老师就给她送上了一件好事。

就算今天东院没沈时，汤贝还是去了一趟东院，顺便看望一下阮老师。最近阮老师情况不太好，癌细胞再次转移到了肺部。她来到病房的时候，阮老师对何先生说：“我突然想吃赵记的小笼包，给我买一笼回来好不好？”

何先生朝阮老师应了声，面色沉重地离开了病房。

汤贝坐到了阮老师的床边，阮老师笑着问她：“贝贝，你是不是要毕业了？”

“对啊。”汤贝点头。

“真好啊。”阮老师望着她，露出了向往的神色，她说话吃力，口齿却很清楚，声音依旧柔柔软软，十分温柔。

“我现在想起来，像你这个年纪应该是人生最美好的时候了……可是那时候我还没有遇上我老公。”阮老师对她说起了她和老公的故事，两人是高中校友，却不认识。三十五岁回校参加校友会，才重新遇上了何先生。像是命中注定般，她和何先生都是单身还没有结婚，然后在大家的撮合下交往，结果彼此发现对方很合拍，婚后生活更是十分甜蜜。

直到去年她检查出了胰腺癌。

“前阵子我老公告诉我……其实他高中就暗恋我，只是没胆子来追我。”阮老师开心地说出这个秘密，很快又面露遗憾地说，“贝贝，你说如果他早点追我，我们在一起是不是可以多点时间呢？”

汤贝望着阮老师，摸了摸阮老师的手。

“我刚检查出来的时候，要跟他离婚，可是他就是不肯，还卖掉他婚前的房子给我治病。所以我刚刚还跟他开玩笑说，他遇上我是倒了大霉，我遇上他却是走了大运。”

汤贝默默地垂眸，心里很是难过。

“其实，如果没有他，我早就放弃了。”阮老师说，转转眼眸，像是身体又痛了，她说，“化疗真的太痛苦了……”

汤贝走出十号楼，想到沈时对她说的那句话，病人的痛苦是值得尊重的，她现在更明白了这句话的意思，因为痛苦的背后是忍受、坚持、不放弃。

当然，也有很多病人因为各种原因选择放弃。

她问过沈时一个问题，如果有位病人明明有机会治疗，却要选择放弃，作为医生是什么想法？沈时的回答是，同样尊重他的选择。

汤贝接到了沈时打来的电话，顺便跟他汇报了下明天去Z省大山里采风的事，沈时叮嘱了她一些上山的注意事项，比如记得带上驱蚊药。

“沈时。”不知道是不是阮老师的话让她心情有些压抑，她声音有点低落。手机里，沈时嗯了声，表示他在听。

“我突然很想你……”

沈时笑了，属于他的那种清风般的笑声从她耳边温柔地划过，汤贝觉得自己脑海里都可以想象此时沈时是什么样子，抿着唇，样子内敛而愉快。

“你呢，想我吗？”汤贝问，口气直率。

“原本还好。”沈时如实地对她说，“但是刚刚你这样说……还挺想的。”

汤贝哼了声，转而又加了一声哼，然后嘴角溢着笑，同时挂上了手机。

这次北上的研讨会，除了沈时，还有黄医生和丁医生一起参加。研讨会持续两天，最后一天是大会，黄医生偷偷刷起微博热点，结果看到了一条最新新闻，Z省东屿市山区路段今早发生连环相撞车祸，其中一辆载有八个年轻女孩的白色面包车，在经过一处弯道时，翻下山崖……

黄医生提起了这条新闻，顺带点评一句：“肯定是一群结伴拼车的学生党。”

沈时原本端坐在黄医生旁边，突然转过头，问黄医生：“东屿车祸地点是哪里？”

沈时离开了研讨会，他给汤贝打了个电话，手机没有接通，他站在台阶上面，握着手机，骨节僵硬地捏着。一种前所未有的慌乱从他心底升起，令他不知不觉呼吸加重。当医生那么久，就算面对情况最糟糕的手术，他都不会有这样的感受。

那是一种害怕的情绪。

如果出事的车刚好是汤贝贝今天坐的那辆……只要想到这个可能，就像一锅沸水朝他倾了下来。明明这个可能性并不大。

就算汤贝去了Z省东屿同样的山区，算一算她的出发时间、上山车速，就算路上出现堵车这种意外情况，她所在的位置也应该不是车祸发生的地点。

可是作为一个医生，他在这个行业待久了，遇到的事情最不缺的就是各种意外。

沈时提前走了，从北京国际机场直飞Z省省会，东屿山就在省会附近。刚下飞机，电话便进来了。手机屏幕显示汤贝贝来电，除了这通电话，她还给他打了好几个未接电话，在他飞过来的两小时里。

“沈哥哥……”手机接听，她声音惊喜地对他说，“你终于接我电话了。”

“我之前手机没电，充上电看到你给我打了好几个电话，我想你是不是看到了微博上出事的新闻，就一直给我打电话，可是都没打通……”

手机那端，汤贝把事情都交代了一遍，她早就到达了东屿山景区，看到出事新闻也很后怕，跟同行的戏曲学院的姑娘们讨论了一会儿。然后，她就想给家人都报个平安，尤其看到手机开机后显示的三通未接电话，猜想沈时是不是看到了新闻才给她打了那么多通电话。

“你放心，我没事。”汤贝说，“我明天就下山了。”

沈时站在Z省机场外面，拿着手机，开口说：“嗯，没事就好。”

汤贝呵呵地笑了笑。

沈时拿着外套手机，继续说：“对了，我研讨会提前结束了，现在刚刚到这边机场，等会儿我打车来东屿山……晚上见。”

现在已经下午三点，等他来到东屿肯定要晚上七八点，最快也要七点。然而依旧很惊喜，汤贝迭声答应：“好，那我们晚上见。”

挂上和沈时的电话，汤贝也给季柏文打了电话。主要是早上她跟季柏文通电话的时候也交代了自己去哪儿玩，怎么也要报个平安。手机接通，她先问：“哥，你看到微博客车出事的新闻了吗？”

“没。”

“哦，那没事了。”汤贝碰了下鼻子，“我挂了呀。”

季柏文：“……”

东屿是一个市，最出名的景点就是东屿山，汤贝待在东屿山最里面的一个山头——情人岭。

情人岭本不是她们这次婺剧采风的目的地，但是情人岭是东屿景色最好看的地方，所以这次活动里几个最漂亮的女孩求着她带她们去情人岭拍几组照片。今晚她和她们都住在山腰酒店，酒店到情人岭还有二十多里路，因为路途也不远，她就跟她们去了情人岭。

五个人乘坐旅游车上来，结果拍好照片要回去，已经叫不到这样的车了。反复拨打电话，才叫上来一辆普通五座小车，司机愿意加钱过来带她们下山。

结果司机看到她们一共五个人，为难地说："不行不行，五个不行，今早刚超载出了事，我可不能冒险，最多带四个人下去。"

这下，问题又来了。

天色已经越来越暗，山里风声呼呼，汤贝坐在帐篷前面整理她的摄像机，看着前面四个女孩商量了起来。

隐隐约约，她听到她们其中一人说："不行，我要跟你们一起下去，让我待在这里太害怕了……"顿了下，提出来，"汤导男朋友不是就要上来了吗？"

"你们先下山吧，我留在这里。"汤贝走过去对她们说。

然后，她对司机说："你电话留给我一个，如果我男朋友等会儿上来了，你就不需要再跑一趟了，如果他还没有到，麻烦你再跑一趟。"

司机小哥很快答应："其实最多也就是半个小时。"

汤贝一个人留在了情人岭，坐在一顶青绿色的帐篷前面，脑袋抵着膝盖看着前面连绵的苍茫大山。夜色逐渐笼罩袭来，她打开了背包里的手电筒，放在身前。

有蚊子飞扑而来，她又拿出了沈时提醒她带来的驱蚊水。

今天体能消耗太大，肚子早空了，她从大背包里拿了一包苏打小饼干，拆开来吃。看到背包里还有一包泡面，摇了摇保温瓶里的热水，觉得还可以泡个面。

遥遥而望，一辆晃着车灯的车子一路往上；黑漆漆的山头，显得特别晃眼，只是不知道是沈时上来了，还是之前的那位司机小哥折返上来了。

或者是其他人。

她继续吃着泡面，很快那辆还在底下的车进入她的视线，缓缓而上，然后停在了前面。随即，车门打开。一道熟悉挺拔的身影从车里下来……

汤贝端着泡面，原本心情还挺悠荡，只是看到沈时来了出奇地觉得很委屈，眼眶猛地冒出了一颗豆大的泪珠。她买的驱蚊水一点都没效果，小腿已经被咬了两个包了。还有，她泡面都快吃完了，但是她还是给他留了一口。

前面沈时下车，走向蹲在帐篷前的人，眼里心里也都是同一个人。

她后面是黑压压的树林，前面是大片的山岭，她就这样一个人蹲在帐篷前，怀里捧着一碗泡面，地上放着一个亮着的电筒。

整座大山里，同样只照着她一个人。

一时间风在吹，树林在摇晃，像是海上起伏的波涛，汹涌澎湃。沈时一步步朝帐篷前的人走去，突然觉得很庆幸。

他还是过来了。

“沈时……”汤贝低低地叫了一声，声音轻得沈时可能都听不到。

然后，看着他朝她走来。

在这一刻里，漫天黑暗的大山里，风压树叶如同滚浪，头顶是鸟飞过时扑棱翅膀的声音，浓浓的乌云挡住了明晃晃的大圆月，唯有这道走来的身影是她眼里最明亮的存在。

连星星都晦暗了。

沈时来到她跟前，她坐在帐篷前仰着头，眼泪忽地往下掉，怎么都收不住，复杂的情绪几乎到了极点。心口贮满了感动和欢喜。

“汤贝贝，难道你一个人不怕吗？”沈时出声问她，神色有着难以言喻的温柔，也有一丝担忧的责备。他之所以赶过来，就是因为担心她会出意外。

这世上，意外总是那么出其不意，多到难以招架。

汤贝摇头，表示自己不怕，如果她真的很害怕，她肯定会有办法跟那几个女生一起下去，甚至会强行提议让其中两个人留在这里陪她。

而她之所以选择留在这里——

“我想等你啊。”她眸光水亮，笑脸盈盈，将藏在心里的想法说了出来。

他都说了要上来，她就想等等他。就算心里有少许害怕，更多的也是期待。夜晚的情人岭真的很漂亮呢，待风将乌云拂去，清辉散落，星星到齐了，夜空就美了……

拍了几张星空的照片，汤贝跟着沈时下山，沈时替她拿帐篷包和背包，她拿装有泡面碗和饼干包装的塑料袋，一起捎下山，坚决不留下一点垃圾。

的士缓缓绕下山，在车里沈时对她说："以后这样的情况，你还是要跟她们先下山。"

汤贝嗯了声，出声解释："因为我们有五个人，一辆车坐不下，所以分两批下去。"

沈时依然很不解，分两批为什么没有多留一个人下来。

汤贝转了转眸子，怎么说呢，其实原本那四个女生商量先下去三个，留一个陪她，结果被留下的那个女生提出她男朋友要过来这个事。既然她们都那么怕，她就让她们都先下山。最后上车离开的时候，那位不肯留下的女生还开起玩笑说，是不想打扰她和她男朋友。

有些话听听就好，事实就是不想多等一会儿。

汤贝和沈时回到了山腰酒店，酒店外面停着戏剧学院的校车，她跟着沈时下车，刚好看到前面餐厅走出来的那四个女生，她没有跟她们打招呼，直接带着沈时回了酒店房间。

这次免费旅游，住宿环境还算不错。

她的房间后面就是东屿景区的霞水湖，酒店临湖而建，拉开房间的推门是一个大露台，露台上放着一张藤椅，和……一个浴缸。

汤贝待在洗手间洗脸的时候，门铃响了，她闭着眼睛说："可能是我点的外卖到了。"

沈时从沙发上站起，打开门，门外并不是送外卖的人，而是两个女生，他扫了眼她们手里拿着的水果，蹙了下眉头。

她们均是一愣，前面高大挺拔的成熟男性身材挡住了她们往里窥探的视线。

“……你好，你就是汤学姐的男朋友吗？”其中一个女生提着水果，开口说，“那个，我们过来给她送点水果。”

“她在里面吗？”她们同时问。

洗手间里水声哗哗，汤贝还在洗脸。

沈时握着门把，开口说：“她在，不过我们要休息了。”

“噢噢。”今天拍照的两位女生尴尬地直点头，其实下山的时候她们也觉得很不好意思，所以特意买了水果送回来。

“这个水果是我们……”

“谢谢。”沈时客气地道谢，然后拒绝，“不过，我们并不需要。”

没有多余的话，直接将门关上。

外面两个女生面面相觑，一个拧着眉，一个怔着脸，然后怔着脸的对拧着眉的人说：“汤学姐的男朋友好帅啊。”

然后拧着眉的人咬了咬牙，抬着眼说：“汤学姐肯定误会我们了。”

误会什么，只有熟悉的朋友之间才有误会，对不熟悉的陌生人，只有喜欢或不喜欢。洗手间里，汤贝洗好脸出来，用毛巾擦了擦额间的湿发。一张刚洗过的鹅蛋脸格外莹润有光，更动人的是她眼里的笑意。从情人岭到酒店，她一直笑呵呵，觉得自己是这世上最幸福的人。

露台的藤椅上，沈时替她吹头发。她的短发已经养成中发，感觉再养一段时间，就可以全部扎起来了。她也不想再剪短了，毕竟以后穿婚纱的时候，还是长头发比较好看。

吹头发的时候，沈时坐着藤椅，她坐在沈时腿上；吹风机开在最低挡，轻轻柔柔的暖风顺着他修长的手指吹进她的秀发里。她头发虽不长，但是比较浓密，沈时足足给她吹了二十多分钟，才完全吹干。

替她吹头发的沈时，细致、温柔、耐心十足。

“在洛杉矶的时候，我脚受伤，你都没给我吹头发……”汤贝翻起旧账说。

“又不是手受伤。”沈时却这样回她，眼里有笑。

汤贝哼哼唧唧。

“何况当时我们也不熟。”沈时又加了一句。

汤贝继续撇了撇嘴，然后从沈时怀里抬起头：“那现在熟了吗？”

沈时点头，算熟了吧。她不是还要嫁给他吗？

关于前阵子汤贝提议的求婚，沈时虽然愉快答应下来，却不会过多提及，他很清楚汤贝烂漫随意的性格，做事情想一出是一出，很多事情他愿意配合她，却也不想束缚她。他对她从来不急，也很享受两人感情逐渐递进的过程，像现在，她比上次更亲昵地坐在他怀里。

沈时俯下头，落下了一个吻。

汤贝立马闭上眼睛，本以为是深吻，结果就是一个蜻蜓点水的轻吻。她睁开眼睛，双腿合拢地垂落在椅子里，身体窝在沈时怀里，她微微侧了侧，也将他拢紧一些。

关于毕业结婚这事，沈时以为她只是说说而已，汤贝却一直放在心里。她跟沈时提了提阮老师的事情。关于阮老师的幸运和遗憾，更加深了她想跟沈时结婚的决心。

既然她喜欢他，想跟他一直在一起，为什么不让两个人以更合法的方式在一起呢？很多人都说结婚之后会遇到很多问题，可是她很奇怪，难道以后遇上问题她就不喜欢沈时了吗？

因为提到阮老师，她还是问了问沈时：“阮老师她……还有希望吗？”希望两字，汤贝有些卡喉咙，但是，就算是延长时间呢。

沈时说：“前阵子阮老师父母来了一趟，希望可以安排阮老师出院……”

阮老师那样的情况，出院代表什么汤贝很明白。

“何先生呢？”她问。

“他不同意。”沈时看了眼外面的湖面，像是一片黑绸子，因为月光投照，黑绸子微微颤动，泛着波光。

汤贝突然想起阮老师的那句话——如果不是我老公，我早就放弃了。

阮老师和何先生各自为彼此坚持着，可是依旧没有等来希望。癌症到底多可怕，舒伯伯确诊之后直接选择放弃，然而像阮老师和何先生那样拼尽全力反抗，依旧没有战胜它。

还是说，人生就像求婚誓词上的那句“无论贫穷与富贵，无论生老与病死”，本就充满着挑战和苦难吗？汤贝突然收起情绪，看着沈时说：“沈时，你跟我求婚吧。”

她现在就答应他。

不等毕业派对了，真等到毕业派对那天当场求婚，就算有她同学朋友帮忙起哄，季柏文可能还是会拦着。

对她来说，如果那天操场上的提议是一时兴起，一种迂回的方式，现在她是真的想嫁给他，想在今晚就收到他的求婚。从他来到情人岭那一刻，她的心里便是浪漫又澎湃，冲动而明确。她要嫁给沈时，趁着今夜刚好月圆，星星都齐了，他向她求婚吧。

没有什么时候比现在，她更想嫁给他了。汤贝期待地看着沈时，等着他的回应。

沈时微微垂下眸，贝贝的临时求婚提议，他就算很惊讶，也没有过多地表现出来，反应了一下，面露一丝遗憾，然后抱歉地说：“……贝贝，但是我还没准备钻戒。”

沈时没有拒绝她，只是遗憾他手里没有钻戒。

“没关系。”汤贝摇头，眼睛亮晶晶地注视着沈时说，“你可以到外面弄根狗尾巴草，或者什么汽水罐扣都可以。”

呃……沈时没有选择狗尾巴草，也不是汽水罐扣，他从房间抽屉里找了一盒针线，然后从里面拿出了红色的细线，在自己手里打转了两圈。

“等下！”

汤贝也忙活了起来，她将摄像机放在三角架上，开启了自动寻人拍摄模式。打算记录下自己被求婚的所有画面。一方面留个纪念，另一方面，也可以做个证据。

嗯，她准备好了。

重新回到藤椅上，漾着笑脸等待着激动人心的求婚时刻……没错，就算一切都是她在提议，在安排，她依旧很激动。就像小时候过家家，就算儿戏十足，却不缺赤诚和认真。

沈时的红线戒指也制作好了，他来到了她面前，笑了笑，似乎也有些紧张，直到开口说第一句话："汤贝贝，你愿意嫁给我吗？"

不是好像，是……真的紧张。

呃，就这样了吗？汤贝坐在藤椅上，朝沈时做了一下口型，提醒他说出那段经典的求婚誓词。沈时多聪明，就算她只是提醒了一个字，也立马明白她要他说什么话。他稍微顿了顿，重新开口："贝贝，你愿意嫁给沈时吗？无论以后是顺境或逆境，富裕或贫穷，健康或疾病，快乐或忧愁，你都将毫无保留地爱他，对他忠诚直到永远？"

汤贝点了点头，已经迫不及待地答应下来："嗯，我愿意。"

"那你呢？"她问。

他当然也一样，无论以后是顺境还是逆境，富裕或贫穷……他都愿意毫无保留地爱她，对她忠诚直到永远。

爱你以赤诚，余谨以至诚。

汤贝朝沈时伸出了手。

沈时低低一笑，开始替她戴上红线制的临时求婚戒指，他是外科医生，最擅长的就是打绳结，绕了几圈，便将红线绕在汤贝白嫩的无名指上，然后在上面打了最牢固的外科三重结。

然后，一个红线做成的求婚"戒指"，牢牢地系在了汤贝的左手无名指上。她收回手，眼眶泛热，主动伸手抱住了沈时……

酒店房间，三角架上的摄像机完完整整地记录了从求婚到系上红线"戒指"的所有画面和情景，包括沈时那段老套又不缺真挚的求婚誓词。

字字句句，全部被记录下来了。

因为摄像机开启了自动寻人模式，会跟着里面的两个人移动方位，此时此刻三角架上的摄像头偏了三十度，记录起了两人拥吻的画面。

接着，又默默地转了六十度，直直地对着房间里的大床……

镜头画面跌宕起伏，情景热烈而羞涩，如果摄像机也有思想，肯定要害羞地自动关闭拍摄。就在这时，摄像机被男人修长的手指无情地按了关机键。

一切都黑了下来。

半分钟前，沈时撑在汤贝身上，凑在她耳边，声音低哑又隐忍地征求她的意见：“贝贝……我可以把摄像机关掉了吗？”

汤贝眨着眼睛回视沈时。她心里十分明白，沈时为什么会用征求的口吻问自己，他并不是征求关掉摄像机的事，而是征求她另一个意思。

因为接下来的画面，可能充满着限制性。

私订终身，洞房花烛……

玉面芙蓉，明眸生辉。

摄像机已经被关掉，整个房间只留床头一盏橘色的小灯，散发着淡淡的柔光，红暖暖地笼罩在两人的头顶上方，柔润而温暖。

就算相互读懂彼此的想法，沈时还是离开汤贝的唇边，轻声问：“真的可以吗？”

汤贝没有吭声，像是一只受困的蝴蝶安静地栖息在他的怀里，然后她眨了眨眼睛，伸手环抱住了他，用行动表达了她的想法。

她喜欢这样的感觉，也没办法拒绝自己的真实感受，心口堆积着满满的情意快要溢出来了，如果现在还不可以的话，那她一定也是……欲拒还迎。

“沈时，我爱你……”

汤贝咬着唇表白，这是刚刚他对她求婚时她就想说的话，结果激动得忘记了，现在终于把这句话说了出来，结果话音还没来得及收，嘴巴就再次被封住了。

“嗯——”

“嗯……”

“呜！”

“嘤——”

一切都是这般松软、湿润、细腻，触动着……

外面，夜色罗浮。

山里的黑夜像是张着浓墨般的巨大翅膀，温柔地覆盖着大地，遮掩着雄伟万分的连绵山色，直到静静悬挂于高空的月亮都隐没进了云层里。

半遮半掩，然后一点点地被吞噬。

第二天汤贝在沈时的怀里醒来，酒店的遮光窗帘十分严密地挡住了外面的光线，不知道是几点了。触碰到沈时温热的目光，本能地将脑袋往下躲了躲，发现下面更令她羞涩，又钻了出来。

她的反应，全落入了沈时的眼里。可是，她真的很羞……耳朵，也有些热。

从反应上来看，沈时就比她镇定从容多了，出声问她："是要起了吗？"

"嗯。"汤贝连忙点了下头，开口说，"好像不早了。"她声音有些干，因为缺水吗？

"还是挺早的。"沈时说，告诉她时间，"七点还没到。"

噢，昨晚睡得那么晚，没想到她还能醒得那么早啊……然后，汤贝耳朵更红了。

"……要起床了吗，还是再睡会儿？"沈时继续问她，征求她意见。

还是起床吧，汤贝感受到被窝里两人肌肤相贴，那种细腻又清晰的触感令她更加不自在，可是也舍不得移开。

"你先起……吧。"她对沈时说。

像是看出了她的局促和心思，沈时先起来了。趁着沈时去了洗手间，汤贝拉着被子坐了起来，连忙滚爬到另一边找她的衣服，穿上。

真不知道电影里那些妖精般的女主跟男主发生关系，第二天醒来还能光着腿一件一件捡回衣服，那心理素质是要有多强悍啊。

还是，她和沈时还是不太熟吗？

等沈时从洗手间出来，换她去洗手间了。沈时打开了遮光窗帘，外面的晨光瞬间大片地倾泻到房间。室内恢复了明亮。

像是她和他的关系，很快就要光明正大地呈现在所有人的眼前。

下午，沈时跟她一起坐戏剧学院的校车回S市，坐在大巴车最后一排。“闭上眼睛睡一会儿。”沈时对她说，低沉的声音像是有魔力，一直留在她耳朵里。

汤贝配合地闭上眼睛。

半分钟后，她悄咪咪地撩起眼皮，用余光看着靠在座椅上的沈时，他穿着白衬衫，依旧只解开两颗纽扣，顺着他微微凸起的喉结往上看，下巴干净而线条分明。

唇色却很淡，是那种淡淡的桃红色。看起来自然又健康。

明明沈时五官很立体清俊，不知道是不是他气质加成的关系，如果他没有什么表情，模样就显得有些淡漠，可是就算寡淡得像是水墨画，也丝毫不缺令人心动的吸引力。

大巴车后座打开了一扇窗，车内没有开空调，外面五月的凉风徐徐掀开他的刘海，更加一览无余地展露了他的俊朗眉眼，就在这时沈时逮住了她的打量，眼神无奈又纵容。

汤贝索性拿出手机，窝在沈时怀里自拍了一张。

这张照片，她打算发朋友圈，季柏文、老汤、善善都不屏蔽的那种。照片里她和沈时挨靠在一起，一起坐在大巴车里，两人的头发都被风吹得往后翻，面容清爽柔和。

所以，就算没有任何解释性语言，也可以看出她和沈时的关系吧。

然而，并没有。

至少老汤和张安硕都没有，张安硕给她点赞，留下一句话：“一定是我不在的关系，汤妹你和时哥的关系才更近了一层！没错，一定是这样！”

咳，不是的。就算多个人，她和沈时应该也能产生爱的化学反应。

合照底下，老汤也很快给她点赞，并问她：“……又跟你哥、沈哥哥他们出去玩吗？”

呃，老汤为什么会这样想呢？

汤贝捏了捏手机，真的不太明白了，他们这是瞎，瞎吗！看不到她和沈时眼底对彼此的爱意吗？她这一脸的幸福他们都看不到吗！

至于她哥季柏文，应该还没有看到她朋友圈……

万万没想到她抱着公开的想法，结果朋友圈大多人的反应像是她随便找了一个帅哥拍照……汤贝决定不再解释。

其实，老汤还是有些察觉的，只是不敢明确地问自己的闺女，作为生了一只小狐狸的老狐狸，老汤很清楚如果直接问自己蛙闺女，很有可能会被敷衍。

所以他打电话给继子柏文，打探一下情况。

季柏文在开会，接到老汤电话才知道贝贝在朋友圈发了她和沈时的照片，他走出会议室，手机里老汤还在问："柏文，你们是一起出去玩的吗？"

不是，这次他完全不在场。

"汤叔……"季柏文将一只手放在裤袋，另一只手握着手机放在耳侧，撒了一个谎，"对，我们三个人一起。"

"那贝贝和沈时……"

"就是拍个照而已。"季柏文这样说，继续撒谎。

终于，老汤吁了一口气，开口说："哎，我还以为贝贝跟小沈在一起了。"如果这样，他家贝贝也跟"森善"扯上了关系。

老汤话里的揣测和犹豫，季柏文多少有些明白。

"汤叔，贝贝只是玩性大，从小到大男女交往没有太多分界，回头我说说她。"

贝贝和沈时的认真交往，从季柏文的嘴里说出来，只有一番这样的"解释"。

老汤却信了，说："我想也是，两人年龄相差那么大，沈时肯定只把贝贝当妹妹照顾……"

季柏文没有接话，事实上以前他也是这样认为，但是有人并没有他们想象的那么高洁无私、人品正直。甚至是步步为营，毫无底线。

另一边，回到S市后，汤贝提前准备了毕业庆祝派对，时间地点分别是下个星期六新雅郊外的一个别墅里。现在郊外很多私人别墅都是可以定制私人聚会的轰趴馆。

别墅的好处就是比较高大上，整个气氛感觉也更好。

汤贝发了她和沈时的照片之后，主动找了季柏文。季柏文也没想到汤贝贝先找自己，结果是有事相求。

“哥，下个星期我搞个毕业派对，你能不能给我录一段VCR呀？”

“怎么不找沈时录啊？”

“咳，他已经录了啊。”

“……”

“不过，我想把你的放在最前面。”一如既往地笑嘻嘻，话里的讨好季柏文当然可以感觉到。算了，等毕业派对之后他再找她谈话吧。

这个星期，汤贝抽空就布置派对现场，这里特别感谢她的小伙伴，尤其是星爷同学，不仅替她布置场地，还给她整了一套高端的播放设备。派对那天，可以将沈时跟她求婚的视频完美地呈现出来。同时，作为导演系里的主持人，何星岩还会在毕业派对这天担任司仪。

周六派对，不仅是庆祝她毕业的快乐聚会，还是她和沈时两人爱情正式公开的分享会！所以她邀请了能邀请的所有人，除了同学朋友以外，还有舒姐姐、童老板……

至于周庄的老汤和善善，周六的派对内容她会全部录制下来，弥补他们没来现场的遗憾，当然还有张医生……

很快，周六到了。

上午，季柏文按照汤贝贝给他的地址找到了郊外的一处别墅，还没有停下车，便看到前面挂在别墅外面的七个气球。飘在半空中的气球上面分别贴着一个大字，合起来就是一句话——恭喜贝贝毕业啦！

这是幼儿园毕业会吗？

这几天季柏文很忙，知道汤贝贝也在忙毕业派对，前两天电话里她还兴致勃勃地说要给他一个惊喜，结果还真整得有模有样。

同样，贝贝也对沈时说过，让他等着周六的惊喜。她这样一说，沈时倒是更加紧张了，抱着她吻了吻：“那我还需要现场求婚吗？”

呃，已经不用了……

季柏文刚下车，迎面就有一个大男孩走向他，热情地问候他：“你就是贝贝的哥哥吧，我们上次见过面的，我是贝贝的好兄弟，我叫星爷，不，是何星岩。”

说完，还递给他一张号码牌。“这是号码牌，等会儿抽奖用。”

季柏文默默地抽回手。

搞什么……

他觉得自己不像是来参加自己妹妹的毕业派对，而是来参加一个婚礼。季柏文走进别墅，里面所有的布置更加让他有一种奇怪又不安的感觉。

一个毕业派对，有必要搞得那么粉红吗?

粉，真的粉！季柏文环顾四周，感觉像是进入了爱情的粉色海洋里，那一个个粉色气球高高悬挂在空中，像是一张张汤贝贝的笑脸。

热烈而直接。

像是要跟他宣告什么……

快乐的人是见什么都新奇，快乐的人更是一看她就觉得快乐。

汤贝在别墅二楼弄影像设备，蹲在一台显示屏前面，埋着头，脑袋一耸一耸，一边检查一边同负责播放的小伙伴交流两句。

笑容洋溢。

她抬头看到楼下过来的季柏文，先是拢了拢嘴角，然后站起来朝楼下奔去，套在外面的粉色衬衫往后飘。衬衫里面是一件裙子，黑色的吊带裙，不是那种暴露的款式，而是掐腰及膝的复古款，但胸前依旧露着一大片白皙的肌肤，脖颈上挂着一条水晶项链。

一只优雅的小天鹅。

季柏文略微皱了皱眉头，但是贝贝这样穿的确也很漂亮，像是一个矜贵又美丽的大姑娘了。可能舒瑶说得没有错，贝贝已经长大，只是他一直当她是长不大的小女孩。

“哥，你来得好早……”汤贝仰着面，笑盈盈地立在季柏文跟前。

季柏文站在她前面，开口问：“到底在搞什么？”

“毕业庆祝会啊。”汤贝回答说，嘴角轻扬，眼底漾着笑窝。他不是给她录了VCR吗？

季柏文环视了四周，又问：“沈时呢？”

“估计要晚点。”汤贝抿了抿唇说，“他今天还有一个加急手术，等手术结束就赶过来。”

季柏文没有话了，就在这时，有人给他送上一杯水，礼貌地送到了他手里。“哥，先喝口水。”季柏文瞄了眼给他送水的人，这位也是那晚他在包厢看到的冒牌“白大褂”之一吧。

小伙伴咧了咧嘴，对，就是他们！

别墅里播着歌，挂屏开始放季柏文在办公室录制的VCR，巨大屏幕里他一脸正经地说着：“毕业快乐，哥哥希望你毕业以后也都像读书时代那么开心。”

这段简短的祝福VCR，反复地播放出来。季柏文撇了撇眼，有些无法直视。

今天不管是音乐还是视频，都是直接从汤贝手机用蓝牙转到播放设备。最令人满意的是他们在别墅的壁炉前搭了一个简单又不缺温馨的台子，特别有爱情分享会的感觉。

不过，这些对他们所学的专业来说，都是手到擒来的事情。

为了活跃气氛，另一个小伙伴还借鉴了婚礼上的抽奖环节，给每一位到场的亲朋好友一张号码牌，等派对结束再抽出今天最幸运的三位嘉宾。

“哥，星爷把号码牌给你了吗？”汤贝问，作为今天的主角，仍事无巨细地操心着一切。

季柏文懒得回话，找了一个座位坐了下来。

哼，汤贝看了眼手机，嘴角翘了翘，愉快道：“舒姐姐来了！”

舒瑶来了，但是没有带赵先生，汤贝知道舒瑶的性格，虽然遗憾也只能作罢。像是商量什么，她拉着舒瑶来到一个角落，挑了下眉头，送了一个暗示过去——等会儿如果她哥发飙的话，一定要帮忙拦着啊。

舒瑶无奈地摇了下头，轻声对她说："真没有告诉你哥吗？"

汤贝笑嘻嘻地歪了下头……她哪儿敢啊。

今天的毕业庆祝会暨恋爱分享会，所有到场的人除了季柏文和沈时不清楚，其他人都知道节目环节。季柏文她是不敢说，沈时她是真想给他一个……惊喜。

不过，沈时真是一个从容淡定的男人。她说了周六派对有她特意为他准备的惊喜，沈时就没有再多问，配合地只保持期待。不过，似乎察觉到她阵势搞得蛮大，还是以玩笑的口吻提了提："我觉得我应该出点赞助或者其他什么费用吧？"

呃，不用出了，因为她连奖品都拉到了商业赞助。

季柏文靠坐在别墅靠窗的位置，舒瑶穿着一件长裙走过去，叫了一声季总，然后坐在隔两个位子的一边。今天派对气氛欢快，唯一跟派对气场不符的人就是她哥季柏文了。派对总负责人何星岩看到舒瑶，亲自倒了一杯水过来："美女你好，我叫何星岩。"

同时，眼睛放起了电。

舒瑶收到讯号，尴尬地抿着嘴笑。

汤贝从后面拍了下何星岩的肩膀说："舒姐姐已经有男朋友了……没机会了！"注意到她哥转来的不悦视线，觉得她的朋友都是狐朋狗友，拉着何星岩走了。

现在，所有人都到了，除了沈时。别墅外面的草坪上两个烧烤架也开始动火，几位服务生正替他们准备等会儿的食物。有烧烤有水果还有甜品饮料……和一瓶庆祝的香槟。

汤贝看了看时间，不知道沈时手术结束了没，因为他在手术，她催他也不太合适，只能耐心地等他，坐在沙发上时不时看一眼手机。

季柏文同样抬了下手腕，看表上时间；突然，何星岩拿起麦克风跳到了台上，扯着热情的笑容说：“各位同学，朋友，贝贝的哥哥姐姐们，大家好！因为一位重要主角还没有到场，现在先由我给大家来场个人秀。”

底下小伙伴配合地鼓掌。

何星岩开始唱歌，选了一首活跃气氛的《Sugar》。只是一首歌结束，沈时还没有到。

第二位小伙伴上场，也是唱歌，因为今天也是一个毕业主题的派对，他选了一首应景的毕业歌《同桌的你》。结果曲调刚响起，立马被嘲笑了。

“这是怀旧，懂不懂呀。”

然后跟着音乐，颇有感情地唱起《同桌的你》，声调悠悠扬扬，汤贝脑袋跟着歪来歪去。

同样这首《同桌的你》，舒瑶坐在底下默默听着，心底的触动像是一只手攥住了她的心。可是她不敢去看旁边的季柏文，他听到这首歌是什么神色，有没有不一样的心境。

还是一样冷着脸，那般毫无情绪。

她和他同桌两年，周庄中学似乎每个大课间都会播放这首歌，记忆里有一次她趴在课桌上默写单词，他双手托着后脑靠在椅子上，突然问她一句：“舒瑶，你说我们以后毕业长大了，还会见面吗？”

当时她似乎难过了一下，想到毕业之后两人不再见面。

可是时间兜兜转转，等真的毕业，现在两人面对面坐在一起，已经同年少时候的心境完全不同。如果说读书时代的忧伤淡得像是一阵风，还没有仔细感受便从心底拂过，现在似乎只剩下一份清醒的遗憾了。遗憾，却已经坦然接受。

然而，一首《同桌的你》结束，沈时还没有到场。

汤贝看着手机，忍不住编辑了一条消息，就在她犹豫要不要发送时，沈时一条消息进来——我快到了。

沈时将车停在外面，看了眼副驾驶上放着的白色盒子，走下了车。别墅外面的草坪上，摆放着烧烤架，服务生将烤好的食物一份份地放在盘子上。他顺着石阶拾级而上，来到了别墅大门，前方台上站着一个大男孩，看到他便鼓起了掌："欢迎我们的沈时——沈医生隆重出场！"

沈时站在玄关，嘴角噙着一丝笑，转头看向从沙发上站起来的人，走了过去。

汤贝看着终于过来的沈时，差点噘起嘴巴；看到沈时眼底写着的抱歉，又关心地问一句："手术顺利吗？"

沈时点了下头。靠窗边的季柏文抬起头，汤贝挪了一个位置，让沈时坐在了她和她哥的中间。沈时从从容容地坐了下来。

"很忙吗？"季柏文发问，他是反对贝贝和沈时在一起，可是沈时这样晚点，心里更加不爽了。这是摆架子呢，还是真当自己是主角了？

沈时解释了一句，季柏文靠了靠沙发，顺着沈时的话，打击说："这也是我不喜欢贝贝找一个医生男朋友的原因。"

汤贝听到了这话，越过身子说："我自己喜欢！"

季柏文冷哼。

沈时面色愉快，将手搭在了女友肩膀上，当着季柏文的面。

毕业派对正式开始，主持人何星岩握着麦克风站在台上，咳嗽两声，配合身后的投影屏幕开始说："再次欢迎现场小伙伴的到来，我是何星岩，贝贝的好哥们，也是今天的主持人，希望给大家带来一个愉快的周六派对。"

"首先庆祝我们贝贝终于毕业了，现在由我再次介绍一下我们的贝爷——

"汤贝贝，江湖人称汤三哥，贝爷，汤导，她是我们戏剧学院的优秀毕业生，我们导演系为数不多的女生；但是巾帼不让须眉，她多才多艺，视角敏锐，身份多样，不仅是思路飞扬的编剧汤三哥，还是东部院区医疗宣传片的制作者和拍摄者。最难得的是我们贝爷除了才华横溢，还有一颗赤子之心，她努力却不张扬，心有追求又不忘初心，这样的汤贝贝，我们都为之骄傲自豪，她无疑是未来导演界最闪耀的一颗明星，未来奥斯卡最佳导演的获奖者……"

过了过了啊……

汤贝坐在台下，越听脸越红，身子坐得越正，何星岩这番吹捧实在太用力过度，她红着脸朝沈时、季柏文解释一句："这个不是我自己写的。"

沈时朝她扯了一个笑，似乎很能接受何星岩这夸张画风。不像季柏文一副嗤笑的模样，觉得何星岩在唱大戏。终于，何星岩吹捧结束，台上屏幕转换，跳出了今天的派对主题——《汤贝贝毕业庆祝会暨恋爱分享会》

沈时和季柏文一块看着"暨"后面的"恋爱分享会"，一个夷愉地挑着眼，一个猝然眯着眼，然后都看向他们的贝贝。

呃……

汤贝回沈时和季柏文各一眼，没错，今天除了是毕业庆祝会，还是她和沈时的恋爱分享会。

台上何星岩收到信号，重新讲话，主持风格同刚刚的夸张画风略有不同，而是换成了一种深情又庄重的语气……就是类似婚礼主持的那种。

"爱情是什么，爱一个人是什么感觉，想必今天到场的各位都有不同的看法和理解，在这里我要说，爱就是一份心动的感觉，一份坚持的认定，一个确定的眼神……"

屏幕转换，换到了洛杉矶的照片，屏幕是她腿受伤躺在病床上的自拍，何星岩跟着这一组组照片视频开始解说她和沈时的初相识。有她腿受伤住到沈时的公寓的，有黑五扫货时沈时给她推轮椅的，还有她和沈时、张安硕三人晚餐合影的……

这些照片基本都是她拍的，有些是偷拍，有些是随意一拍，全保留在储存卡里。前几天她整理出来的时候，发现这些照片都变成了她和沈时整个恋爱过程的见证。

他和她在医院见面，他给她让出了卧室，他给她推轮椅，他带她到医学实验室拍摄，他送她来机场……洛杉矶结束后，又是东院的再次相遇。

她在《爱都》剧组担任副导演，他回国加入东院肿瘤MDT团队，直到她进入了东院拍摄宣传片，他把作息表发给她，他在图书室替她修改宣传片，他带她在显微镜下认识癌细胞。

她好像进入了一个新的领域，感受着一个从来没有感受过的神奇又细微的世界。

“贝爷告诉我她喜欢上一个医生的时候，老实说我挺纳闷的，明明八竿子打不着边。直到我看到这些照片，我才明白了他们的爱早在每一次交流里悄然滋生……当然这里要重点感谢一个人，那就是贝贝的哥哥，一切都是他的牵线，我们的贝贝和沈医生才能走在一起。”

有小伙伴鼓起爱的掌声。

季柏文不想接受，沉着脸，面无表情。

旁边沈时神色清淡却不失温和，看着这些被记录下来的照片，他像是看电影般重新感受了一遍他和贝贝的认识过程，其实他也不太明白为什么是汤贝贝，可是有些感觉却是明明白白地告诉他——她是那样地不一样。

“终于，上个星期东屿情人岭，他们再次明确了心意——”

何星岩继续以轻快又不失感慨的语气交代了沈时从北京飞Z省的事情，因为看到了一起出事的新闻，就怕她出现意外，从北京研讨会里抽身，千里迢迢翻山越岭地来到了情人岭。

何星岩说到这一段的时候，就算这些话都是她自己写的，汤贝还是感动得快要哭了，她把手放在膝盖上，无名指上还系着红线制成的求婚戒指。

细细的红线牢牢又紧密地打了一个外科结。同时屏幕也播到了求婚视频。

“爱情来得总是这样快，有些人错过，有些人却紧紧地攥在了手里，就像最后我们沈医生用一根红线攥住了我们的贝爷，要的就是这样明确的态度，和迅速又甜蜜的行动力——”

爱的掌声再次响起。

沈时难得地有些面热，清俊的面容泛起了红，伸手握住了旁边女朋友的手；季柏文看了看屏幕上的求婚视频，又看了看被沈时握着的贝贝的手，盯着系在上面的红线。

差点心跳猝停，无法稳定心绪。因为他完全感受出来，就算只是一根红线，也不是小时候过家家，而是贝贝对他认真又坦诚的宣告。

他家贝贝是真的爱上了沈时……

恋爱分享会告一段落了，外面烧烤好了。很快别墅大厅里只留下贝贝、沈时和季柏文。

汤贝抬起头，看着沈时，看着季柏文，眼睛清亮而磊落，里面没有任何害怕，只有一丝请求，不论如何她都希望得到她哥的祝福。

就在这时，沈时拿起她的手。汤贝有些不解，只能看着沈时。

他开始解开她左手无名指上的红线，汤贝本能地收了收手，难道沈时要拿回这个求婚戒指吗？汤贝感觉自己快要哭了，直到沈时完全解开了红线。

“沈时……”她低低地叫了一声。

沈时抬头看她一眼，像是宽慰，又像是肯定，然后他像是变戏法般从裤袋里拿出一个丝绒盒子，从里面取出一枚漂亮的钻戒。

缓缓地，他将这枚钻戒推到了她的无名指上，取代了那晚他替她系的红线。

汤贝落下了泪，感动得一塌糊涂。

旁边，季柏文突然站了起来——

他要出去透口气。

没错，他要窒息了！

| Chapter15 |

理想主义

汤贝注视着手上这枚求婚钻戒，旁边是群镶的碎钻，中间是一颗六角星形的大钻，大钻和小钻相互烘托，光彩熠熠。这个钻戒，如果是真的，肯定很贵吧……沈时不是一个会买假货的人，所以这枚钻戒肯定是真的。

汤贝一时间百感交集，默默地摸了摸钻戒，抬头对上沈时的眼睛，眼眶瞬间又红热了；沈时替她擦了擦眼泪，眼底漫上温润的笑意。

她抱住了沈时，将脸埋在他的怀里。

幸福得快要嗷嗷呜呜了。

沈时拥她入怀，淡淡又透着愉快的声音飘在她头顶："贝贝，我很喜欢今天你为我准备的一切，真的很惊喜……谢谢。"

汤贝的脑袋还在沈时怀里，低低地嗯了声。她也很惊喜，谢谢……

今天与其说是她给他准备惊喜，不如说是他给她带来了惊喜。所以，沈时之所以迟到了那么久是为了准备求婚钻戒吗?

这倒不是。

钻戒他从东屿回来便开始挑选了，早在四天前就买了回来；前两天他就想用它将贝贝手上的红线换下来。然而那根红线系的临时求婚戒指，贝贝很喜欢，时不时扬起手指欣赏两眼，他索性就让她多系几天。今天晚到，主要是手术结束之后，一位住在MDT病房的病人出了点状况，病人家属找他探讨后续的治疗方案……

汤贝去了一趟洗手间。为了好看，显得正式一些，她特意买了一件黑色裙子；之前弄设备的时候怕弄脏了，就在外面套了一件衬衫，现在终于可以脱掉衬衫了。

沈时出来，季柏文站在台阶上，回过头瞧了一眼，凉凉地扯起嘴角说："钻戒倒是买得很及时啊……""怎么，今天刚买的吗？"一句不够，季柏文又来了一句。

沈时没有回应，默不作声地停在季柏文旁边，但也只是稍微停留了一下。他暂时不太适合跟他这位心态已崩的大舅子说任何话。

不远处，何星岩正给舒瑶送上一盘子烧烤，抬头看到沈时，灿烂一笑："沈医生，过来吃点烧烤吧！"顿了下，还是招呼了季哥，"贝贝哥，你要羊肉串吗，还是烤生蚝？"

季柏文什么都不想要，只想眼不见为净。

贝贝在洗手间脱掉了衬衫，同时弄了一下头发，半丸子头地扎在脑袋上方，刘海一道撩到了后面，额前只有少许柔软的碎发，露着白皙光洁的额头。以及，纤细漂亮的肩头。

肌肤白腻如凝脂，像是会发光。

一双乌溜溜转着的眼睛，清澈、灵动，带着一丝臭美兮兮的得意。

季柏文和沈时一道看向踏着小高跟出来的贝贝，一个抿着唇，一个绷着脸。贝贝越是打扮得漂亮迷人，对季柏文而言，越是提醒他自家水灵灵的白菜被沈时无情地刨了去。

明明白菜还那么小……

遗憾的是，汤贝这条黑裙子还没有秀上几分钟，她就要吃烧烤了。沈时跟她建议："我去把你衬衫拿出来，套在外面如何？"顿了下，又加了一句，"太阳也有些晒。"

汤贝只能答应。

"等会儿一起走吧。"

同时，一道熟悉到不能再熟悉的声音落到了舒瑶的耳后。严肃低沉的语气，简明扼要的说话方式，不是季柏文还会是谁。然而，舒瑶还是反应了下，转过身，公事公办地询问季柏文：“季总，等会儿是公司还有事吗？”

毕竟今天是周六，她的休息日。

“公司没事我就不能送你一趟吗？”季柏文说，话里话外，都表明他心情不太好。

如果她是一个聪明的助理，最好完全听从他的吩咐。可是舒瑶还是拒绝了：“谢谢季总，不过真的不用了，我等会儿……”

季柏文没有听她解释。

舒瑶看着季柏文这样不悦的模样，十分清楚他心情为什么不好，无疑是刚刚贝贝先斩后奏的恋爱宣告导致的。有些事舒瑶从来都很明白，甚至不需要多想，因为她了解季柏文，了解他的掌控欲，也深深明白他对家人的在乎程度。他和程莹莹还在交往的时候，记得有一次夜里她打着的士给程莹莹送胃药，原因是身为男朋友的季柏文回了周庄，因为贝贝要报考戏剧学院导演系。他要回去阻止。

那晚程莹莹对她说：“舒瑶，你是季柏文的助理，又是老同学，他每时每刻都离不开你；而我呢，我是他女朋友，也算是他交往最久的女朋友了，可是我觉得好像我们都比不上汤贝贝在他心中的分量，明明只是一个同母异父的妹妹。”

可是季柏文那样疼爱贝贝，有时候贝贝也会苦恼地对她说：“我哥这人真的不懂爱，对感情别别扭扭又要强，装作一副根本不需要人爱的样子，别人对他的关心都嗤之以鼻。算了，我只能少跟他计较，让着他喽。”

如果贝贝是少计较，她呢？她是从来没有计较的资格，从来没有。

派对要结束了，临近结束还有一个抽奖环节，季柏文要提前走，被某人挽留下来。直到一本爱的纪念册送到他手里，季柏文有一种被汤贝贝下套的感觉。

没错，一二三等奖都是内定的，一等奖豪华日料套餐汤贝给了舒姐姐，二等奖周庄一日游给了何星岩，三等奖自然要留着给她亲哥。

季柏文准备走了，临走前再次问了问舒瑶，要不要一起走。就在这时，别墅前面的公路上停下一辆白色小车，是赵中信的车。

有人特意等结束，再过来接人？季柏文走到自己的悍马前，看着前面舒瑶上了车。赵中信很体贴，鞍前马后地伺候着……

季柏文启动发动机，闷得打开车内空调，然后拿起这本爱的纪念册，随意地翻开。手中的纪念册是一本照片合集，所有照片按照时间顺序和事件，一张张地分类出来。

洛杉矶的，周庄灯会的，还有上个月的茶园，一张张清新无比的照片，成了贝贝和沈时两人相爱的铁证。难怪上次出发去A市茶园之前，沈时主动揽活由他来开车，看着这些照片，他算是明白了。那次去茶园，不是他带着贝贝捎着哥们玩，而是沈时带着他家贝贝捎着他玩对吧……就是这样没错，是吧！

季柏文将这本纪念册重重地扔在了副驾驶上。

汤贝要回周庄一趟。

她手上已经戴上沈时给她的求婚钻戒，必须跟老汤和善善交代一切了。自然，沈时也要去一趟周庄。他不能拐走别人家的女儿，连招呼都不打一声。季柏文说他居心不良，毫无底线，倒也没有污蔑他。

汤贝希望自己先回一趟周庄，做任何事情都要有战略有计划，她先回去打个前锋，探探老汤和善善的想法，然后准女婿再隆重出场，这样老汤和善善就比较好接受。

为了先下手为强，派对结束后，汤贝就直接回周庄了。沈时没办法，送女朋友到高铁站。下车之前汤贝将手中的钻戒取下来。“我怕自己会不小心弄丢。”

这个钻戒真的很贵，她上洗手间的时候上网查了下价格，差不多要沈时半年的工资。但是钻戒的照片，她已经对着自己的手拍了好几张，方便回到周庄秀给老汤和善善他们看。

沈时暂时收回了钻戒，对她说：“有事打电话。”

“嗯。”

“不要着急，解释留给我。”

“嗯。”

“如果他们不同意……”沈时接着说，还未说出来，汤贝伸手抱住了他。沈时笑了笑，继续说，“如果他们不同意也是正常，毕竟太突然了。”

可是不同意的话，怎么办呢?

“那我努力争取，总能等到他们同意。”沈时说。

汤贝点头，突然乐了一下，出了一个馊主意说：“大不了，我们就奉子成婚。”

咳，沈时笑出了声。

不好吗?

不好，因为就算他和她结婚以后，他也不想她太早要孩子。对于孩子这个问题，沈时向来不急，也没有特别的喜欢和期待。对于一些中国的传统观念，他和他家沈教授都没有特别在意，他这些年身在美国，也从来没有被催过婚。这点他自己都没觉得多奇怪，反而张安硕感到惊讶，认为他家人思想境界高。事实上，他家沈教授性情淡薄且钻研学术，对人情和世俗上的事向来想得少。以前家里的大小事，都是他母亲照顾着，后来他母亲离开了，他和父亲两人一个在国内一个在国外，各自生活工作钻研，中间他还从科研转到了临床。

关于母亲离世这段，因为逝者已矣，沈时只是简单地交代了两句；汤贝也怕多问会让沈时想起伤心事，没有多问。然而，她猛地想到一个事，她和沈时都决定结婚了，她好像还没有见过他父亲呢。

……看来后面不只是她家善善和老汤会受到惊吓，沈时的父亲也一样吧。

晚上，沈时回了一趟家。父亲不在家，家里只有岳阿姨，告诉他说：“沈教授到社区活动中心下棋了。”

沈时点头，注意到客厅沙发底下的一只小哈巴狗，小狗看到他，脑袋往沙发底座缩了缩。岳阿姨笑着解释说：“这是昨天沈教授刚带回家的，好像是小区的一条流浪狗。”

沈时嗯了声，提醒一句：“记得打疫苗。”

岳阿姨连连答应说：“沈教授也叮嘱我了，我明天就带它到宠物医院打针吃驱虫药。”

沈时去了球场，在里头看到了独自坐着的季柏文，他走了过去，季柏文抬头，给了他一记眼神，幽幽冷冷地开口：“怎么那么有空，不忙着约会了？”

沈时自顾自坐了下来。

季柏文撇头，呵了一口气。

沈时看了看前方树影开口说：“柏文，我和贝贝打算结婚，等她拿到毕业证那天。”

“……”

不知道是不是三番两次遭雷劈，听到沈时这番话季柏文内心居然毫无波动，只有点想笑。两人是脑子卡壳了，还是谈恋爱谈傻了！

沈时握了握双手，其实想到结婚这件事他也有些紧张，甚至忐忑，可是当贝贝提出来结婚这两个字，他很心动，心动到没办法拒绝。

“沈时，你要想清楚——”季柏文转过头，冷冷地看着面前人，“结婚不是谈恋爱，分分合合没关系！”

结婚不是谈恋爱……

沈时扯了扯唇，倒是笑了起来，那他的想法可能跟季柏文不同；低了低头，转过头，郑重而认真地强调一番：“但对我来说，恋爱和结婚并没有多大的区别。”

恋爱是两个人，结婚也是两个人，同样都是那个人，怎么会因为结婚就有了改变？

没法否认，沈时这句话有些戳中季柏文，只是想到老汤那边……“贝贝呢？”他问沈时。

沈时英俊的面容藏在夜色里，如实答复：“回周庄了。”

季柏文站了起来。

沈时又说："所以，我明天也要去趟周庄。"

贝贝已经回周庄了，明天沈时要去周庄做什么，季柏文用脚指头都能想出来，这是要去拜访岳父岳母的节奏啊！季柏文磨了磨后槽牙，不甘心，又没办法，一旦确定他家贝贝真的爱上沈时这件事。"我跟你一起去。"季柏文开口说。

"是要帮我吗？"沈时先是一顿，轻轻一笑，玩笑地一问。

"呵……"季柏文突然重重地捶了沈时一拳，帮他？！他不打他就很不错了！

沈时双手放在口袋里，姿态悠悠："老实说，柏文……如果明天你不跟我一起去，我还真有些紧张。"说完，兀自笑着。脸上的笑容不明显，却是那样愉快。

……那就不好意思了，明天他一定会让他更紧张。

沈时从篮球场回到家，沈章平正在研究着案上的棋局，岳阿姨已经被打发回房间，客厅除了他和他的棋，还有蹲在他脚底下的小哈巴狗。看到儿子进来，沈章平朝儿子笑呵呵地说："沈时，你过来帮我看看。刚刚在社区杨老头居然用一着破了我的棋局……"

听到沈教授的招呼，底下的小哈巴狗也朝沈时抬了抬脑袋，眼巴巴地瞅着。

沈时走上前。

进来之前，他在门口的玄关站了一会儿，看着客厅独自坐着的父亲，又想起他母亲曾经的一句评价："你跟你父亲简直一模一样。"

大概吧，他和父亲的确有些方面很像，尤其对感情需求，淡得仿佛没有要求。可是刚刚他在想，如果他没有遇到汤贝贝，多年以后他会不会也是这样一个人坐着，对着一盘棋。

或者，也养一条狗。

"今天怎么回来了？"坐在客厅沙发上，沈章平抬头问自己的儿子。

沈时一时没回话，低头看了看茶座上的棋盘，伸手挪动一个棋子，开口问道："杨伯伯是这样走的吗？"

沈教授瞧了一眼："……对！"

父子两人感情不算亲近，从小到大都是，尤其是他在国外多年，偶尔电话交流也都是局限在学术讨论上。淡薄寂寞似乎是沈家男人的共性。他母亲去世几年后，也有操心的亲戚特意打电话给他，希望他帮忙劝他父亲再找一个伴侣，他觉得没什么必要，同样父亲知道后破口大骂："一个人怎么了？我现在自在着呢！以前你妈还管着我，现在我一个人，晚上我想看书看多晚都没事，再也没有人唠叨了……"

以前，沈时觉得自己父母就是一对相敬如宾又相互嫌弃的学术夫妻，感情算不上多好，也算不上多坏；直到他母亲去世，才知道他父亲花了很长的时间去适应。

沈时打算跟父亲提一提汤贝贝，他回国交往的女朋友，准备结婚的对象，一时又不知道怎么开口。沈教授手里拿着一颗棋子，思绪似乎又飘到了棋局上面。

"爸，我交了一个女朋友——"沈时直接开口，只是话还未说完。

"……啊？"沈教授仰起头，眼睛睁得像是棋盘上的黑色棋子。

"我们打算结婚了。"

"……啊？"沈教授又啊了一声。

"她姓汤，叫贝贝，周庄人。"

"……啊？"这一声啊却比前面两声更重一些，然后沈教授下意识地看向底下的小哈巴狗，为难又苦恼地对儿子说，"我昨天刚给这个小不点取了一个名字，就叫贝贝……"

底下小哈巴狗同样仰着头看沈时，摆动了一下尾巴。

沈时没有接受这份讨好。

沈教授思路也回到了正事，将儿子沈时所说的三句话一句一句消耗完毕，开口问："是周庄善善和汤先生的那个女儿吗？"

沈时点了下头。

沈教授算了算时间，又说："那她应该年纪还很小。"

沈时嗯了声。

沈教授又苦恼了，他觉得自己儿子应该不会做那样的事情，但是……他觉得自己儿子对婚姻生活还不敢兴趣呢。

“沈时……你是不是把人家姑娘给骗了？”沈教授开口问，那个紧张又不安。

没想到自己父亲有这样的担忧，沈时轻轻地笑了，语气停顿了一下，回答自己父亲：“我确实比她大一些，不过我和她相互喜欢，应该不算骗吧。”

而后，沈时又说了明天要去周庄拜访的事，沈教授连连点头，反应了一会儿后，告诉儿子说：“对，必须要拜访，当时我也去你外公外婆家了。”

事实上对于这种事，沈章平教授真的没有任何经验可以传授给儿子，甚至比任何父亲都懵懂一些。反复琢磨了一下，他问沈时：“那我呢，要一起去吗？”

沈时坐了下来，看到父亲面上的紧张，有意放松地说：“……应该还没有那么快可以上门提亲。”

沈教授哦了一声，一脸的拘谨，只是想到以后家里会多一个人，他要多一个亲家。

“那沈时，我跟你说……”沈教授突然郑重地看向儿子。

沈时侧过身，附耳恭听自己父亲吩咐。

沈教授反复思忖了好几遍，结果说出的话只有一句：“那你务必要好好……加油啊。”

“哦。”沈时有些想笑，然后面容温和地点了下头。

因为汤贝贝是周庄善善的女儿，以前善善和自己妻子还算是相熟的朋友，沈章平也对自己儿子提到了一件往事，以感慨的语气说起来：“善善是老季第一任老婆，当年柏文之后，还怀了一个孩子，检查出来是女儿，当时你妈还跟善善开玩笑说给你定个娃娃亲……”

是吗？沈时抿了一下唇，没想到沈教授能记住这些鸡毛蒜皮的往事。

沈教授推了推眼镜，继续回想了一番，面上有些遗憾：“可惜那个孩子没保住，后来善善也跟老季离了婚。不过事情已经过去很多年了……现在老季和善善都有了自己的女儿。”

沈时默默地听着，他的确不知道这段往事，或许柏文知道，不过贝贝肯定是不知道的。

在篮球场的时候，柏文提醒了他一句：“沈时你要好好想一想，当年我妈为了跟森善划清关系，她连股份都没要，如数转到了我名下。可是如果贝贝嫁到了沈家，贝贝可又跟森善沾上了关系。还有，你觉得老汤会同意让贝贝嫁到季家对门来吗？”

今夜沈时注定有些失眠，一向独来独往的自己突然想到如果他母亲还在，明天面对贝贝的爸妈，会不会容易一些。何况当年善善和他母亲两人关系还不错。

不比他父亲沈教授，好像只能对他说一句……加油。

沈时摸了摸额头，从床头拿起手机，看了眼微信——贝贝那边还没有给他发来任何消息，似乎可以推测出她那边情况并不顺利。

汤贝已经被老汤逮回了家里，一路呼呼直叫；从美膳楼回到家中，老汤全程揪着她的背带裤一副气势汹汹的样子，就像是拎着一头小猪到屠杀场准备宰了吃。来到家中大堂的梨木方桌旁，老汤拿出了一家之主的威严，拍了一下桌面，朝她放话：“汤贝贝，你把刚刚在美膳楼的话再说一遍！”

汤贝挪到桌边，一副死猪不怕开水烫的样子，开口：“我有喜欢的人了，他叫沈时，是一位留美博士医生，现在在S市东院MDT肿瘤团队担任外科主治专家……”

“还有一句呢！”

“……我要跟他结婚了。”

老汤和善善互看一眼，撇了撇嘴，别以为他们不知道她口中的沈时是谁！

汤贝抬了下脖子，她也没有瞒着啊。

从听到自己女儿和沈时恋爱，到贝贝说想毕业就结婚，老汤觉得一壶清火的菊花茶根本下不了他心里的火！结婚是开玩笑吗？他家贝贝胡来，沈时也跟着胡来？他前阵子还特意问了问柏文，他家贝贝和沈时到底有没有情况，柏文怎么跟他说的，沈时只当贝贝是妹妹……

好，谁能告诉他……谁会把妹妹娶回家！

汤贝连忙摇头，解释说："其实我和沈时在一起很久了，是哥不让我跟你们说，其实我一直想告诉你们……上次你们来东院体检，难道真的没发现吗？"

老汤和善善一起被问住了。所以还怪他们眼瞎喽！

"真是你哥不让你告诉我们？"善善问了问。

汤贝忙不迭地点头：对。

"那你说他为什么不让你告诉我们呢！"老汤追问她。

因为季柏文觉得她和沈时不靠谱啊。汤贝轻轻地抬了下眉，没办法说实话，想了想，以一种不确定的口吻说出猜测："我想我哥可能是……想给你们一个惊喜？"

惊……喜！还真是一个天大的惊喜！老汤气得身体往后靠，倒是善善一脸的平静，可是善善越是平静，汤贝越是发虚。

"爸，妈……我们是真心喜欢的。"她站在他们面前，还是说了这句二十世纪九十年代电视剧里最老套的台词，走了两步，又回头交代一句，"明天沈时要过来拜访你们，准备一下哦！"

说完便走了。

大堂只留下老汤和善善，面面相觑，随后老汤深深吸了一口气，出声问："所以明天我们还要准备什么？"

善善揉了揉额头，一脸的无语。

老汤连忙抚上善善的额头："好了好了，我们不气，我们也上楼睡觉！明早不起来，直接睡到沈时上门！"

声音有意加重，明显说给上楼的某人听。

善善笑了，一边头疼地发笑一边揉着额头。老汤替善善揉起了额头，想了想说："我觉得明天我们还是要好好问问沈时，好好问问他。"

善善嗯了声，也只能这样了。

“唉，难道真是女大不中留吗？”老汤叹气说。

善善摇头，看法不一样：“你还不了解贝贝嘛，她现在就是一时兴起，在兴头上呢。”

老汤不明白了：“就算贝贝在兴头上，沈时怎么由着她胡来呢，难道沈时也在兴头上？”

善善看向老汤。

老汤想了想，有些明白了，咬咬牙说：“我们贝贝在兴头上没错，沈时他就是想趁着贝贝在兴头上直接把贝贝拐回家吧！唉，我真是看错沈时了，他太坏太坏了！”

对，没错……有人就是一肚子坏水！

第二天季柏文跟着沈时来周庄，他驱车，沈时坐副驾，后座放着好几样礼品。大包小包搁在一块。然后，季柏文面无波澜地提起了一件往事：“沈时，还记得当年我第一次带你去周庄吗？贝贝还刚上学呢。”

当然记得，沈时微微点了下头，没有搭话。

季柏文却不想放过这个话题，继续说：“真是没想到啊，当年我不是招待朋友，而是招待一头虎视眈眈的狼。”

沈时看着前方高速路口，依旧没有回话。

季柏文呵呵了两声：“你呢，也没有想到吧？”

“确实，我也没想到。”沈时压了压思绪，找了一句话说，“可能有时候男女之间的确有些缘分存在，就像我妈以前说的一句话，缘分天注定。”

没想到有人搬出了已故的母亲，季柏文嗤之以鼻：“你一位医学博士生也相信缘分？”

沈时无奈地接话，扯开话题说：“临床医学本就源于中世纪的神学。”

呵！季柏文不再扯话。

事实上今天他带着沈时回周庄，基本表明了他的态度，至少不会阻拦什么。可是他真的不明白，沈时凭什么这样自信？或许吧，沈时向来都是自信而强大的，所以可以这样任性地做出选择，说结婚就结婚。就像昨晚他说的话，他对他自己和贝贝都有信心。

想到信心两字，季柏文有些想笑，又没办法辩驳。因为正相反，他对婚姻没信心。前两天，他仔细想过沈时和贝贝，终于找到了两人唯一的共同点——都是理想主义者。

如果说贝贝的理想主义是性情原因，天性浪漫加上刚入社会；沈时的理想主义，就是他天赋异禀的学习能力和才情导致的。

因为都是理想主义，难免一拍即合。就算两人一个外放一个闷骚。

上午十一点不到，季柏文将车停在巷子外的停车场，然后将车钥匙放在裤袋里，转了下头，看着沈时姿态从容地拎着礼品，指了指前方，又来一句："还记得吗？当年就是在这里，贝贝还在玩捉迷藏呢！"

沈时："……"

季柏文又比画了一下："当年你过来，她好像就那么点高吧。"

"……"沈时依旧没说话，两手提着上门礼，站姿笔挺而磊落。

巷子里的汤家，汤贝早上七点就起了床，大清早到集市买了好几袋新鲜瓜果，然后有模有样地摆放在大堂的方桌上，接着又擦了擦桌子，整理了一下自己的闺房。

看到院子里的蔷薇开得正热烈，折了一束，放入大堂客厅的老式花瓶里。

随后，手机收到了一条消息，她踏着小白鞋上楼，脚步有意放缓，落在实木楼梯上依旧嗒嗒嗒地传到了二楼主卧老汤和善善的耳朵里。

三下礼貌的敲门声之后，汤贝打开了主卧的门，将脑袋从外面探了进来，扬着一张比花还灿烂的笑脸，朝着里面的两位"大人"商量地问："爸妈，沈时过来了噢，你们是不是可以起床啦……"

里面，善善其实早起来了，就是老汤依旧靠在床头，一副不起不起就是不起床的样子……

汤贝到巷口迎接沈时，没想到还看到了她哥，挨靠在巷口的墙面上，露出一个大大的笑脸，像是一朵粉嫩嫩的蔷薇花从墙头探了出来，清新，明妍，吸引着人的眼球。

沈时和季柏文走了过来。

“哥，你也回来了呀？”汤贝抬头打招呼。

季柏文嗯了嗯，脸色算不上好，也算不上多坏，汤贝暗暗和沈时对视了一眼，得到一个明确的讯号，基本确定了她哥应该不是敌军。

她来到了两人中间，沈时虽然拎着好几样礼物，但依旧腾出了一只手，将她牵住。她有些不好意思，来到家门口后就松开了沈时的手。

家里大堂只有善善，看到沈时和儿子来了，从大堂走到庭院。汤贝环顾了几眼，心里微微叹了一口气，老汤今天真的有些任性呢，居然真赖床不起来了。

就在这时，从楼梯上走下来一道高大魁梧的身影。老汤……还是下楼了。

外面，沈时提着上门礼，跨过汤家的门栏。

汤家的房子是老式苏式建筑，门栏比起一般人家高很多；沈时站在青石砖铺的院子里，白衣黑裤，模样清俊气质出众。人和庭院的景色，和谐地组成一幅画，淡妆浓抹总相宜。

然而，老汤心里的不爽不是沈时不够优秀，也不是沈时长得不够好看。他之所以下楼，只是担心他家善善应付不来。老实说，面对身份突然转变的沈时，善善真的不知道怎么招待。

“先进来坐吧。”善善对沈时说，扯起一丝笑。

“妈。”季柏文也叫了声善善。

善善抬头看儿子，眼底的关心比话重一些，问话：“今天过来开车累不累？”

季柏文回话：“没多少路，不累。”

然后母子两人也没有什么话了。

汤贝撇了下眼睛，哀叹了一声。客厅大堂里，除了沈时和她最自然，其他人都是别别扭扭，气氛很是生硬。

一旦场面生分，一般脸皮厚的相对比较有优势。可是为什么，沈时也能做到这样泰然处之呢。不管老汤脸色多不乐意，依旧礼貌而客气地问候，将上门礼放了下来。

老汤就是一副不想开口的样子，收到妻子投来的眼神，才开口说："沈时啊，你和我们家贝贝都谈了那么久了，怎么现在才想到告诉我们啊？"

这个，不是解释了吗？因为她哥不让说啊。汤贝看了眼季柏文，乖乖地闭上了嘴巴。

沈时坐在最外面的椅子上，听到问话侧过身，没有太多停顿，又不缺礼节地放缓语速，回准岳父的话说："我和贝贝的确交往有一阵子了，之前没有告诉叔叔阿姨，主要是贝贝对我们这段感情还不太明确，想再仔细考虑考虑我们两人之间的问题……前阵子我们相互再次明确了彼此的心意，也都很有信心一直走下去，我们就准备跟你们交代了。"

一番话，真诚又不缺沉着的应对方式。既交代了他和她隐瞒的原因，还将她塑造得乖巧又不缺考虑，汤贝听着连连点头。

差点就信了事情就像沈时说的这样。

"爸妈，事情就是这样的。"汤贝接话，想了想加了一句，"当然还有我哥，主要是他想给你们一个惊喜呢。"

说完，她指向坐在对面的季柏文，呵呵地笑了两声。

善善和老汤相互看向季柏文，季柏文只觉得心口被扎了一下，但是他能怎么说，告诉老汤是他从中作梗吗？"的确是沈时说的这样，等两人明确想法，再告诉你们。"季柏文说。

真是连个内应人都没有……老汤略微埋怨地看了眼柏文，明明以前柏文对贝贝管得都很严格，怎么到了关键时候，就松懈了呢！难道沈时是他好哥们，就被收买了？

老汤这个猜测还真是冤枉了季柏文。

当然，有些话老汤也没办法直接说出来，甚至有些扛不住。时间已经到中午，他没有亲自下厨招待的兴致，可也不能这样一直坐着，想了想，他站了起来，看向沈时说："你来得太及时了，我们也没时间准备什么，这样吧，就到美膳楼随便吃一顿吧……行了，走吧。”

不管老汤什么态度说什么话，沈时全部收下，礼貌道谢：“谢谢汤叔……”顿了下，他像小时候那样叫了一声贝贝妈妈，“小善阿姨，打扰你们了。”

善善摇头，笑着说：“不打扰，应该的。”

今天善善比老汤要懂事噢。

汤贝在心里肯定了善善一句，刚刚老汤那是什么话，什么来得太及时，没时间准备，明明昨晚她就告诉他们了……

汤家的美膳楼位于周庄河岸靠左位置，早已经开张迎客。二楼包厢，王经理亲自上前招待自己的老板和老板娘。今天他们一帮伙计还奇怪，老板和老板娘怎么一个都没有过来，原来是来客人了。这位英俊的客人，瞅着像是贝贝的男朋友……难怪老板一脸的别扭。

因为大家都安安静静地坐着，王经理只能朝老板商量：“要不就随便来几个特色菜？”

干吗随便啊。汤贝已经在纸上写好了菜名，整整一大串，递给了王经理说：“王叔，你按照上面的下单。”

王经理连忙接过，还是贝贝贴心啊！

“所以你们已经决定要结婚了？”待包厢门合上，老汤稳了稳心绪，继续发话。语气比起家里的僵硬，缓和了很多。不管如何，沈时确实很优秀，就算比贝贝大一些，但是长得这样一表人才，学识又渊博，工作也不错，就是沈家跟季家关系实在近了一些。

如果贝贝嫁给了沈时，没准季林森还要过来喝喜酒，这交集！还真让人头疼！

“具体事项，还是需要跟叔叔阿姨商量。”沈时回老汤说，已经将老汤当作了老丈人。

沈时这样的姿态，老汤倒是有些受用，只是他又想到了一个问题，就是之前从贝贝嘴里听到的一句话。

“那个沈时……贝贝之前说你是不婚主义者，可是你又要娶我家贝贝，所以你到底是不是啊，还是这不婚主义也跟和尚出家一样，可以还俗的？”老汤问沈时，十分直言不讳，甚至有些刻意刁难。

……咳。汤贝在喝水，听到老汤的问话，差点呛住了。

“误会。”

“爸，这是误会……”

汤贝和沈时一块开口，沈时索性停下来，让女朋友替自己解释。从头到尾，他都是否认不婚主义这个事。

汤贝羞愧地开口：“事情就是有一次硕哥故意打趣沈时，我就当真了……哎，总之是误会，沈时不可能是不婚主义者，我很清楚，他不是！”

“你很清楚？”老汤和季柏文一块看向她，像是揪住一个关键词。

沈时端起茶杯，收了收手心。

汤贝抬了抬下巴，理直气壮道：“沈时都跟我求婚了，难道不是很清楚吗？”

老汤和季柏文没有再多问，显然刚刚两人一起想歪了。

“那个沈时……”老汤正要继续说，王经理端着菜推开了包厢门，老汤自动停了下来。

嫁女儿真是一件特别微妙的事，如果太晚怕被人知道，如果太早……也是怕被人知道。老汤显然是属于后者。

晚上，沈时留宿了汤家。人是善善留下来的，主要还是想多了解一下情况。

夜里汤贝被赶回楼上房间，老汤和沈时开始面对面地座谈。季柏文坐在了……老汤这边。

善善给他们沏了一壶茶，上楼找女儿了。

楼上贝贝已经洗了澡，换好睡衣躺在床上，手里捧着自己的手机。善善真是怎么看，都觉得女儿是一时冲动。结婚就像是贝贝大脑里的一个突发奇想，因为行动力强，就将想法执行下来。倒是沈时，今天的态度反而让她放心了许多。

“贝贝，你真的要嫁给沈时吗？”善善坐在床边，问自己女儿。

汤贝靠在床头，认真地点了下头。

“为什么呢？”善善又问。

“因为我喜欢他啊。”汤贝回答善善，“我喜欢沈时，真的。”

“可是你还小，大学刚毕业，结婚对你来说太早了一些，而且你和沈时两个人……”

“你觉得我们不合适吗？”汤贝问。

“不是不合适。”善善摇头，她想以过来人的身份提醒女儿，可是她的失败经验也不是很好的提醒方式，只是有时候人生会有很多问题，尤其是步入婚姻以后。

汤贝有些明白她妈想说的话，可是这并不影响她自己的想法。人生的问题不可避免，难道因为婚后会出现问题就要退缩吗，还是等她晚点结婚，这些现实问题就不会出现？

问题永远不是逃避就不会出现，而是要想怎么去解决它。

“妈，你觉得爱情是什么啊？”汤贝也问善善，当初她妈因为爱情嫁给了季叔叔，肯定很清楚爱情是什么吧。

“贝贝……”

汤贝抬起眼眸，不等善善回答，先说出了她自己的理解：“我觉得爱情就是让人勇敢，如果连勇敢都做不到，总要考虑一些客观因素，假想不存在的可能，就会变得复杂和虚假。”

都说爱情和婚姻不一样，现在她可以因为爱情踏入婚姻，她为什么要放弃？还是真的等以后变得现实和胆怯了，再如履薄冰地走进婚姻生活？

那样子，她的婚姻不是更容易岌岌可危？

善善走出了女儿的房间，楼下三人还在谈话，老汤几乎问遍了沈时在国外所有的事情，时间从晚上八点聊到了十点多，而且还没有停下来的意思。

季柏文属于旁听者，就像汤贝猜测的——冷眼旁观。

所有问话，沈时都从容不迫地回答，唯一泄露他内心同样紧张的就是，中间他喝了一杯又一杯的茶……终于，他对老汤说：“汤叔，我去一趟洗手间。”

老汤噢了一声：“好，你先去吧。”等会儿回来，他还有事情要问。

沈时去洗手间，季柏文靠着椅子，有些好笑，觉得老汤跟自己心境相同，开了一个冷笑话说：“汤叔，有没有一种白菜还没有长大就被猪拱了的感觉？”

老汤看着季柏文，真有些搞不懂柏文到底站哪边，停顿一下说：“但是不管怎么说，沈时还是很优秀的。”

汤贝贝的接受能力是遗传老汤吧。季柏文动了一下嘴角，望着沈时离去的方向，提醒说：“难道因为拱白菜的猪长得好看点，你就会原谅那头猪吗？”

这是什么话……

而且沈时这头猪不也是他招来的吗？老汤瞅向柏文，心里还是忍不住有些埋怨，撇过脸说：“柏文，你到底是站在哪边啊？”他怎么有些搞不清楚他的阵营呢。

季柏文：……

由于沈时一时没回来，老汤和季柏文又去了一趟二楼，里面的汤贝听到有人上来，立马放下手机躺平睡觉。就在前一秒，她还跟沈时用手机偷偷交流着。

汤贝闭上眼睛，假装自己睡着了，还是那种熟睡的状态。不管老汤和季柏文怎么探究地将目光落在她脸上，硬是保持眼皮一动不动。

“看来真睡了。”老汤对季柏文说。

“嗯。”季柏文配合地应了声。

汤贝心里有些得意，一不小心嘴巴没绷住，轻轻地撇了一下。呃……就在这时，一道低低的呼唤从她唇齿里溢出来：“沈时……”

像是梦里叫出了沈时的名字。

床边老汤和季柏文互看了一眼，瞬间连气都没有了。

小时候汤贝就喜欢玩这招，因为有一次做梦真的说出了冰激凌，第二天老汤便给她买了冰激凌，她就把这招当作了跟老汤和善善要东西的一个小技巧。每次都故意借着梦里呢喃出声，什么冰激凌、巧克力，还有大飞机的……只要她这样一说，第二天老汤都会买来给她。

所以刚刚她脑子一动，无耻地念出了沈时的名字。

老汤和季柏文默默地走出了卧室，老汤那个伤心，问季柏文："柏文，你说贝贝是不是魔怔了……"

季柏文额头冒起黑线，回话说："……大概吧。"

事实上老汤和季柏文都清楚刚刚某人只是在装睡，装睡还要无耻地摆他们一道，不是魔怔了是什么！

楼下那个施咒的人已经从洗手间出来，等在了大堂。

刚刚贝贝那么一出戏，自然让老汤想起了贝贝小时候，故意在梦里说话，第一次是真的，后面全是假的。当着沈时和季柏文两人，老汤感慨地提了起来，意思是他贝贝多聪明啊，怎么就那么容易被拐走了呢。说着说着，老汤对季柏文提到一件事，就是那年他从周庄回去，贝贝几乎每晚都要借着"做梦"念一声哥哥。

"她以为这样，第二天你就会回来了……"老汤对季柏文说。事情已经过去很多年，贝贝都已经长大，老汤说起这些也就不再隐瞒什么。

结果，季柏文却突然沉默了。

沈时拿起茶壶，给桌上三个茶杯都添了热水，样子依旧从从容容的。

就在这时，季柏文转过头，对老汤开口："汤叔，要不你就答应贝贝，同意她嫁给沈时吧！"

什么？

老汤瞬间凝住了脸色……果然！柏文是沈时阵营里的！

沈时神色也微微异样，握着茶壶的手跟着停滞下来，随后唇角一漾，露出了一个笑意，感激地看了眼季柏文。

……终于，柏文还是帮了他。

| Chapter16 |

噢，领证了！

终于，柏文还是帮了他。

不，季柏文帮的不是沈时，而是贝贝，自己的妹妹。沈时依旧是那个步步为营毫无底线的无耻之徒，只是谁让贝贝喜欢他呢。

如果嫁给沈时是贝贝现在最想做的事情，是她的一个想完成的心愿，他就帮她完成这个心愿。不像小时候，她装睡念了那么多次他的名字，他在S市却一无所知。

季柏文心底这样想着。

况且，沈时本身也很不错，至少知根知底，学识渊博。家里成员也很简单，贝贝嫁过去只需要过好小两口的日子。这样一想，季柏文就直接说出了刚刚那句偏帮的话……

自然，沈时心里也很明白，柏文为什么会突然转变，无疑是老汤刚刚说的那一番话，触动了他。面向季柏文，沈时眼里有笑意，心里同样很感激，甚至有些轻微地嫉妒贝贝和柏文两人的感情，可是作为男朋友，他吃醋的立场似乎不太对。

有人突然倒戈，临时反水，老汤还能说什么，只是更加明确了柏文跟他不是同一个阵营的事实。一个人完全败下阵来了，老汤想上楼了，悠悠起身说："沈时，关于你和贝贝两人，毕竟是谈婚论嫁的大事，我和善善还是要好好考虑考虑。"

沈时应诺："我听汤叔的。"

老汤离开了，整个大堂只剩下沈时和季柏文，季柏文忽然笑了起来，往椅子上一靠，玩笑地问出来："沈时，我说你是不是真给贝贝灌了迷魂汤？"

沈时也笑了，如果他给贝贝灌了迷魂汤，那他自己大概也喝了同样的迷魂汤吧。

季柏文拿出了一包烟，一时不点燃，待沈时也上楼，才慢慢地打了一个火。

一个人坐在大堂，看着对面贴着的奖状和小红花，一排排陈旧的、褪色的小红花，带起了他少许年少的记忆；画面重现，贝贝还是小女孩，正面朝墙数着："一朵，两朵，三朵……"

时间过得真快，转眼贝贝都要嫁人了。

季柏文继续想着，从跟着他妈来到周庄生活，到他妈和汤叔结婚，接着贝贝出生，上学，他从来没有离开过这座老房子；他慢慢习惯了周庄的一切，融入到了这个家，甚至快忘了他是S市人，出生在S市……他清楚有一天自己还是要离开周庄回到S市，可是他不知道那天什么时候到来。直到上了高中，有一天放学回家听到老汤和他妈在屋里讲话，他们在商量要不要将他送回季家，原因是不管是高考还是其他教育条件，S市都比周庄好很多。

何况，他本身就是季林森的孩子。他应该待在S市，而不是周庄这个小地方……

有些事他自己也明白，知道他妈和老汤都是为他好，可是那时候听到这些话他心里突然很恨他妈。他心里恨她，也怪她，像是出于一种报复，回S市是他自己提出来的要求。

他主动提出回季家的时候，他看到了他妈脸上一闪而过的惊愕和难过，心里有一种报复得逞的快感，结果转过头的时候，他看到了外面蹲着的贝贝。她在外面等他出来玩，站起来，跑过来炫耀地告诉他说："哥哥，我画了很大的格子，我带你去看看。"

小手牢牢地牵着他，像是知道他肯定会陪她玩。

他实在没有心情看她画的格子，独自上了楼。他来到二楼房间，站在窗口，刚好可以看到楼下庭院贝贝一个人蹲在用粉笔画的大格子里，她脑袋往上，朝他喊："哥哥，你真不下来跟我一起玩吗？"

他没有应她。

她低下头，随后又仰着脑袋，重新邀请他："今天的玩法跟上次不一样，更好玩哦！"

他依旧没理她。

后面贝贝一个人玩起了跳格子游戏，他站在窗旁看着她那样无忧无虑，一个人也能玩得自在快乐，心里羡慕又嫉妒，可是他也很爱她。

更舍不得离开她。

很快，他开始办理转学手续，每天都在收拾东西。收拾东西的时候，他故意将声音弄得很响。偶尔还要下楼问一句："我那本《辞海》在哪儿，我要一起带走。"

终于贝贝知道了他要离开这个家，她从椅子上下来，跑过来问他："哥哥，你要去哪儿啊？"她问得关心又紧张，好像明白了什么。

老汤和善善提前对贝贝做起了思想工作，说他只是暂时离开她，贝贝却不明白了，偷偷问他："哥哥你为什么要走？"他在房间收拾书本，她站在门口，一双眼睛里布满了泪水，突然吧嗒吧嗒地往下掉，她朝他哭了起来，边哭边说："哥哥……哥哥，你真的要走了吗？"

他低着头，冷着脸回她一句："对，我要走了。"

那天贝贝好像哭了很久，可是小孩都是健忘的，第二天她又忘了他要走的事情。直到季林森过来的那天，车子停在外面。

怕贝贝会伤心，老汤提前将贝贝骗到外面去玩。只是准备上车之前，他还是走出小巷，在巷口找到了贝贝。她手里拿着他昨晚给她买的水枪，转过头看到他，开心地朝他跑了过来。

水枪是他昨晚特意带她去买的，给她选了一把最大的，可以让她在小萝卜头里炫耀好久，然后得意扬扬地说出来："这是我哥哥给我买的！"

然后他带贝贝去买了一罐泡泡糖，整整一大罐。然后，他对她说："你待在这里玩，我要走了。"

她朝他点头，很听话。却完全不知道他话里"走了"是什么意思。

只是最后他上车时，贝贝还是跑回来找他了，急乎乎的小模样。她没有要那罐泡泡糖，手里拿着他给她买的水枪，飞快地从小巷外面跑了回来。然后停在不远处，叫了他一声："哥哥……"水汪汪的大眼睛直直地望着他，像是在哀求他不要走。

他没有理她，转身上了车。

车子离开，他看着后视镜，贝贝一直站在小巷口，手里拿着他买给她的超级大水枪，怔怔地看着他坐上车离开，整个人一动不动的。他不知道贝贝有没有哭，因为他快要哭了。

在眼泪出来之前，快速闭上了眼睛……

之后他到季家给他妈和老汤打电话，他问起了贝贝，用随意又轻松的语气问："汤叔，贝贝有没有提我啊？"

老汤笑呵呵地告诉他："提了，夜里还提到你呢。"

当时他真不知道夜里提到他是什么情况，最多是睡觉之前念他两句吧……季柏文靠在椅子上，脖子往后压了压。上次到泰国出差，他还对舒瑶埋怨贝贝越来越不懂事，令人操心。

舒瑶却笑着提醒他："上次你还说贝贝胆子越来越大，去洛杉矶也不跟你商量。"

他竟无法反驳。

舒瑶低了低头，已经替他分析了出来："你只是遗憾贝贝已经不像小时候那样依赖你了。"

……原来是遗憾啊，或许吧，他真的遗憾。尤其是贝贝跟沈时在一起后，看着她越来越依赖沈时，心里的滋味还挺微妙的。

夜里季柏文和沈时睡在一张床上，季柏文又对沈时讲了好几件贝贝小时候的事；沈时双手交叠放在后脑勺，嘴角微微抿成一条线，觉得自己仿佛有两个老丈人。

不过，那些属于贝贝的往事，他同样一件不落地听完了。

第二天一早，沈时、季柏文带着贝贝回了S市。

昨夜老汤和善善也聊了很久，虽然老汤对沈时说的话有回旋余地，但基本是同意了这桩婚事。就是沈家是森善大股东这件事，老汤怕自己妻子心里不舒服，只好问一问："善儿……当初沈教授在森善持了多少股份？沈家还是森善的大股东吗？"

关于沈家是森善大股东的事，善善倒是没有太在意，回了老汤几句："贝贝是嫁给沈时，又不是嫁给森善。就算沈家持有森善股份又怎么样，我们贝贝也不是奔着那些股份去的，别说，沈时这个孩子我也算是看着他长大，的确很不错……"

呃。有句话怎么说来着，丈母娘看女婿越看越满意，他家善善也丝毫不例外啊。

"好吧，那我也同意了。"老汤说。

善善："……"

这世上最熟悉又可以肆无忌惮面对的人，只有自己的父母。

早上离开周庄，上车的时候看到老汤和善善的神色，汤贝已经明白了他们的态度，基本是同意了她和沈时的恋情，甚至允许她和沈时步入神圣的婚姻殿堂了。

从谈情说爱到谈婚论嫁，汤贝也觉得自己这个速度有些快，简直是超速的感觉。悍马开在高速上，每当车速超过120码，汤贝就从后面提醒季柏文一声："哥，你又超速了。"

季柏文凉凉地回她："你家沈时还要赶回医院上班，不开快点，怎么把人准时送到。"

这话说的，汤贝顿时没声了，笑了笑说："那也要注意安全啊。"

副驾驶沈时听着兄妹两人的对话，抿了抿唇说："谢谢哥……不过不用急，我还来得及。"

……哥？！沈时刚刚叫他什么？季柏文双手握了握方向盘，有些好笑，又不想接受好友这份厚颜无耻的讨好。他觉得沈时现在的性情似乎有些回到当年那个意气风发的少年时期了。

呵，好笑！

最近对汤贝来说，简直是好事连连。东院大门，她和沈时一道下车的时候，突然惊呼出声，不可思议地看着手机黄制片发来的消息——因为公司高层很满意她写的乳腺癌女主角剧本，决定追加投资，将原本的网络大电影升级成院线电影。

一部院线电影，就算小成本，最起码也有三千万的投资。

汤贝握着手机，兴奋地把这个好消息分享给沈时和季柏文，咧着嘴说："等电影上线，你们一定要支持啊。"

尤其是她哥。不包个场，都没办法体现他的豪气！

可是季柏文对她做的事一向不屑一顾，就算她说了三千万投资，依旧没有打动他，一如既往地泼她凉水说："你就继续祸害观众吧，等在网上被骂的时候可别哭鼻子。"

……哼。她要哭也不跟他哭，要在沈时怀里哭。

最近东部院区，尤其MDT科室基本知道了她和沈时恋爱这件事，尤其在她从东屿回来公布了合照后。她以为大家会打趣她和沈时，不过似乎并没有。好像对于一对儿男女，旁观的人更喜欢在两人暧昧期打趣，真在一起之后，反而都收敛了。

不过她和沈时在一起，就真成了东院里好多小护士的情敌，今早还被拦在走廊说："汤导，如果不是看在上次你给我拍照的分上，我真想咬你一口……居然那么快就把我们的沈医生拐走，快说快说，到底使了什么手段！"

汤贝肩上扛着摄像机，快被田护士逼到了墙角，但不影响她嘚瑟地说："我也不知道啊，是沈时把我拐走的，你们要想知道的话，可要去问他来着。"

她太得意了，导致跟她年纪相仿的田护士直接朝她伸出了魔爪。结果被一道硬冷的声音打住："闹什么闹，这里是医院走廊，不是菜市场。"

是丁医生。

现在整个MDT科室，大家最怕的不是最德高望重的顾老，也不是性情淡漠手握手术刀的沈时，而是脾气最大的丁医生。

傍晚下班，汤贝跟沈时去了一趟沈家。季子珊因为程莹莹约了她，乘坐地铁来到了市中心一家高级餐厅，提着一个美国大众品牌的帆布包坐了下来。

"你还没买车啊？"程莹莹笑着问季子珊。

季子珊喝了半杯水，摇头说："我还在上学，买什么车。"顿了下，加了一句，"我们家车多得停不下，就算我有需要，开哪辆不是开。"

一句无意的话，有些堵住程莹莹的嘴，她笑了笑说："我就觉得你哥都给汤贝贝买车了……"

"那车不是我哥买的，是贝贝自己买的。"季子珊突然有些不快，继续用话堵住程莹莹。

程莹莹收住了嘴，最近季子珊对她有些不耐烦，可是她却不能对季子珊不耐烦，可是就算季子珊对她不耐烦，还是很喜欢跟她聊汤贝贝的话题。

就算汤贝贝和她的意中人沈时在一起了。

"我觉得汤贝贝跟沈时应该走不远，毕竟两人悬殊太大了……"程莹莹喝着苏打水说。果然，季子珊听到她这话，立马抬了下眸，开口问："莹莹姐，你为什么会这样觉得呢？"

"子珊，这世上的人都是现实的，为什么你哥和我最后分手了，还不是我的家境配不上你们家，如果我也是你这样的大小姐，我们早结婚了……"这句话，程莹莹说得颇伤心，季子珊想解释却没有解释，而是低下了头。

她唯一比汤贝贝强的，大概也就是她的家世了。

紫金花园，汤贝不是第一次来，但是沈家她还真是第一次进去，以沈时未婚妻的身份正大光明地过来做客。沈教授等在客厅，样子比她想象的要亲切，因为前阵子沈时对她介绍了下他的父亲，她已经在脑海里构思了一个严格古板的老教授形象。

主要是沈时对她说，他父亲性格有些古板。

可是沈伯伯明明很可爱，面容慈爱身材和样貌都跟沈时很像，话也没有沈时说的那么少。

那是因为第一次见面，沈教授不知道说什么，所以一直在……没话找话。沈教授带着汤贝上楼，给她介绍了房子的结构和房间的分布。

汤贝听得很认真。

沈教授又开始说了上半年房屋漏水的事，然后总结道："但是你不用担心，我已经修好了。"中间强调了他怎么找人，怎么跟水电工交流。

沈时站在后面，关于修房子这件事他刚回国的时候，他父亲一模一样跟他说了一遍，心想自己父亲大概真的没话说了。就在这时，汤贝听完了沈教授所有的话，几乎不用反应什么，扬着笑脸开口说："沈伯伯，你好厉害啊！"

沈教授顿时笑了，简直是笑开了花，然后谦让地开口："……其实也没什么。"

沈时站在后面，整个人突然明白过来，当时他父亲一直提他修房子的事，念念叨叨，他以为是叙家常，原来是在求表扬啊……

沈家的大房子里只住着沈教授和保姆岳阿姨，汤贝好像更能理解沈时选择回国的原因了，就算他不是一个感情热烈的男人。下楼的时候，汤贝看到了沈家的另一个成员，一条可爱的小哈巴狗，它正悄悄地从沙发底下钻出来，不安又好奇地打量着她。

因为自己属狗的关系，汤贝一直很喜欢小狗狗，她来到客厅沙发摸起了这条小哈巴狗，小哈巴狗性格温驯，相互熟悉了一下之后，很快舔了舔她的手指，汤贝咧着嘴，笑着问："你叫什么名字啊？"

沈教授端坐在对面沙发上，突然拿起报纸看了起来。沈时站在她跟前，笑了笑。

“它叫什么啊？”汤贝又抬头问沈时。

沈时想起前晚结束聊天的时候，父亲跟自己商讨这条狗和贝贝撞名了怎么办，琢磨给狗狗再取一个名字，他提议说：“那不如等贝贝过来，让她给取一个。”

所以，他看着蹲在小哈巴狗面前的汤贝，告诉她说：“这条狗原本是小区的流浪狗，前阵子被我爸捡回来，还没有正式取名。”

“啊，还没有名字啊。”汤贝瞅着小哈巴狗。

小哈巴狗也瞅着她，尾巴从左边摆到了右边，似乎在求她帮忙取个名。

汤贝开心极了，摸了摸小哈巴狗的脑袋，觉得它也是大耳朵大眼睛，跟自己还有几分像，回过头对沈时说：“要不就叫——四哥吧。”

汤四哥，跟她一个姓。

沈时差点轻笑出声，对面沈教授已经咳嗽起来，两道咳嗽透过报纸清晰有力地传了出来，汤贝关心地扭过头看了眼，沈教授依旧拿着报纸端看，抬了抬手。

呃，难道沈爸爸不喜欢她取的名字吗？汤贝抬头商量：“要不，我再想一个？”

“不用了，就叫四哥吧。随你姓……汤四哥。”沈时说出了小哈巴狗完整的新名字。

汤贝也有些不好意思了，居然让沈家的狗狗跟她姓，可是汤三哥现在很有热度，她给这条小哈巴狗取名汤四哥，就是让它蹭热度啊。

“好了，以后你叫四哥。”汤贝拍了拍小哈巴狗的脑袋，告诉它说，“小名就叫哥哥？”

哥哥……

沈时撇了下头，已经明白汤贝取这个名的意图，不过这个小名可不能让季柏文听到。

沈家餐厅，岳阿姨做了一桌子菜，摆满了沈家的老式大圆桌。沈教授不是浪费的人，平时他和保姆两人吃饭，基本都是三菜一汤；就算儿子回来吃饭，也就是四菜一汤。

旁边，岳阿姨笑眯眯地站着，她来沈家当保姆三个月了，还是第一次见沈家这样热闹……

对比季家，今天沈家的灯火可是够亮的，尤其从季家的餐厅看过去，简直是灯火通明。王晓春站在餐厅望了好一会儿，看得季林森都头疼了，终于王晓春回过头说："我们家珊珊都难过得不敢回家了……"

季林森有些好笑："子珊就是跟朋友聚会，被你这样一说，我季林森的女儿就是一个受气包吗？"

王晓春没话了，因为她家子珊可不能是受气包啊。

"我就是觉得汤家这个女儿真的很厉害，找谁不好，找了沈时……"王晓春转了转头，实在忍不住，点评了一句。

季林森靠向红木餐椅，看向自己妻子，冷冷发问："按照你这样说，你弟弟晓军岂不是更厉害？什么人不能追，要追柏文的妹妹，也不考虑考虑身份关系！"

季林森这番话是带着埋怨的，之前柏文将王晓军给揍了这件事，季林森基本是站在妻子这一边，甚至为了这件事责备了自己儿子一顿。

事实上责备柏文，也是怕子珊认为他太袒护儿子。

人心本身就是长偏的，季林森清楚自己的心偏向哪边。心里越是清楚，越不会表现得太直接。人到他这个年纪，事业家庭夫妻关系似乎都不太重要，只求一个省心和少事。

偏偏他有一个让人不省心的儿子，而他又因为当年的事，对柏文有着很深的感情亏欠。如果当时他不意气用事，柏文性情不会是现在这样，小时候的柏文可比子珊还可爱……如果没有婚变，他和善善的那个女儿也不会保不住。季、沈两家或许还会是亲家。

可是，一切都是如果，只是为心中的遗憾做个假设。

当年他和善善失去了那个满怀期待的女儿，老天早以不同的方式，弥补了她和他各一个女儿，她家贝贝，和他家的子珊……

饭后，沈时带着汤贝走在紫金花园里，现在正是蔷薇花盛开的时候，玉兰花已经凋谢，长出了绿油油的大叶子。紫金花园是一排排老别墅，独栋和联排错落组合，小区绿化多，容积率很低，夜晚走在小区散步也令人心旷神怡，当然最重要的是陪在身边的人是谁。

因为岳阿姨的老公肝癌去世了，汤贝问起了肝癌，沈时用最简单的语言分析给她听，然后陈述了一个令人惊讶的事实——全世界有一半以上的肝癌患者都在中国。

汤贝抬着头，面色讶异。之前她也看过一篇报道，上面分类了什么富人癌、穷人癌，把多发于发达国家的癌症归为富人癌，多发在发展中国家的癌症归为穷人癌。

无疑，肝癌和胃癌都属于穷人癌。

沈时对她解释起来：

因为肝癌致癌原因跟病毒、细菌感染和饮食结构有很大关系，尤其是肝炎病毒，HBV乙肝病毒携带者得肝癌的概率是非携带者的100倍。中国又是乙肝病毒携带者最多的国家。

饮食方面，喝酒也是主要原因。

“喝酒伤肝。”沈时望着她说。

汤贝心里顿时松了一口气，幸好他家老汤已经戒酒了。

“不过不管是什么癌症，归根到底都是一个概率问题。”

汤贝点头，她对这个概率问题的理解，就是会不会倒霉地被老天选中！概率从来都是随机的，就像一个人会走运，也会倒霉。这样一想，每天能健康活着就是一件很幸运的事了。

汤贝牢牢地牵着沈时的手，感受着他掌心清爽的温度，心底的忧伤已经被迎面拂来的夜风吹得无影无踪，只剩下一丝感激。

她仰头看着沈时，路灯灯光抖落下来，眼眸仿佛流动着光。她想表达一下内心的触动，沈时却突然抬起手。她眨了下眼睛，呃……

沈时说了句别动，顿了顿，从她头上拿下一片小小的黄叶。应该是刚刚落在她的发梢……不知道是不是男朋友颜值太高，一个不经意的举动，汤贝心里都暗暗地美了一下。

汤贝美了一下，不远处的季子珊却痛了一下，她刚跟程莹莹吃饭回来，提着帆布包下车，结果就看到沈时和汤贝贝双双立在前方。更让她心痛的是，她失落的同时，心底却也认为两人很般配。尤其是刚刚那一幕，不管是沈哥哥还是汤贝贝，两人的眼睛像是都长着钩子，深深地吸引着对方。不比沈哥哥看她的眼神，淡漠、温和、客气……

季子珊走上前，尽量大方地打了一个招呼，汤贝转过身看到季子珊的时候，想到上次在东院洗手间季子珊对她的坦诚，下意识地要松开沈时的手。

却被沈时紧紧地抓住。

其实，她觉得季子珊喜欢沈时那么多年，她还跑到季子珊的地盘秀恩爱是不对的，可是谁让沈季两家住对面呢。如果房子可以移动就好了。

汤贝思绪就是那样飘，想起小时候她做过的一个梦，梦里所有的房子都是可以移动的，只是想着想着，她也觉得那样并不好，房子会移动，可是人的感情呢，难道随时随地都能改变和转移吗？就像季子珊对沈时的感情。

“你们继续散步，我先回家了。”季子珊说，转了下头，收起笑意，往前面走去。

“那个……”汤贝有些尴尬，面对沈时。

沈时却没当一回事，牵着她绕了一圈，来到了篮球场，抬了抬清俊的面容，随意地说话：“我和你哥常常在这里打球。”

“那个，你和季子珊到底什么时候认识的？”汤贝还是问了出来，然后发现自己好像有些计较。

沈时没有回答她，只是看着她，忽然笑了起来：“吃醋了？”

汤贝被问住了，硬着头皮回答：“一点点。”

夜色浓浓，路灯幽幽，小区篮球场的灌木丛后面，沈时突然俯下身，吻住了她……

“我忘了。”沈时离开她的唇，告诉她说。

瞬间，汤贝心里不只是美了一下，还酥了一下。

“你骗我。”她还是不太相信。

“没有。”

他没有撒谎，是真的不记得跟子珊第一次见面在哪里，但是他记得……跟她第一次的见面。所以，男女感情也是一件很玄的事情，也像是肿瘤癌症，是一件概率性事件，同时也存在抽丝剥茧的缘由。

有缘，也有由。

汤贝又交了一期宣传视频，视频是连夜制作出来的，阐述了“富人癌”和“穷人癌”背后的科学解释。癌症跟生活条件没有多大关系，却跟生活习惯息息相关。下午，她在沈时公寓写癌症女主的剧本，电影剧本字数不像电视剧那么多，只要五万字左右的体量。因为大纲明确，她一个下午就敲了快一万字，简直是思如泉涌。

尤其将梁医生代入沈时的样子，写起来十分得劲……

汤贝正一个人靠在沙发上沉浸在自己编写的“床戏”的时候，手机铃声响了，她收起嘴角的微笑，接听了手机，特别正经地叫了一声：“哥——”

电话是季柏文打来的，一接通，便问她在哪儿。

汤贝不好说自己在沈时租的公寓里，扯了一个谎：“我在东院做事呢。”

“我也在东院。”季柏文问她，“怎么没看到你？”

“我……”汤贝握着手机，想了想，“因为我又出来了啊！”

十五分钟后，汤贝坐上了季柏文的车，不明白季柏文要带她去哪儿，然后她在车里看到了她的户口本，还有一份房屋产权转让协议书。

半个小时后，汤贝蹲在产权过户中心外面的柱子旁，硬是不跟季柏文进去，她不要……她不要他要过户给她的大房子。旁边，除了季柏文，还有一位房产律师，一起等着她。

等着带她到里面办理过户。

“汤贝贝，你这样蹲着像什么。”季柏文不满地责备她。

因为她不蹲着，就会被他拉着进去啊。

“哥，我想上个厕所……”汤贝抬头说，小心翼翼地征求季柏文的意见。为了不在外人面前拂季柏文的面子，表达了下自己惊喜的心情，“我真的太激动了……”

“去吧，我和赵律师在里面等你。”

“噢……”汤贝站起来，跑去了厕所。

留在原地的赵律师跟季柏文笑了笑，说：“季总你对妹妹可真好啊。”

季柏文点点头，然后说：“住得近，我也就放心一些。”

洗手间，汤贝贝来到单间，关上门，便拿出了手机，然后发现自己第一个想找的人是沈时。主要也是……沈时能给她想出一个合适的拒绝她哥的好办法。

结果，手机一时没有接通。

东院十二楼，沈时刚好结束手术从手术室出来，外面护士递给他手机，告诉他：“好像是汤汤的电话。”

沈时脱下手套和口罩，来到洗手台前回拨了电话。

“沈时，你终于回我电话了。”洗手台前，汤贝委屈地哼哼唧唧。

“怎么了……贝贝？”沈时问她，声音讶异，耐着心地等着她对他说事。

“我哥把他楼上的那套房买了下来，现在要转给我……说给我们当婚房……”汤贝捧着手机，呜呜地对沈时交代，希望他给她出个主意。

“……”一时之间，沈时也陷入了缄默。

“沈时，你怎么想啊？”汤贝低低地问。

他想……季柏文怎么不选楼下，而是选了楼上呢？

汤贝挂上了手机，耳边是沈时对她的交代：“你这样告诉柏文，我们已经有婚房了……”

手机再次响起，季柏文来电。汤贝一接通，手机听筒里传来季柏文不耐烦的催促声：“怎么还没好？”

“我……”汤贝瞬间大脑短路了。

然后，她听到赵律师对季柏文的安抚：“季总，不急。资料都齐了，等会儿只需要汤小姐的身份证复印件和签名就可以了。”

“快点——”季柏文又催她。

默默地站在太阳底下，汤贝突然变得坚决，抿了抿唇，便将话说了出来：“哥，这个房子我不能要。”

季柏文那边没了声音。汤贝同样大气不敢出，她想解释两句，想象一下季柏文倏然沉下来的脸，直接挂上了手机。

刚刚赵律师那声汤小姐，以及需要她提供身份证……无疑表明了她姓汤、他姓季的事实。就算是亲兄妹，可是上千万的房子，她怎么能说要就要。

如果她要了她哥的房子，让外人怎么看，善善和老汤怎么想。

汤贝逃回了自己的小公寓。

关于她哥要给她房子的事，汤贝暂时不想跟老汤和善善提及。毕竟平时她哥给她买稍微贵一点的礼物，善善都会提醒她，不要老是花她哥的钱，现在更别说是S市的大房子了。

她刚来S市上大学的时候，她还挺开心有一个有钱的哥哥，时常给她塞生活费，心里得意扬扬且没有顾忌。结果有一次她和她哥、程莹莹一起吃饭，她到洗手间洗手，里面程莹莹正背朝她给季子珊发语言：“子珊，我跟你说哦，你也要跟你哥多要礼物，要跟贝贝学着点。”

“这样……有利于增加兄妹感情。”看到她走进来，程莹莹语调一转，把话说完。

程莹莹这两句话当时她听到并没有多大感觉，但是之后每次季柏文给她钱或给她买礼物，她都会想到程莹莹对季子珊的叮嘱。不痛快是真的，懒得计较也是不假。

善善对她的嘱咐反而成了真理，这世上搬弄是非的人太多，同样也没有不透风的墙。正因为从小到大她听到了不少闲言碎语，不管是在周庄，还是S市。她告诉自己不要成为那种调嘴弄舌的人……

的确，这世上没有不透风的墙。

季柏文晚上回了一趟季家，客厅沙发上坐着季林森、王晓春，季子珊也陪在旁边，一起看起了电视节目。见他回来，王晓春站起来说："吃过了吗？厨房还熬了粥……"

"谢谢王阿姨，我吃过了。"季柏文谢绝，走过客厅的时候，季林森出声问他："我听赵律师说，你把你现在住的地方楼上的房子，也买下来了？"

季柏文停下来，没有任何隐瞒，点了下头说："对啊。"

季林森有些头疼，回过头："好端端的，你又买什么房？"还买在楼上楼下，这个家里有一个人爱买房还不够吗？

季柏文站在红木沙发后面，双手放在裤袋里，视线往某个方向看了眼，眼神略微收了收，开口说："那房子我是给贝贝买的，怎么，有什么问题吗？"

季林森突然语塞。

同时，沙发座上的王晓春和季子珊都低下了头，然后王晓春站了起来，对自己丈夫说："我去厨房看看粥熬好了没。"

"王阿姨，你先等会儿。"季柏文及时出声，拦下了王晓春。

王晓春："……"

季柏文转了转身，面朝着季家所有人，既然今晚人都在，他索性把话一次性说明白，免得双方存在不同的理解，误会了他给贝贝买房的事。

"爸，当年森善你和我妈都双方持股，后来你们离婚了，我妈把名下的股份都转给了我，事情是这样，没错吧。"

季林森抬着眸，父子两人如出一辙的眼神碰撞成一线。

"按照这样理解，如果当年我妈没有把森善的股份转给我，她现在仍是森善的大股东。她的持股份额和沈教授一样，不仅是森善的股东，还是董事。"

季林森已经明白自己儿子要说什么。

"我和贝贝都是我妈的孩子，贝贝就算姓汤，也依旧有继承我妈股份的权利，只是因为我妈为了跟你划清界限，把股份都给了我。从头到尾，是我占了贝贝的便宜，我妈全部转给我的股份，按理说其中一半是贝贝的……我妈当年转给我的股份价值多少，你们也都清楚。别说我现在给贝贝买套房，就算我后面把森善股份送一半给贝贝，也是——理所应当。”

一句理所应当，季柏文说得平和又尖锐。平和的是声音和语气，尖锐的是话里话外透着的意思，每个字都敲打着客厅里的每个人。

对王晓春来说，是季柏文每每说出的森善两字。

对季林森而言，是那句为了跟你划清界限。

对季子珊，是季柏文念出的贝贝……

她和他同一个姓，可是他的妹妹却只有贝贝。季子珊难堪又难过地站了起来，第一次站在她妈的立场与季柏文对峙：“哥，你说这些话什么意思，难道你觉得是我妈告诉爸，你给汤贝贝买房的事吗？”

季柏文对视着季子珊，轻飘飘地回击：“这话我没说，是你说的。”

一时之间，王晓春的脸又红又急，像是喘不过气。终于，季林森呵斥出声，一脸的阴翳，冷冷地发问：“所以这个家只有你说话的份，我们连过问的资格都没有？”

季柏文没有回话，只是动了动手，打转的眸光有着说不出的嘲讽和轻视。

晚上，季林森去找沈章平，季柏文和沈时也在篮球场见面。

沈时已经在球场等季柏文。白天他挂上贝贝的电话，下班的时候给季柏文发了一个信息：“晚上老地方打个球？”所以今天，季柏文才回到了季家。

沈时这样约他，无疑是有话要跟他说。打球只是一个托词。

然后，季柏文真的有些不明白了，他不就是给贝贝买套房，为什么连沈时都问他缘由，他有钱烧得慌不行吗？“沈时，我给贝贝买的房子是婚前财产。”季柏文刻意地强调说。

沈时笑了，其实柏文给贝贝买房买车买游艇他都没意见，但是作为婚房的话，他是不是可以提一提他的想法。如果柏文是担心他家之前买的房子没有贝贝的名字，他回头就可以加上……

“不是这个原因。”季柏文坐在球场长椅上，打断沈时的话。

沈时知道不是这个原因，背靠着长椅，悠悠开口：“所以，你就是想我和贝贝结婚后，住你楼上吗？”沈时话里带笑，以玩笑的口吻问季柏文，“不怕吵啊？”

沈时这个语调，完全回到了十六岁的时候。每每他一脸沉默地从季家走出来，他都站在沈家大门口朝他打招呼：“嘿，要打球吗？”

那时候肆意又神采飞扬的沈时，内心却是冷漠而倨傲的，他被所有人捧着，学校老师媒体记者还有迷恋他的女同学，甚至还有女生为他跳楼……然后他就去了哈佛念书，连高考都没有参加。唯一的变故是沈阿姨得了癌症。

沈阿姨的离世，应该也是沈时从研发转临床的主要原因。

可是，他却没有感受到沈时的悲伤，沈时依旧可以井井有条地安排着母亲的葬礼，成熟稳重强大得令人难以置信，似乎不需要任何的安慰。葬礼结束的晚上，他和沈时在球场碰到，他手臂上系着黑色的挽带，也是像这样坐在长椅上，从头到尾也只是揉了揉额头，跟他说：“国内的风俗真是多得令人厌烦。”

可是，就算厌烦，他还是做得那样完善，没有任何的敷衍。

之后沈时一直留在美国，季柏文觉得沈时应该不会回国了，他不像自己有太多束缚，也没有太多的情感需求……结果今年他回国了，还跟贝贝谈起恋爱，很快还要成为自己的妹夫。

所有事情回想起来，季柏文还是觉得不可思议。只要想到葬礼上的沈时，他就有些担心他和贝贝是否真的合适。他家贝贝虽然做事冲动又是小戏精一个，但是她对人对事都是真诚而炙热的。就怕结婚以后，沈时一时松软的心又变得坚冷而自我。

那么，受伤的只会是他家小戏精。

汤贝不知道，季柏文居然设想过她被沈时冷暴力然后被无情抛弃的场景，如果她知道季柏文有这样残暴的猜想，什么她被抛弃之后终于知道亲哥的好，她只能说：脑洞这玩意完全是由基因和遗传决定的，她能走上编剧和导演这条路——

不是偶然。

周一，汤贝拿到了戏剧学院毕业证书和艺术学位证书，下午拍毕业照的时候，善善和老汤也来到了S市看她。一起陪同的还有沈时。

汤贝有一种大丰收的感觉。

尤其晚上蹲在酒店大床前，她将今天到手的证全摆了出来，毕业证、学位证，以及……红本子结婚证。沈时的结婚证也在她这里，所以结婚证有两本。

酒店是一个套间，她在里面卧室，外面沈时和她爸妈一起坐着，聊着后面的婚礼事宜。

汤贝有一种做梦的感觉，发朋友圈之前，打算先将结婚证发到洛杉矶群里，试一试效果。

“张医生，我和沈时领证了噢。”洛杉矶，张安硕早上刚起来，结果一打开手机，就看到了群里晒出的两本结婚证。结婚证是汤妹晒的，同时艾特了他，留下这样的一句话。

……这两人还没完没了是吧。上次发合照，这次发结婚证，每天玩这种幼稚的忽悠游戏，有意思吗？其实，汤妹做这样的事张安硕完全理解，但是沈时也在群里……看到也不说一声。

大概也是跟他一样，根本拿汤妹没办法吧。张安硕丢了一个恭喜表情，十分配合地说：“恭喜汤妹和时哥，祝你们早生贵子，百年好合啊。”

同时，艾特了沈时，他就不信，沈时还能由着汤贝继续折腾。

大床旁，汤贝一脸幸福地接受了张安硕的祝福，回了一个害羞又开心的小表情，一个汤圆红着脸蹦蹦跳跳。

沈时估计还没有看到群消息，张安硕继续忽悠：“汤妹，你把结婚证打开给我看看呗，我想看看你和时哥照片拍得怎么样。”

“哦。”好呀！

汤贝回张安硕，然后将两本结婚证打开，拍了照片，大大方方地传到了群里。

两个红本本，里面的照片也是红底，照片里汤贝笑靥如花，沈时面容清俊，眉心愉悦。

简直像是……真的一样。

三十秒之后，张安硕研究完毕，回复：“P得真好……”

汤贝：……

所以从头到尾张安硕都不相信她吗？竟然还以为她和沈时办假证逗他玩？？？

就在这时，沈时出现在群里，一边同岳父岳母聊天，一边拿着手机回了两个字：“真的。”同时艾特张安硕。

“真的P得很好是吧！”张安硕接了沈时的话。

汤贝：“……”差点窒息了一下。

“不，我们真的领证了。”汤贝敲打着手机小键盘，用特别认真的语气，在群里对张安硕说，“后面可能还要邀请你回来参加婚礼哦！”

“……”

张安硕没有再回复过来，良久，发来一句幽长的语音：“你们真的没有在跟我开玩笑？”

汤妹和沈时居然领证了，这对张安硕的冲击就像是两个完全不着边的人突然走到了一起。明明在这个三人群里，他和汤妹关系最好，沈时又跟他关系最好，他是三人小团体里的核心，结果这两人背着他在一起了？

张安硕有一种被背叛的感觉。

所以，他们到底背着他做了什么？好端端的怎么在一起了……

“不，我不相信。”张安硕还在挣扎。他们就是合伙骗他，因为沈时被汤妹带歪了！

没办法了，汤贝从大床边站起来，打算跟踪报道一下。她来到卧室门口，举起手机朝对面沙发上聊天的沈时和她爸妈拍了张照片。因她这个动作，老汤和沈时看了过来，一个抬头，一个抬眸。汤贝收起手机笑嘻嘻：“记录一下这难忘的夜晚。”

沈时似乎知道她为什么拍照，视线同样落在她这里，温柔地收了收。老汤却陷入了自己的思绪里：从早上领证到现在，他家贝贝一直露着奇奇怪怪的笑容，就像小时候完成小浣熊集卡一样，整个人可以得意一整天，然后将所有的卡摊在桌上，反复地数来数去。

自我满足，自我陶醉。

再次想到回来的车里，贝贝将手里所有的证包括驾驶证行驶证全拿了出来，跟着结婚证一遍又一遍地欣赏……老汤突然有个不好的预感，有人闹着毕业这天拿结婚证，希望感受一下人生赢家的美妙滋味，实则不会就是想——集证吧！

这个猜想，让老汤毛骨悚然，而他和善善、柏文都成了配合者。他转头看向女婿沈时，这一脸的心满意足似乎也不假。就是不知道沈时知不知道贝贝的小心思，如果知道会不会要求“退货”啊……老汤现在的心情，跟沈时前阵子上门时又不一样了，之前是怕被拐骗，现在却是怕被退货，所以说生个女儿容易吗？

不过作为一个女方的爸爸，他该说的也都说了。

结婚和恋爱不一样，恋爱是欣赏彼此的优点，结婚却是包容彼此的缺点。他养的女儿他很清楚，优点很突出，缺点同样一大堆。

同样前两天，季柏文把户口本给沈时，也问他一句：“沈时，之前我都是作为哥哥的角度阻拦你和贝贝，但是作为朋友哥们，我也想问你一句，你真的要娶那个小戏精吗？”

嗯。

他是真的要娶汤贝贝。他不是冲动派，考虑事情同样谨慎，三思而后行，唯有决定跟贝贝结婚这件事，他是跟着自己的心意来。可是，他不觉得这样有问题，速度是速度，态度是态度。就算行动快了点，也并不影响内心的决定和信心。

不过好像感情会是这样，如果一对儿恋人经过了爱情长跑再步入婚姻的殿堂，一定比他和贝贝这样突然领证显得感情真挚而动人。

呃，好像是这样。汤贝也发现了这一点，尤其是她把沈时跟她爸妈共谈婚事的照片发到洛杉矶群里，张安硕才真的相信她和沈时在一起的事实。

“我们的时差只有十五个小时没错对吧！”群里，张安硕还在不可思议。

国内北京时间比美国洛杉矶快十五个小时，然而……张安硕却觉得国内时间比洛杉矶快了十五年，就算没有十五年，十五个月肯定有的……这样他才能接受汤妹和沈时结婚的事实。

或是，两人只是凑巧一起被逼婚了？

汤贝不打算将结婚证发朋友圈了，主要是在张安硕那里遭受了打击。原本兴致勃勃的好事被浇了一盆冷水，好像她和沈时是廉价的塑料花男女之情。同样的红本子结婚证，别人代表的是终成眷属情比金坚，她和沈时是临时起意牛头不对马嘴。

呜呜，为什么啊。难道，只是她和沈时速度比较快吗？

汤贝乘坐电梯送沈时下楼，摸了摸左手无名指上的钻戒，这是今天领证时她特意戴上的，现在只是为了感受一番钻石的坚硬。

“沈时，我们从在一起到领证用了多长时间？”汤贝问了起来，轮到自己怀疑人生了。

沈时看了她一眼，问她：“从哪天开始算？”

当然是邀请他上楼喝咖啡两人在吧台接吻的那天开始算啊。难道在一起还有其他理解！

“五十八天。”沈时回答她，秒算出了他和她确定男女朋友关系到今天，一共多少天了。

什么？两个月还不到！

怎么她觉得自己和沈时都打了好几出游击战了，又是地下恋，又是突击战，从地下恋到正式宣布在一起，到她家人的同意，好像有一个世纪那么长啊……结果就五十八天？不到两个月？汤贝动了一下眉毛，沈时也撩了下眼尾，似乎在问她想什么，有什么问题。

“没问题没问题。”汤贝摇摇头，扯着笑脸。

“如果从我们在洛杉矶认识开始算，时间会久一些。”沈时像是明白她在琢磨什么，给了她一个建议说。

呃，能这样算吗？汤贝反应了一下，才明白到沈时在说冷笑话，哀怨地转了转眼珠，她也不能因为嫌弃交往时间短，就胡乱计算啊。

从洛杉矶开始算，那不就是作弊吗？

汤贝突然有了一种感情发展得太迅速的烦恼，因为发展太快，都不好意思大大方方发朋友圈宣布她已经领证的消息了。原本领证回来的时候，她还想晚上把毕业照和结婚照发朋友圈，闪亮所有人的眼，可是有时候心态就是那么奇怪，或者说难免会在意别人的眼光。

怕朋友圈的人认为她撒谎，低估了她对沈时的感情，汤贝决定不发朋友圈了，再瞒一段时间。等办完婚礼之后，再告诉别人她和沈时领证了。

“沈时，我们领证的事，就我们自己偷偷高兴一下，先不要分享了。”汤贝送沈时来到酒店外面，站在他面前，抬着头认真地提议说。

沈时低了低头，看着她不说话。

汤贝加了一句：“我们这个情况太招恨了，我想低调一些。”

沈时轻轻扯了一下唇，想了想开口说：“的确，太招恨了。”顿了顿，他答应了她，“那就听你的，先不告诉别人。”

这里的别人，主要是东院的同事，以及她的同学朋友。这样一说，张医生好像是第一个知道她和沈时领证的朋友？

晚上沈时还要去一趟医院，汤贝就不跟他过去了，等会儿她哥还要来一趟酒店。她爸妈难得来一趟，她就睡在酒店了。明天晚上，两家人再一起吃个饭，庆祝她和沈时有红本本了。感情发展得太迅速，领证太急，婚礼还没有确定，后面事宜只能尽量跟上了。

有句老话说，嫁出去的女儿就像泼出去的水，对老汤和善善来说，他们嫁女儿真像泼水那么快呢。汤贝回到楼上酒店，双手握着手机，又是一副欣喜自得的模样。

“怎么不发朋友圈了？”老汤奇怪地问，有人拿着手机又是拍照又修图，就是不发朋友圈，他还等着点赞呢！

“幼稚。”汤贝丢给老汤一个受不了的眼神，“感情是两个人的事情，结婚也是，发朋友圈的意义在哪里呢？”

老汤被问住了。

第二天，汤家人和沈家人在S市郊外希云大酒店的“花好月圆”包厢一起吃饭。汤家人算上她自己四口人，她、善善、老汤，和她哥季柏文。

沈家就沈时和沈爸爸两人。

希云大酒店是一个五星级的庄园酒店，每个包厢坐落在山水庭院之间，周围都是错落有致的人造景观，假山假石，泉水潺潺。远处又挂着红灯笼，显得安静且喜气。

今晚的包厢是沈时订的，汤贝上网看了看人均，难怪整个庄园都没有多少人。然而，她家老汤不知道今晚这顿饭有多贵，看了看四周和景色，颇有老丈人的姿态，“狮子大开口”地提了一句：“这里环境不错，沈时和贝贝的婚宴，倒是可以在这里办。”

那个，你出钱吗……汤贝抬起头，瞅了老汤一眼。

结果在座的所有人都满意老汤的这个提议，似乎都觉得在这里办婚宴很不错，连挑剔的季柏文都点了点头，以大舅子的口吻对沈时吩咐说：“就算婚宴是下半年十月份举办，时间说急不急，但是也可以提前订桌了，不然后面可能订不上。”

沈时笑着应允下来。

汤贝转了转脑袋，朝着她家人呵呵地笑了笑，他们能不能问问她的建议啊，她才是婚宴的女主人。

不好意思，没有人考虑她……

她家老汤和柏文两人的意见都还没有说完，两人轮流，老汤说一句，季柏文说一句。沈伯伯坐在沈时旁边，听得那个认真，像是小学生，如果手里有笔和纸，可能都会边听边记。

没错，沈章平真想拿起纸笔把刚刚听到的话都记下来，后面准备婚礼的时候就可以按照纸上一一照办。

前两天儿子跟他要户口本，对他提了一句要和贝贝领证了，沈章平同样惊讶到不行，脑子都卡了壳。不过当年他和妻子结婚的时候，好像也是这样，很快领了证。然而，昨天沈时对他大致说了说后面提亲和结婚男方要做的事，还是消耗了好一会儿，他憋出两句话："沈时，从小到大你都没让我操心一下，结果突然结婚这么快……还真是为难了我一把。"

儿子笑了笑，打趣说："要不和贝贝说，先不结婚了？"

不不不，他虽然不擅长这些人情俗事，但是脑子是清醒的。"不管如何，人还是要先娶进来……"这也是沈教授对沈时唯一一句稍微具有指导性建议的话。

沈教授不会开车，两家结束了算是订婚宴的晚饭，贝贝还是跟着爸妈和她哥一起回酒店……沈时送沈教授回沈家。

回市中心酒店的路上，季柏文收起了大舅子的姿态，沉默地护送老汤和善善来到酒店大门口，直到下车也没有说什么话。

"今天柏文好像心情不太好哦。"来到酒店套房，老汤忍不住提了提，朝着沙发上的善善说。汤贝歪了下头，对上老汤的视线，立马接招："对啊……不过我知道我哥为什么心情不好。"

"为什么啊？"老汤一脸纳闷，眨着眼看她。

汤贝抬了抬头，故意叹了叹气，一副不好言说的样子。

"有话就说，一家人有什么不能说的。"老汤朝她放话，偷偷地跟她挑了下眉头。

"好吧，那我就直接说了啊。"汤贝走了两步，然后在善善对面的茶几前坐了下来，看着老汤说，"你们还知道什么是一家人啊，每次来S市都要住酒店，放着我哥的大房子不住，让我哥心里怎么想。"

"啊，好像真是这样……那怎么办，柏文是不是误会我们了？"

"……"

老汤这做作的演技。幸好有她的自然对戏，才在善善面前撑住场。

十分钟之后，汤贝来到酒店长廊外面，拨了季柏文的电话。季柏文还在回公寓的路上，刚好红灯停下来，电话一接通，凉凉问话："有事？"

"哥，这次酒店的床有些软，爸妈好像都睡不习惯，但是又不好意思上你那儿……那个你方便过来把他们接走吗？"汤贝偷乐着说。

语气有意放缓，又带着商量。

她的演技太好，季柏文没有任何怀疑，顿了顿，开口说："……我等会儿掉个头回来。"

善善和她哥这种别扭的母子关系，作为夹在中间的人，不管她还是老汤都很为难啊。

第二天下午，老汤和善善回了周庄。这两天她又是忙毕业又是领证订婚，都没时间写稿子。所以，老汤、善善回去之后，汤贝就飞回了戏剧学院的公寓赶癌症女主的电影剧本。

键盘清脆作响，直到外面天色昏暗，她靠在椅子上休息的时候，接到了沈时打来的电话，一时大脑有些怔，沈时清沉的问话稍稍冲淡了她发胀的神经。

"你在哪儿？"沈时问她。

"公寓啊。"她回沈时。

"哦。"沈时应了一声，又问她，"晚上你睡哪边，还是我去你那边找你？"

汤贝揉了揉额头，看了看自己手上已经摘下的钻石戒指，她赶稿都赶糊涂了，都忘了她和沈时已经领证了……

"不用，我过来找你！"汤贝挂上手机，出门了。

沈时还在医院，等会儿还有一个会议，等病人家属的到来。戏剧学院外面，汤贝提着摄像机和电脑奔向东院。

真是要命啊，她刚刚差点忘了跟沈时结婚的事实，现在正急冲冲过去找沈时……

夜色暗沉，东院两幢母子楼高高地矗立在月朗星疏的夜空里，汤贝停下车的时候，前面两辆军车也刚好停了下来。随后，走下几位穿着军装的男人。

军人的气质跟一般人不一样，就算他们没有穿军装，也能感受到他们散发的气场。汤贝往前走，他们也往前走，然后一起站在了通往重症监护室的电梯里。

呃，他们跟她一道吗？汤贝站在一拨身姿笔挺的军人中间，像是白杨树里有一棵长歪的小杨柳。她默默环视了一圈，他们的面容好像还有些……沉痛。

出什么事了？汤贝心里猜想，直到电梯停下来，她看到前面长廊里的沈时、黄医生、杨医生、丁医生全站在了一起。

都是神情严肃。

| Chapter17 |

风波来了

汤贝在医院待久了，对眼前的场景并不陌生，一定是哪位病人又被下了病危通知。眼前这样的情形，无疑里面躺着的还是一个大人物。

前方的沈时侧了侧身，看到了她。

无声地对视一眼，汤贝朝沈时走去，安静地站在了他旁边。黄医生、丁医生都看了她一眼，一时也没有什么话。对面的家属有三个，一个四五十岁的男人，气宇轩昂；一个跟她年纪相仿的女孩；女孩手里搀扶着一位老妇人，安慰地抚着老妇人的手臂。

老妇人眼里滚着泪，没有落下来，反而亲口问起情况。

黄医生旁边的ICU主任一一回答，语气处处都透着安慰和回旋的余地，每一句话都说得很有技巧。这让汤贝忽然想到之前丁医生带她去查房，嘲笑地对她说："知道吗？一位会讲话的医生比一位医术高的医生更受人喜欢。"

当时她有些明白丁医生说这话是什么意思，但是插科打诨地回他："特鲁多医生的墓志铭不是也说了吗，有时是治愈；常常是帮助；总是去安慰。"

"汤三哥，如果你是医生，你这张嘴肯定很受欢迎。"

明明知道丁医生是挖苦她，她当时心里还是自得了一番。可是，每每面对MDT病房里的所有人，她的安慰总显得轻飘而无力。可是有时候连医生都只能去安慰，因为他们也不是神仙，吹口仙气就能让病人转危为安。

“不论如何，务必全力抢救我父亲。”中年男人对沈时他们说，语气命令而果断。而后，加了一句，“你们应该也知道他的身份，他是……”

就在这时，老妇人打断儿子的话，提出了不同要求：“如果后面你父亲要插上各种管路，胃管气管尿管，靠着各种仪器维持着……我不同意。”

语气和神色比儿子更铿锵，更坚决，完全不像一般的老妇人。

可是都进了ICU，插管是必然的。

因为病人家属出现不同意见，沈时和丁医生、黄医生都暂时没有说话，然后中年男人问沈时：“沈医生，我知道你是从UCLA中心医院回来的，我父亲这个情况，你建议抢救吗？后面的肝胰移植还能不能做？”

被问话的是沈时，汤贝心头却没来由地一紧，不知道在这个情形下沈时说出的建议是什么，因为作为一个外科医生，他同样不是圆滑之人。甚至比丁医生还直接，以及毫无保留。

汤贝转头看向沈时，沈时微微抬着眸，没有任何迟疑和思虑，开口说：“像你父亲这样的情况，我对所有的病人家属建议都一样，量力而行，适可而止。”

汤贝：“……”他就不能说，不管如何我们都会全力以赴吗……

丁医生也赞同沈时的意见，对中年男人说：“如果一堵墙只是掉了一块砖，甚至破了一个洞，我们医生都可以修葺回去，但是如果整堵墙都倒了，我们也无能为力。当然如果你们要的只是保持住生命体征，血压和呼吸我们可以用机器维持。”

“咳。”黄医生开口了，转了一下话题，“术业有专攻，顾总，我们提供后续的治疗方案，关于现阶段的抢救方案，ICU的赵主任比我们更清楚，要不让赵主任再给你解释解释？”

赵主任：“……”他挖黄医生家祖坟了吗？

汤贝跟着沈时、黄医生他们暂时回了办公室，那位顾总也被他母亲叫到了休息室。她离开的时候，回了一下头，看到前方电梯里走来一个干练的短发女人，她见过这个女人，在康复中心外面的花园。上次她给一个打太极的老人录制视频，是这个女人出来叫老人进屋休息……

汤贝知道里面躺着的老人是谁了，就是那位退休的老军官吧。

来到办公室，黄医生关上门，立马发起了牢骚："我真是怕极了这些干部子弟，敢情我们都是太医，治不好就拖出去宰了？"

沈时没有搭腔，身体轻轻倚靠着办公桌；汤贝倒了一杯水递给黄医生，黄医生缓了缓面色，笑着问她："汤汤，大晚上你怎么过来了？"

呃，她过来找沈时洞房啊。汤贝眉头一挑，回黄医生："我过来看看你们啊。"

"看我们？看沈医生吧。"黄医生哼了一声说，没想到居然还有心思打趣她。

汤贝也不否认，点了下头："……对。"

旁边，沈时扯了一下嘴，汤贝问了沈时一眼，原本她觉得没什么，大家都知道她和沈时谈恋爱了，可是他这样一笑，她又要羞涩了。

其实，她和他已经不是恋爱关系，而是夫妻关系……

黄医生喝了两口水，说起了心里话："不过，里面躺着的老人还是很受人尊敬的。抗癌十年了，之前是一位军官，级别还挺高。一直以来，对我们医生护士都很客气。"

汤贝低下头，也想起在花坛前面老人对她说的话，精气神十足地指着MDT综合病房说："我原本是要住那边的。""我已经抗癌十年了！""……"

那样精神抖擞、目光矍铄，说起癌症的时候，好像不是折磨他的坏家伙，而是陪伴他多年的好朋友。

只是这位抗癌十年的老军官身体里的癌细胞还是转移复发了，情况严重，入院同时发生急性呼吸窘迫综合征，病情已经到了完全没办法控制的情况，昏迷、抽搐、心肺功能严重衰竭，多种并发症一并出现……

现阶段的抢救措施对老军官来说，都只是拖延时间。

"但是很多这样的情况，家属都希望能拖一天是一天。"黄医生开口说，口吻随意又好笑地跟她说起一件事，“以前我们医院有个常年住进来的退休老人，子女一旦出门旅游，就把她送到医院的干部病房住一阵……简直是两全其美的好办法。”

汤贝啊了声，居然还有这样的事。

怎么没有，待在医院能看到的有意思的事情多了去了，人情冷暖，人性人伦，还有各种奇奇怪怪的心思。当然，还有很多令人伤感遗憾的无能为力。

是啊，真正面对病危的人，医术再高明的医生，医学手段再先进，同样也是束手无策……因为生老病死是自然规律啊。

所以，最后老军官的家属会做出什么样的决定？汤贝心里有些伤感，没想到老军官的妻子很快做出了最终的决定。不过这也不是老妇人自己的决定，而是老军官自己留下的遗愿。

老军官说：

如果最后他还是进了重症监护室，不要做无力的抢救。如果一旦他陷入了昏迷，变成活死人的时候，请帮忙拔掉呼吸机。

务必放弃无效的抢救和治疗。

不要强制用医学方式拖延他的生命，请让他有尊严地离开。人最重要的是精神世界，如果活着只是保留着生命体征，不如遵守老天给他的安排。

人固有一死，他已经抗癌十年，比普通人多活了十年，人生已经毫无遗憾……

老妇人对他们陈述丈夫交代给她的这些话，面容沉痛却不失分寸，然后当着所有人的面，颤抖着手签下了放弃抢救同意书。

原来今晚的几位军人，都是老妇人叫过来的，原因就是送丈夫最后一程。他们都是他一手带出来的军人。

同样，老妇人的话字字句句地敲在了汤贝的心里，让她心口似乎有些胀，胀得酸痛又饱满，就像老妇人的眼睛，混浊又明亮。

“医生，你们谁可以陪我进去……帮我丈夫拔掉呼吸机？”老妇人开口问，提了一个真切的恳求，“我想亲自为他拔掉呼吸机，最后送他离开。”

没想到老妇人会提出这样的要求，不管沈时、丁医生还是黄医生都肃然地面对着老妇人和ICU里躺着的老军官。大概是老妇人态度坚决，老军官的儿子和孙女都尊重她的决定，当然也是尊重老军官自己留下来的遗愿。

只是所有的医生一时都没有人回应老妇人，不知道由谁陪同她进去拔管。

“我来吧。”沈时开口，对老妇人说。

同时，丁医生也开口：“我来。”

沈时让给了丁医生，原本他是觉得没有人揽这个活，既然丁医生比他有意向，自然让丁医生陪着老妇人进了ICU病房。

汤贝抬眸望了眼沈时，沈时眼里写着话，如果她害怕的话，他带她先离去，汤贝却想留下来。沈时握住了她的手。

五分钟之后，里面传出悲怆的哭声。

深夜的医院ICU，里面是悲恸的老妇人和拔掉呼吸机就离世的老军官，外面是守夜的医生护士和前来送别的军人，当里面传来哭声的时候，外面站着的几位军人，伴随着一声“敬礼”，朝里面行了最后的军礼……

汤贝直直地站在沈时旁边，一颗豆大的泪珠从泛红的眼眶滚了下来。

她心里想，虽然最后老人身体所有的器官都被癌细胞攻克衰竭，可是她却觉得他战胜了癌症，战胜了老天，他不只是一位国家英雄，还是一位抗癌英雄。

老军官的事给了汤贝很大的触动，回来的夜里，她窝在沈时怀里，迟迟没有睡着，感受到沈时稍微收拢的手臂，她有感而发地开口：“沈时，等我老了，如果也出现像老军官这样的情况，你也不要对我做无谓的抢救。我不想身上插着各种的管子，我要选择安乐死……”

沈时没有回她。

汤贝说着说着，觉得自己的话不太对，为什么她会走在沈时前面呢？明明他比她大……“你呢，到时候你会怎么样？”

沈时将手贴在她后背，收了收。

“呜呜！”汤贝突然呜咽出声，只要想到以后自己要像那位老妇人一样签下放弃同意书，就一下子戳中了她内心害怕的情绪，到时候她怎么办啊。

深更半夜，汤贝因为自己设想的场景被虐得泪流满面，沈时整个人僵了僵，伸手触碰到她眼眶里涌动出来的热泪。

“贝贝，你……”

汤贝抽着气，丢人地将头埋在了沈时怀里。比起汤贝，沈时情绪来得比较慢，尤其对这些生死画面已经习以为常，刚刚贝贝问他的时候，他还在心里想着自己会如何，结果她已经敏感地哭了。“贝贝，我们离那个时候还很远。”沈时出声说。

她知道……她就是情绪酝酿得太多，稍微释放一下。

沈时将汤贝搂入怀里，唇角无声无息地翘了一下，因为想到季柏文对他说的话：“沈时，作为朋友哥们，我也想问你一句，真的要娶那个小戏精吗……”

他怀里的人怎么会是小戏精，只是内心比常人更柔软且敏感。季柏文有次对比分析季子珊和汤贝贝，说子珊才有女孩子的敏感纤细，汤贝贝就是神经粗大。

事实上，汤贝同样敏感而内心纤细，只是心态好，反而显得喜怒无常，大大咧咧。好在面对难过的事，哭一阵，就能自己释放出来。

的确，汤贝就是这样一个纤细又敏感的“已婚”少女，同时……视觉敏锐。

汤贝想做一个以抗癌为主题的系列纪录片，她待在东院图书室，戴着耳机看着这两个月里她记录下的所有视频，然后将这些视频都放到了一个文件夹。

文件夹取名的时候，她托着下巴想了一会儿，输入了两个字——“逢生”。

做任何事都要有一个好寓意，取名也一样，逢生，重逢生机。汤贝喜欢这个名字，分享给了沈时，可是沈时并没有什么文学细胞，给她的肯定也有些“敷衍”，只有一句“可以”；所以，她又发给了丁医生，问问具有作者思维的大丁医生，想看看他对她这次取名有什么评价。

半分钟后，丁医生回复了她：“比《××传》《人间绝恋》好一些。”

汤贝：……

为什么丁医生知道癌症女主剧本的剧名，因为她是一个藏不住的人，这部网络电影升级院线电影的时候，她就在MDT综合办公室宣布了一遍。

《人间绝恋》这个名字真不好吗？汤贝拿着一根笔，一脸思考状。这名不是很大气很感人吗？制片人和投资商都很满意啊，而且她还是参考《人间浮华》呢……

距离老军官离世已经一个星期过去，MDT办公室收到了一封感谢信，感谢信是老妇人亲手所写，令人意外的是结尾还提到了她，因为她给老军官记录了打太极的视频，后面会成为老妇人的珍藏……

汤贝突然觉得自己现在做的事充满意义。

今天沈时坐诊，汤贝以学习取材为由陪在了肿瘤外科诊室，面对各种各样的肿瘤，形形色色的病人……

就在刚刚，又有一个打扮特别时尚的女人陪着自己母亲过来，母亲是脂肪瘤，情况比起大多恶性肿瘤病人并不严重，可是女人依旧要求手术治疗，然后跟沈时提出了添加微信的要求：“沈医生，我们加个微信吧，后续手术问题，我就在微信里问你。”

角落里，汤贝抬了下头。每天跟沈时要微信的病人家属很多，尤其是年轻女性病人家属……但是沈时基本都不会给。

沈时给了女人科室护士站的电话号码。

“我不一定接你母亲的手术，你有问题先打这个电话。”沈时说，然后翻了号，让下一位病人进来。

“沈医生你什么意思？我专门挂了MDT专家号，结果你不接我妈妈的手术，你是不是嫌弃手术太小，不值得做啊？”

沈时没有回话，一般这种情况，都是由诊室护士解释，然后将女人请出去……

然而，没想到的是，这个事情还有后续：

第二天汤贝浏览微博，看到了一个热门转发的文章……她随意翻看着，没想到看到一篇文章。昨天带妈妈看病的女人不是普通人，而是一个粉丝百万的女网红。

女网红写了一篇扭曲昨天看病经过的文章，诉说委屈的时候，强调了东院某位年轻男医生如何出言不逊，甚至嫌弃她妈妈的手术太小。作为病人家属，她心急如焚，却遭到这样的对待……现在医生护士实在是恶劣至极。同时艾特S大附属医院的官方微博。

看完了整篇文章，汤贝忍着噌噌上来的肝火，直接用汤三哥的微博转发了这篇不实文章，同时评论：“这根本不是事实！！！”

她太生气了，气得没办法组织语言。可是这位女网红人气很高，一个晚上转发两万。但是，汤三哥也有十几万粉丝啊。

很快，汤贝这样一转，评论就嗖嗖地来了。

第一条：欸，三哥又蹭热度了啊？

蹭个头热度，她明明是为自己男人站队！

第二条：丑人多作怪。

汤贝：……谁丑？

第三条：不管不管，我站三哥这边，自从知道三哥是一个长相温暖可爱的胖叔，我对三哥就充满着好感，为三哥加油！

汤贝：……

一篇微博文章有两万多的转发，在网上的影响力还是很大的。不知道是不是因为现在社会医患矛盾本身就是一个热门话题，不到二十四小时文章底下的评论便有三四万条。

评论分几类，有一味拥护的，也有感同身受的，当然也有冷静者希望晓晓不要再激化医患矛盾了。

呃，没错，这位女网红大名秦晓晓，是一位人气颇高的时尚博主。

然而不管什么评论，多半还是相信了秦晓晓，认为晓晓在东院遭受了恶劣的对待，一时之间，晓晓的粉丝不只在文章下面艾特了S大附属医院官博，还来到了S大附属医院官博下面观光打卡，一口一个“你们红了知道吗？”“请跟我们晓晓道歉！”。

甚至还有更激发矛盾的言论：

“现在真是什么人都是专家，鸿茅药酒了解一下。”

“难道这就是全国知名三甲医院的服务态度？”

看着这些评论，汤贝气得肝疼胃疼胸口疼，面颊绯红，然后手心握拳，愤怒地捶了一下被子。一拳打在了“棉花”上……

“这根本不是事实！！！”

秦晓晓文章底下，她的评论夹在这三四万条留言里显得微不足道，本以为没有人留意，结果一个赞又一个赞地被她的黑粉捞了上来。

半个小时，将她捞到了第二页；之后，又将她捞到了第一页的最底下。

……汤贝感受到了黑粉的力量。

结果她好不容易被自家黑粉捞到了第一页，立马遭到了晓晓粉丝的攻击。

“哪来的三流小编剧？”

“如果没有证据就别瞎说，我们晓晓粉丝很可爱很温柔，但是打起脸来也是很疼的噢。”

“又是一个丑人多作怪……”

汤贝咬咬牙，生气之后恢复了理智，开始思考如何回应，以小搏大，将舆论引导回对沈时对S大官博有力的情形。她混文娱圈好几年，文娱圈也属于半个娱乐圈，对于这种网络引导舆论的事情，她没有做过，但是并不陌生。

甚至她可以联系童老板，童老板除了是一家编剧工作室的老板，还是一个拥有三千水军的网络营销公司股东。两万的转发率说低不低，说高也不高，来一个大扭转并不困难。

互动者的确爱凑热闹不嫌事大，但是他们也是有脑子的。

汤贝起床后，站在盥洗台洗手的时候，将嘴角往上一撇，露出了一副阴暗嘴脸。就是不知道已经去东院上班的沈时会不会受影响，今天他还有三台手术呢……

汤贝穿着小吊带小短裤回到卧室，又去了客厅，看到客厅餐桌上留着一份美式早餐，心里有些热。早餐是沈时出门前留给她的……她和他作息不一样，吃早餐的时间也不一样。算起来她和沈时“同居”一个星期了，老实说她整个感觉还不太适应呢。

咳，不是同居……是结婚。

网上的事，汤贝暂时不打算跟沈时说，以她对沈时的了解，他肯定不会在意，就是不知道S大附属医院官博会怎么回复这一次的舆论风波。

汤贝坐在沙发上跟管理官博君的管同学通了一个电话，管同学是一个年轻的小伙子，医学院毕业进入了医务处，工作就是管理微博……除了是微博管理者，他还是沈时的个人崇拜者。

“汤导，我们一定要为沈医生洗清冤屈。”管同学愤愤地说。

“嗯！”汤贝重重地点头，然后交代说，“但是我们现在必须沉住气，不能急，自乱阵脚，保持镇定。”

“一定的，我们要趁对方松懈的时候，再一举攻克敌方阵营。”

呃，不是的……网络舆论之战，最重要的是得人心。

她的想法是现在网友和秦晓晓的粉丝都在热头上，等过一天，出现越来越多理智清醒的看客，她和管同学再放出证据，这样才能将舆论导向一次性扭转过来。

总之，这是一次战争，有计划有谋略的网络舆论之战。

汤贝重新到洗手间洗漱，接着慢条斯理地吃沈时留给她的早饭，最后换好衣服，提着摄像机和笔记本出门了。

不知道是不是心理作用，她走到东院门诊大厅，感受到几位护士不同寻常的目视，她来到MDT科室护士站，田护士对她握了握拳头："三哥，加油！"

……果然她们都知道了。

微博事情闹得那么大，不只她们知道，整个MDT科室都知道了，唯有沈医生本人不知道，今早过来就去了手术室。刚刚田院长还来了一趟科室，叮嘱她们不要过多提及，以免给沈医生造成心理压力。

汤贝来到了MDT办公室，办公室里黄医生、丁医生都在……季子珊也在，低头捧着手机，看她进来，默默地将手机放在了桌上。

汤贝朝大家露出一个笑脸："早啊。"

"早。"黄医生回她，扬了扬嘴巴，似乎有话要说。

"不早了，都快10点了。"丁医生回她一句，然后拿着登记本和保温杯站了起来，来到办公室门口突然回头，说，"有些网友不知道事实，你不用太在意，等事情过去就没影了。舆论风波就是这样，来得快去得也快。"

汤贝望着丁医生，突然觉得今天的丁医生看起来特别高大……

"对啊。"后面的黄医生接话，笑了笑说。

汤贝挤了挤嘴。

丁医生和黄医生的安慰，不仅没有任何宽慰效果，反而让她更难过了。

手术室里，沈时结束手术，已经是中午。作为今早热门事件的当事人，他的确不知道自己在网上成为众矢之的的事情，走出手术室，副助才对他说起了网上的事。

因为昨天那个女病人家属是百万粉丝的人气博主?

沈时真的没有任何在意，之所以上网浏览微博文章，纯粹是副助对他说了后续："那个汤汤已经在网上跟那位女网红粉丝干了起来，斗争还挺激烈的。"

什么？贝贝跟网友干了起来？沈时一时没找到汤贝贝人，回到MDT办公室看了看微博情况，大致浏览了双方粉丝的对抗情况。

如果网上的口水仗就是赵医生说的那样，情形还真的有些激烈。

沈时给汤贝打了电话，汤贝在东院图书室接到了沈时电话，捂着手机问："沈医生，你手术结束了？"笑嘻嘻的，浑然不提网上的事。

沈时问："你今天来医院了吗？"

"嗯，我在六号楼图书室写资料呢。"汤贝回沈时，其实不是写资料，是写晚上回应的声明。管同学的声明她替他看了看，气质还是太硬了，虽然回得有理有据，但是缺乏情感共鸣，自然也不太容易得到网友的认同。

电话里，沈时沉默了一下："微博的事，我知道了。"

汤贝突然有些紧张："……沈时。"

她心里为难，自然语塞了，也不知道沈时现在心里感受到底如何；但是如果她是他，她肯定会很难受，他放弃美国优越的条件回到国内，可是却得到了这样的攻击和误解。

结果，沈时忽然笑了。

沈时居然还笑！汤贝嘟了嘟嘴："……你笑什么？"

沈时握着手机靠在椅背上，今天上午三个手术结束后，他的确有些累，抬手揉了揉眉心，然而心情却没有因为网上的事受到影响。饭点时间，办公室只有他一个人，打电话说的话也没有任何掩藏，无论语气和神色都带着一份直白的爱意和动容。

"高兴我有你这样的……老婆。"沈时这样说。

老婆……图书室，汤贝脸倏然红了。

办公室外面，季子珊正要回来取自己的饭卡，刚好也听到了沈时说出"老婆"两个字，眉目愉悦，语气自在，整个面容有着令人窒息的生动。

今早季子珊也从杨护士那里了解了情况，得知昨天那位姓秦的女网红就是跟沈时要微信不成恼羞成怒；解释清楚后，杨护士叹气说："真要命噢，我们沈医生明明戴着口罩，结果戴着口罩都挡不住烂桃花，看来男人长得太帅也不行啊……"

事实上，沈时怎么只是长得帅而已，他吸引女人的根本不是他的皮相，而是他的气质，他的智商，他的人格魅力，还有他对医学的坚持和热爱……

就算他从来没有过度地表现出来。

中午，汤贝和沈时是最晚在东院食堂吃午饭的。食堂没什么人，她吃一口饭，刷一下微博。沈时坐在她对面，原本还能接受，后面就有些无奈了。因为有人一下子蹙眉，一下子傻笑，一下子又陷入了思忖……完全处于一级备战的紧张状态。

呃，她只是在刷评论。

不知道是不是她制作了好几期宣传片累积了一定的好感，她的黑粉好像对她的态度有了质的改变，尤其是在这件事上，表现相当地护短。

评论里，只要秦晓晓的粉丝过来攻击她蹭热度，她家黑粉立马替她说话。例如："笑死人了，我们三哥还需要蹭你们这种十八线小网红的热度？玄幻大剧《××传》了解一下，网络播放破百亿，收视双台破2，去年的收视冠军。"

这条评论，点赞三百。

再比如："可能你们这种小学生还不了解我们三哥，他除了是著名人气编剧，还是S大医疗宣传片的制作者；以之前几期医疗宣传视频的专业度推测，我家三哥一定是一个985学霸，吊打你们家秦晓晓国外野鸡大学毕业生绰绰有余。"

汤贝：……这个，误会了。事实并没有。

"三哥不怕不怕，实在不行，我们用体重碾压这些妖里妖气的小人，让她们见识见识什么是重量级别的。乖乖噢，我们要心宽体胖啊。"

……咳！这个是黑粉，一定不会错。汤贝差点喷出了饭，对上沈时的眼睛，捂住嘴。

当然，她也有理性逻辑派的粉丝，直接以图片评论，用红笔圈出秦晓晓文章里的几句话，经过分析，得出了秦晓晓存在撒谎的可能性。更有医学生站出来科普解释脂肪瘤，情况根本没有秦晓晓说的那么严重。脂肪瘤是一种常见的软组织良性肿瘤，主要在皮下，这样的手术基本不会由MDT科室专家医生接，手术被拒绝很正常。

综上所述，自己挂错号还瞎说，打脸果然很痛。

汤贝突然有一种骄傲感，原来她的黑粉不仅说起她很厉害，说起网红粉更厉害啊。

同样，整个微博的风向也已经开始动摇了，尤其是官博君上午发了一条微博，一句话——“这根本不是全部的事实真相。”

一句话，没有完全否认秦晓晓带母亲来看病的事实，但是任何事情都有两面性。S大附属医院官博这样一说，更是加重了网友看热闹的热情，底下都是求着官博发正式声明，上证据。

差不多了，火候也够了，可以上证据了。

不管是声明，还是可以作为证据的视频，汤贝都已经准备好了。其实上，昨天有视频记录还真是庆幸，因为她想拍摄《逢生》纪录片，昨天待在诊室的时候，就将摄像机放在电脑前录制了沈时坐诊的真实场景。

没想到拍下的画面刚好可以作为反驳秦晓晓的证据。

昨天秦晓晓带母亲就诊的视频，她已经剪辑处理好，给沈时的脸打个马赛克，做个糊化处理，然后给每一句对话都配上字幕。因为秦晓晓本身也算是公众人物，她就没给秦晓晓做任何处理……顺便也给粉丝看看，她们心目中的女神更真实的模样。

晚上8点，S大附属医院官博君发了声明，同时附加秦晓晓带母亲看病整个经过的小视频。

半个小时，这条声明微博转发量破了五万。

同时S大附属医院官博君声明的最后艾特汤三哥，感谢她为了拍摄纪录片，刚好录制了这一段。解释的同时，强调了她目前正在做的事情。

该视频被播出来的瞬间，她的黑粉都沸腾了，一副不枉为她护短站队的热血模样。

夜里十点，汤贝以奇怪的姿势握着手机，卧在床上瞅着最新的微博评论，身体敏感又荡漾。

“啊啊啊啊啊，我终于等到了，三哥威武！你是我的男神！”

“激动，以后我再也不会嫌弃我们家三哥了，颜值不重要，最重要的是才华！”

“对啊，何况那位秦小姐也没有很漂亮呢，就那张脸，粉丝还吹上天说什么比女明星都漂亮，事实上女明星还是女明星，网红总归也只是网红哦！”

“那个，我想说这位男医生的手……太好看了。”

……这个，重点貌似有些偏。

“汤贝贝，你专心点。”耳边突然传来沈时清沉的命令，温柔的低语透着要命的磁性。

汤贝本想多看几条评论，沈时那太好看的手已经无情地夺走了她的手机，然后带着她往“情海”里沉沦。

呃，她也没有不专心啊……不是刚开始吗？

汤贝又羞又臊，面对沈时的撩拨，完全没有任何抵抗能力，感觉沈时只需要一个眼神，就可以挑动她身体里所有情绪和兴致，还有不停上涨的荷尔蒙。

不过，前期沈时节奏不会很快。慢慢地，她身体越来越热，随后噌的一下变成了熊熊烈火，从温情到热烈……整个过程，她都跟着沈时的节奏，浑身紧绷又颤抖。

她彻底瘫了，沈时抚着她的后腰，将她往上托了托……外头下雨了，夜雨敲窗。最后结束的时候，汤贝困得快要闭上眼，床头手机却嘀嘀地响着，信息一条一条弹出来，沈时见怀里人连眼皮都不愿动一下，将她手机关了机。

信息都是S大附属医院官博君小管发来的，分享微博舆论之战的胜利：

“汤导，转发量快上七万了！”

“好多大V替我们转发。”

“我们医院上热搜第一了！”

“太好了，秦晓晓已经删掉微博了……”

“呃，汤导你已经睡了吗？”

“好吧，晚安。”最后一条消息发送进来的时间是十二点三十四分。

汤贝早已经合上眼睡着了，她有些感冒，虽然不打呼噜，但是入睡后的呼吸有些加重，一道一道地贴着沈时的胸膛和着心跳声。

沈时突然明白为什么自己会冲动地跟汤贝贝领证结婚，不管如何心动，他都应该谨慎考虑到婚后两人的性格问题，婚姻生活到底适不适合她，或者他自己。可是，当生命中出现一个人，她可以充盈他空旷已久的灵魂，让他觉得空乏的人生充满了更多色彩，他怎么还舍得放走她？

他只会不遗余力地留下她。

她的刚好出现只是来到他的世界里短暂休息或者停留欣赏一阵……人生旅途那么长，她那么爱跑的性格，随时都有可能离开，或者很快就到别处看风景。

然后，找到一个更适合她的人，在一个更合适的年纪里。

可是，他并不想汤贝贝成为一个过客，只想让她长久地住下来；既然她来了，必须长久地留在他生命里，陪他走完后面的人生路。

领证前一晚，季柏文问他，为什么会是贝贝，为什么不多考虑一阵，多磨合一段时间。他也问自己，心里的答案却很清楚。他不是最适合汤贝贝的人生伴侣，汤贝贝却是唯一走到他心里的人。结婚这件事，对贝贝是一时冲动，对他来说，却是一道必选题。

第二天清早，沈时立在衣帽间换衣，敞开着大片性感的胸口，一颗颗地扣上衬衫纽扣。卧室大床上汤贝睁开眼，翻了个身，对里面的沈时说：“沈时，你今天不用给我留早餐，我等会儿自己起来到楼下吃小笼包……”

说完，汤贝又闭上了眼睛。她跟东院是有合同，但是没规定每天都要去东院拍摄，也就不需要像沈时那样上早班，所以她可以继续嚣张地张开腿睡懒觉。

大床上只剩下她一个人，她还可以自由地翻身、跷腿、踢被子……

沈时换好衣服出来，汤贝再次睁开小眼缝，得意地弯了弯嘴。沈时站在她的床边，对她说："你昨晚有些感冒，等会儿起来吃两片维C，多喝点热水。"

她感冒了吗？没有啊，汤贝吸了吸鼻子，然后转了个身。如果她真感冒，那也是赖他，谁让他昨晚让她一阵热，又一阵热呢。简直没完没了的。

汤贝翻了个身，将被子往脸上一拉，依旧感受到床边某人磊落的视线，闷声说话："好了，沈医生你去上班吧，我还要继续睡大觉。"

哼哼唧唧，娇气得没完没了了。

然而沈时出门不到五分钟，汤贝便将手从被窝里伸出来，从床头拿过手机，顶着凌乱的头发，开机，眯着眼睛登录微博。

中间，查看了昨晚关机后进来的信息，她的朋友小伙伴都是夜猫子，凌晨三点还有人给她发消息，内容基本是关于昨晚的微博舆论之战。比如何星岩就在凌晨三点给她发了一条消息："厉害了我的贝爷，你这是要火了啊，求带飞啊。"

嘿嘿，没问题。

不过她真火了吗？事实上并没有，人气还不如沈时在视频里只出现十秒的手，幸好她将视频做了模糊处理，然而就算处理了，依旧有不颜控党看出了模糊面目里藏着的帅气。

有个W开头的ID评论说："怎么办，我都想去S市东院挂个号了，可我不是S市人，呜呜呜！"连这种微博，点赞居然也有好几百。

底下也是精妙得很："清醒点，人家可是肿瘤外科医生。"

今早S大附属医院东部院区依旧挂在微博热搜，虽然不是第一了，但是她点开阅读量，实打实的几千万啊。此外，官博涨了十几万的粉丝。

连她"汤三哥"这个号，都涨了好几万新粉。

视频和证据播出来后，大家都明白了缘由，整个过程，沈时并没有任何不当的语言；后面杨护士请秦晓晓出去的时候，语言也很客气，还解释了沈时不接手术的原因，不是嫌弃手术小，而是这样的脂肪瘤手术普外医生就可以完成。

操刀和处理经验更丰富。

之所以引发矛盾，只是秦晓晓跟男医生要微信不成，而恼羞成怒。然而添加私人微信这件事，凭什么脸大到挂个号就要人家医生的微信号，有没有考虑过人家医生女朋友或老婆的感受。

对啊，作为老婆的她，还在现场瞅着呢。

昨晚S大附属医院官博放出视频和声明之后，舆论几乎一边倒，尤其不少大V，连夜赶稿写起了社会医患关系的小作文，开始了各种呼吁。汤贝突然想，难怪童老板养了三千水军，因为网上的舆论和风向真的很容易被控制……

这个想法，让汤贝思绪恍惚，心底又有些开窍：有时候大家要的并不是真相，而是同仇敌忾，或者是一种发泄，一种满足看热闹的兴奋感。

她又想起戏剧学院上学的第一堂课，德艺双馨的赵老师对底下学生说的话。第一堂课并不是什么技巧教学，也不是激励人心的鼓励，而是跟他们这群学拍摄、学导演的新人强调一件事——不论何时都要保持初心。

“你们当中，以后有人会成为票房上亿的商业导演，也有可能会拍出影响人心的优秀作品，然而不管你们的作品是什么形式，对社会的影响力都是巨大的，因为会产生巨大的影响力，所以你们必须随时保持谨慎而谦虚的姿态。因为你们随意拍摄的一部作品，它传达的信念、价值、三观，包括负面的力量影响的不只是一个人，两个人，还有可能是一个社会，一个时代。记住我的话，怀揣着伟大梦想的同时，也让自己担得起伟大的意义，这样你们才能成为一个优秀的导演，一个好故事记录者……”

这样一想，难怪《××传》成了她的黑历史……这个社会还是存在着判断力的。

尤其网友的眼光，刁钻着呢。

昨晚一澄清，秦晓晓微博底下的评论完全变成了灾难现场，虽然秦晓晓连夜删除了微博，仍然挡不住大家对她的批判。有就事论事的，也有纯粹是失望她视频里的样貌，比如一条评论说：“颜值即正义，所以我站在视频里的男医生一边。”

这个……

当然这句评论也是玩笑的口吻，其实视频里秦晓晓比大多数普通人还是好看一些，只是谁让她在文章里弄虚作假，平时发照片更是精修得一个毛孔都不放过，然后就遭到了人气的反噬。所以说，做事说话真的要三思而后行呢，尤其作为一个有一定影响力的社会人。

对比秦晓晓的评论，她汤三哥微博底下完全是一片……歌舞升平。唯一不太和谐的就是，那些站队成功的黑粉揪出了原先奚落她的黑粉。比如那条——“丑人多作怪”。

“哼。我们三哥不靠颜值吃饭，因为他有才华啊！”

“对，我想三哥可能还是东院的男医生，不然没机会拍摄纪录片。”

“那个《××传》就算评价不好，也是因为我们三哥没有找准定位。”

“《××传》没有不好吧，明明是剪辑出了问题，剧本从技巧来看，还是很优秀的。”

“楼上，你是认真的吗，不带这样马后炮的……”

汤贝看着这些观点各异的评论，心情那个复杂，大概也是承受不了压力，那位说她丑人多作怪的ID“小怪瘦MM”出来申辩了——

“我才一夜没上微博而已，发生什么了？”

“啊啊啊，你们误会我了，我说的丑人多作怪不是说三哥，是说秦晓晓啊！”

呃，原来是一个误会？

同时“小怪瘦MM”再次上来强调一番：“我们三哥虽然不好看，但是他长得很温暖很有特色啊。”

汤贝：……

汤贝发了一条微博——“我是女的，我不丑。另外不要叫我老公了，我有老公了。”解释性别误会的同时，顺便强调了一个事实，她已经结婚了！

后面汤贝没有再看微博，主要是黄制片又来催她电影剧本稿了，只是不知道为什么，她好像有些卡住了。刚好童老板给她打来电话，问她《人间绝恋》剧本写得如何了。

如果写好了，他再介绍其他剧本给她。

她将内心的苦恼说给了童老板听，原本她写得很顺，只是突然有了社会责任感之后，就有些束手束脚，每一句台词都琢磨好几遍。

良久，童老板回她："贝贝，你知道做人最重要的是什么？"

"开心？"汤贝问得不确定。

"不，是纯粹。"

"呃……"

童老板："纯粹点好吗？不要想东想西，只看钱好不好！写好了这本，继续写其他的，那个沈医生赚得还多吗？如果不多，等结婚生孩子了，你还要养家糊口呢！"

汤贝：……她要再想想人生了！

晚上，MDT科室聚餐，群里黄医生发起了投票，并提议说："说起来好久没唱歌了呢，今晚刚好我们都不需要值班，等吃完饭要不要唱个歌？"同时艾特了她："汤汤也算我们科室一员，记得一起参与投票啊。"

唱歌吗？汤贝这样的文艺工作者，自然是喜欢唱歌的，就投了"去"，结果整个MDT群里参与投票的只有她和黄医生……

晚饭吃的是偏辣的地方菜，因为她有些感冒，沈时单独给她点了几道清淡的菜色，然后被黄医生问话："这个时候怎么会感冒？汤汤你的体质也太弱了吧。"

汤贝想到昨晚的画面，一阵脸热，开口说："……可能是现在天气一阵冷一阵热。"

"有吗？"黄医生意味不明地笑了起来。

汤贝有一种心虚的紧张感，明明黄医生只是随口一提，丁医生、杨医生包括季子珊都没有在意，连沈时也靠着座椅，神色自若。

菜还没有点齐，季子珊接到了一个电话，原本大家还在相互说笑，因为子珊突然白下来的脸，收了收神色。

“子珊？”杨医生先出声询问。

“怎么了？”黄医生也问，连丁医生都投去了关心的目光。

然而，季子珊却本能地看向了沈时，握着手机，脸色又红又白地开口说：“沈哥哥，刚刚我家阿姨给我打电话，她说我妈妈晕倒了。”

什么！季妈妈晕倒了？

没想到家里出事，她居然做出这样的反应。

她自己也是实习医生，妈妈晕倒还表现得这般惘然无措，冒出的话更是这样突兀。她妈妈晕倒了跟沈时有什么关系呢，就算两家住对面……

“不好意思，我先走了。”季子珊快速拿包站了起来，不给众人任何反应的时间。

就在这时，比沈时先做出反应的是汤贝，她站起来，看向季子珊说：“那个，我和沈时一起送你过去吧。”

季子珊：“……”

随后，沈时出声：“打120了吗？家里现在除了阿姨还有谁？如果只有阿姨，我联系我爸，让他过去帮个忙。”沈时声音冷静、平实，没有太多关心却稍稍安抚季子珊慌乱的心。同样，在座黄医生、杨医生都对季子珊说：“无论如何，你让阿姨先打120，让救护车过来。”

黄医生又问季子珊：“你家住哪个区域？我给你查查就近的医院。”

大家一言一话，冲淡了季子珊聚集在心头的焦躁和难堪，注意到汤贝投来的关心目光，心头更是百感交集。“谢谢……”季子珊对汤贝说，也不知道自己在谢什么。

季子珊坐上了沈时的车，汤贝坐副驾，很快，SUV驶出了商场停车场。她再次拨打手机，联系家里的阿姨。

手机很快接通，阿姨支支吾吾地说：“刚刚太太是眩晕过去，不过现在已经醒来了，我也不知道问题严重不严重，季先生去了沈家下棋……”

季子珊十分心急，声音都重了："那你赶紧去找我爸啊。"

"哦哦哦……"阿姨迭声应着。

季子珊又给她爸打了电话。

季林森的确人在沈家，同沈章平下着棋，话多得沈章平受不了，走一步棋，聊一句往事。好像人到了一定年纪就很喜欢追忆往事，季林森句句不离当年成立森善的创业岁月，就算那时候他没多少钱，仍然义无反顾地将所有的资金一半投入研发，一半投入广告，疯狂得像是一个草莽英雄。然而，他的决策没有错，这二十多年市场动荡，随时随处都充满危机和陷阱，森善熬过了一个又一个春秋，成为国内知名的大药企。

"章平，你说当年善善怎么就不理解我呢！"季林森问老友，不知道是不是心底抑郁太久，说出的话都有了抱怨的意味。

沈教授最烦的就是老季找他说善善，一方面他不擅长情感问题，另一方面事情都过去那么久了，他和善善都成了亲家，他老季还惦记个什么呢。

"善善和老汤现在挺好的，你就别没完没了了。"沈教授打岔说。

季林森被噎了一下，说："我倒忘了，你现在跟老汤成了亲家。"

这话又是什么意思？沈教授抬起头："季林森，我说你最近心情是不是不好啊？"

呵呵，沈章平终于发现他最近心情不好了啊，他最近心情还能怎么好啊。原本沈时是他心仪的女婿人选，结果成了老汤的女婿，就在刚刚沈章平还告诉他，沈时和贝贝已经领证了，前几天两家都吃了订婚酒。而他什么都不知道……

"老季，我跟你说，你要心宽一点……"沈章平宽慰说。

他还能怎么心宽？季林森问沈章平。

"唉。"沈章平叹了一口气，眼睛研究着棋局，嘴里毫不在乎地评价说，"你这人就是心胸狭窄，做事又激进，难怪当年善善跟你离婚。我以前是不知道老汤多好，善善结婚那会儿你还一口一个流氓头子地叫人家，害得我对老汤有了不好的误会。最近接触下来，人家老汤一点儿都不流氓，做人做事别提多绅士，为人又豪爽，尤其是对善善，可比你当年好多了，你就是不知道珍惜，现在活该惦记个没完……”

季林森忽地放下了棋子，撇过头。

沈章平早落下白子，见季林森没有反应，问他：“……你怎么不走了？”

“不下了不下了，跟你下棋太没意思了。”季林森心塞地说，揉了揉额头。

沈章平不明白了，跟他下棋没意思，还每晚往他这里跑啊？季林森这样姿态一摆，沈章平也有些不爽快了：“不下就不下，我跟老杨下去，棋品可比你这位董事长好多了。”

季林森：……

然而季林森待在沈章平这里再受气，也比留在家里舒服。沈章平说话是直接，批判起他来更是毫不留情，但也比家里那位话里有话没事瞎挑事的要好得多。

没错，一个小时之前，季林森跟妻子王晓春吵了起来，原因只是他拿着柏文小时候的照片看。家里柏文的照片不多，除了周岁照百日照，剩下的就是一张柏文三岁生日的时候拍的留念照。

照片里除了柏文还有善善，善善抱着柏文，小柏文嘴角还留着奶油蛋糕，绷着气鼓鼓的小脸对着相机，不知道想着什么。妈妈却是眉眼温柔，满满的爱意都要溢出泛黄的相纸。

……

哎！客厅里王晓春靠在沙发上，接过王阿姨送上的水，对王阿姨说：“你跟珊珊怎么说的啊？她是不是担心坏了？”

王阿姨一时难以回答，听口气子珊的确很担心的样子，但是不让子珊担心，季先生也不会心急啊。

王晓春突然有些后悔了，觉得自己不应该发脾气，可是这些天季林森一直往沈家跑，明摆着想从沈章平那里打探善善的近况。人到中年，为自己想得反而少了，心里想着装着的都是子女。就算季林森心里装着前妻，王晓春都忍了，睁一只眼闭一只眼也就过去了，反正最后陪季林森入土为安的人是自己。可是，她就是不忍心让子珊受委屈。

这些年，季林森有好好在意过子珊吗，这段时间子珊难过悲痛，他作为父亲有关心过吗？刚刚他看季柏文的照片，眼睛都要冒水了，但是子珊小时候的照片他有拿出来看吗？

没有……没有！

原本王晓春后颈就有些血管粥样硬化，最近又无端地掉起了头发，刚刚季林森拂袖离家的时候，她整个人就天旋地转的，幸好王阿姨扶着她。

不过，情况并不严重。

可是，季子珊真的完全不知情，电话里王阿姨说得那样火急火燎，自然将情况想得糟糕了，等手机里传来她爸的声音，都要哭起来了，尤其季林森说自己在下棋。

“爸，你怎么还在下棋……我妈都晕倒了。”

季林森立马回了家。客厅里，王晓春躺在红木沙发上，脑袋往后靠，眼睛紧闭，面色泛白。但人还是有气的……

季子珊再次接到她爸打来的电话，沈时已经上了高架桥，高架两边路灯高挑，徐徐往后倒退。前面副驾驶，汤贝握着手机，转移季子珊紧张的情绪：“你妈妈是不是有些低血糖？”

季子珊同样握着手机，耳边是她爸对她的交代：“你妈没什么事，没有晕倒，只是有些眩晕，现在已经好了……你别担心，明天我带你妈做个全身检查。”

结果是这样，季子珊都不知道怎么回汤贝贝了，讷讷道：“……我妈没事了，我爸刚刚打来电话，说只是老毛病犯了。”

沈时开口说：“还是先回去吧。”

“……嗯。”

汤贝听完也舒了一口气，说：“人没事就好。”

季子珊挤了挤嘴巴，心情复杂。

汤贝已经交流了起来：“我现在也是这样，生怕爸妈身体会出什么事，尤其是在医院待久了……是不是我们长大了，要轮到我们为父母操心了呢。”

季子珊低下头，没有接话。

汤贝歪了歪头：“不过我觉得还是在医院待久了的关系，见多了各种可能性，对父母身体健康这个事更加重视起来了。”

季子珊虽然不接话，贝贝的话却让她听得很暖心。她觉得汤贝不是程莹莹说的那样，心思多、手段多、又爱演戏，反而很坦诚也很善良，对人对事都有一颗赤诚之心。事实上，如果汤贝贝真是程莹莹说的那种人，怎么会吸引到沈时。她可以怀疑汤贝贝的虚假，却不应该怀疑沈时的眼光啊。

沈时送季子珊回了紫金花园，拉着汤贝的手站在季家外面，对季子珊说：“你先进去看看吧，没事的话明天再上医院做检查。”

季子珊道谢，走进了家门。

剩下的一对儿继续站在沈季两家中间的公路上，花园里的石榴花已经开了，鲜艳的红花像是一团团火，盛开在晦暗的底色里。六月的晚风悠悠扬扬地抚着面颊，有些痒，像是空气里带着花粉。汤贝侧过头看了眼沈时，沈时也低下头看她，问她：“饿了吗？”

汤贝嘴角漾着笑：“有一点。”

沈家的晚饭早结束了，沈时带着汤贝回到了沈家，家里的四哥趴在沙发底下，看到他们回来，小跑着过来。

汤贝蹲下身逗四哥，摸摸它的头。

沈时去了厨房，拒绝了岳阿姨的帮忙，自己打开冰箱，看了看里面的食材，有所选择地拿出来。一个小时后，汤贝把沈时给她做的营养蔬菜粥发到了洛杉矶群里，向张安硕炫耀：“张医生，这是沈医生亲自下厨给我做的营养粥噢，味道特别好。”

因为不好意思大张旗鼓地发朋友圈秀恩爱，这段时间汤贝想秀恩爱了，就在洛杉矶群里作妖，时不时拍一些照片发到群里，将“婚后”的恩爱日常一一展现到张安硕面前。

“啊，我好羡慕啊！”

张安硕的回复已经越来越敷衍，过了会儿也秀起来：“昨晚我也吃大餐了，和阿温一起吃米其林大餐。”随后，也发了一张照片过来。

照片里除了精致的法式大餐，还露着一双纤细的女人手，两手优雅地握着刀叉。无疑这双手的主人，就是温倩了。

汤贝又想起了洛杉矶那晚温倩对沈时的深情表白了……

“对了，九月份的时候我和温倩会一起回国。”张安硕在群里说，“到时候还会待一阵，等着参加你和沈时的婚礼啊。”

汤贝回了一个笑脸。但是，温倩也要一起回国吗？为什么？

因为张安硕离职了，前两天进了温倩所在的制药公司，转行做了药品的市场推广，回国可能是因为商业合作。沈时对她说起这件事，汤贝心里是惊讶的，不明白张安硕为什么会转行，想到美国住院医生每周的工作时间，多少猜到张安硕转行的原因。

因为临床这一行太辛苦了吗？

事实上张安硕转行，并不是因为辛苦，他心态很好，每周120个小时的值班也能苦中作乐，选择转行只是外科医生真的是论天赋的行当。从第一次战胜心理解剖到前阵子决定放弃临床外科，张安硕心里同样不好受，所以这件事只对沈时提了提。

没有在群里告诉汤妹。

“其实，张安硕的性格很适合做药品市场推广，而且待遇薪酬也提高了。”沈时说。

汤贝前一秒还为张安硕惋惜，后一秒听到待遇薪酬提高，就释怀了，说：“那不错啊。”

“是不错。”沈时说。

汤贝忽然歪了下头，解释说：“我不是说薪酬高了不错，只是觉得张医生找到更适合他性格的工作，很不错……”

“嗯。”

汤贝为什么要特意解释一下？沈时心里有个感觉，好像贝贝一直在回避他的收入问题，不是那种计较的回避，而是怕谈多了伤他自尊心？

咳，汤贝最近真有这个想法，自从童老板提醒她要承担养家糊口这件事，她的内心就充满了家庭责任感和赚钱养老公的原动力。同时又有一些担忧，希望沈时不要感受到什么压力，如果以后她赚得比较多。

晚上回到租的公寓，汤贝忙不迭地赶起电影剧本的稿子，可是最近她思路不对，抱着电脑靠在沙发上，一脸的纠结。她写到癌症女主割腕自杀，被男主救了，后面男女主角有一场谈话，她不知道咋聊了……

汤贝跳下沙发，对沈时说："沈时，那个你先睡吧，我要下楼找找感觉！"

沈时衣服还没有换，身姿挺拔地立在客厅中间，思忖了下说："需要帮忙吗？"

呃，如果他愿意的话，的确可以帮她……

夜里十点，小区楼下的人工湖边几乎没有什么人，头顶是一轮清晖，对面矗立着三幢住宅楼，夜风带着凉意穿过树梢，呼呼作响；湖边有鸟鸣蛙叫，一声连着一声地传来。

湖边的小道上，汤贝双手相握，趴在沈时肩膀上。

由他背着她走。

走了好几步，她趴在沈时肩膀上，"忧伤"地开口："梁医生，如果我真的死了……你会一直记得我吗？"

就在这时，沈时也开口了，问她："你最近是不是在纠结我们家庭的收入问题？"

呃……沈时这台词，有些不对啊。顿了顿，她松了松圈着的双手，盯着沈时清俊无比的后脑勺，懵了好几秒——沈时是她肚子里的小蛔虫吗？

……她还能不能有自己的小秘密了！

| Chapter18 |

榴梿搓衣板

“沈时……”

“嗯？”

“你知道我心里想什么吗？”汤贝将手放在沈时的肩膀上，问得小心翼翼，心里反复揣测着。她以为自己将心思藏得很深，没想到却被沈时看穿了。

她瞅着沈时被风吹起的短发，暗自神伤。

前面沈时笑了一下。低低的、短促的成熟男人的笑声，像是夜里清冽的凉风若有若无地刮过她的耳边，撩拨她的心。

“沈时，那你说说我纠结什么家庭收入问题呢？”汤贝靠近沈时的耳边问，故意刁难他。

这个还真有些不好猜，也不好明说，顿了顿，他对背上的小妻子说：“我们结婚太急，最近事情又多，很多事都没有坐下来好好交流，过阵子我把我名下的财产和收入情况跟你仔细交代一下。如果你愿意，以后家里的财政大权交由你来打理……”

“不要！”汤贝下意识地拒绝管理家庭财政工作，理由是，“我管不了钱。”

然后，她说出了一个假设：“而且钱放在我口袋里，我就会忍不住花掉，到时候家里连米都没了，你肯定会后悔的。”

“不会的。”沈时笃定说。

不会什么？不是她吹牛哦，就沈时的工资，她眨眨眼就能花光光！汤贝心里腻腻歪歪的，将脸贴在沈时的肩膀上，情绪酝酿一番，开口说：“沈时，还是把我的收入给你管吧。我以后多写剧本，多拍片子……等成名了，收入会很可观。不过我的收入不是每月固定的，有时候会多，有时候可能半年都没有进账，到时候就花你的工资，嘿嘿……”

有人将话说得这样好，沈时弯起了唇，问：“所以你以后还打算养我吗？”

汤贝：……

她都把话说得这样妥当高明、深藏不露了，沈时还是听出了不同寻常的意思吗？还是就像童老板说的那样，男人可以没性格，但是不会没自尊。

的确，这些天汤贝在烦恼，烦恼自己成名发达后沈时能不能接受两人的收入差距，毕竟两人行业不同，她这个行业来钱向来比较快。

“我只是想履行妻子的责任啊……现在社会已经不分男女了，讲男女平等。”汤贝吞吞吐吐圆起话来，“而且我把钱给你花，表明你是我爱的男人，有问题吗？”

“没问题。”沈时很快回她，话里夹着笑，“贝贝，我很高兴。”

她咧了下嘴：“真的？”

“嗯，真的。”

沈时轻呵两声，然后商量说：“如果你觉得管理家庭收入这个很麻烦，我就继续打理我的收入，但是我会建立一个家庭资金账户，以后你花费也从里面拿，包括以后我们孩子的花费。不过你的钱仍然是你自己管着，就像你说的，把自己的钱给对方使用是一种爱的表达，我是你丈夫，丈夫想表达一下自己的爱，应该也没问题吧。”

呃，沈时居然用她的话将了她一军。汤贝没声了，将头默默地靠着沈时的肩膀，心里却是暗暗地怀疑，因为沈时居然用“打理”这个词形容……难道，他的收入不只是工资吗？

一直以来，汤贝都不觉得沈时是一个有钱的男人，身上也没有任何公子哥的做派。洛杉矶公寓他和张安硕合租，回国之后很长一段时间才买了车，每天习惯坐地铁不打车。

衣服换来换去，就那么几套。就算家庭条件不错，完全也是一个不浪费不铺张的好男人，虽然有时候花钱没什么概念，比如他和她现在租的房子。

不管了，沈时说得这样有理有据，她还计较什么，谁会嫌弃自己的男人养自己呢。不管沈时有钱还是没钱，她都喜欢他。

“沈时，你累了吗？”她转移话题，问沈时背她累不累。沈时之所以会背着她走路，是因为她剧本里也有那么一出戏，梁医生背着生病的女主桥走路，然后两人来了一次心灵的交流。就像刚刚她和沈时这样。

“还好，还能背一阵。”沈时拢了拢手。

立马，她自觉地将屁股往上蹭了蹭，双腿牢牢地盘在了沈时的腰间，姿势那个熟络，因为小时候她不想走路，老汤和季柏文都会背着她。

不过等她长大了，父亲和哥哥都不好背她了，没想到又轮到沈时了……

回到楼上，沈时就将工资卡递给了她：“其他收入需要整理，回头再跟你说，这是东院的工资卡，暂时先作为我们家庭资金账户。”

汤贝默默地接过了卡。

沈时又说：“密码是——”

“我们在洛杉矶医院第一次见面的时间。”

沈时这不是为难她吗？汤贝想了想，说出一串数字，挑眉问：“没错吧？”

沈时点头：“对。”

汤贝有些欢喜。

夜里，她背着沈时登录手机银行，查了查沈时卡里的余额，看到数字的时候眼睛陡地睁大了——沈时的工资跟她之前猜想的不一样。

“沈时，这真是你在东院这几个月的工资吗？”汤贝低低地问。

“对，这张卡上的钱我还没有动过。”

汤贝：“……”

“怎么了？”沈时转了个身。

汤贝默默地放下手机，朝着天花板眨了眨眼，没什么，她就是觉得自己有些杞人忧天了，而且，她觉得田院长忽悠了她！

“沈时，以后还是你养我吧。”汤贝开口，不要脸地说，“我不想为了钱多写剧本了，我要认真对待我的每一个作品，放弃商业路线，争取走获奖路线。”

沈时抱住了她，闭着眼说：“好啊，我很乐意。”

汤贝也转了个身，想继续聊聊人生：“沈时，你觉得追逐梦想和随波逐流过上大众羡慕的生活，哪个更重要呢？”

“这个问题——”沈时握住汤贝的手，口吻因为随意而显得慵懒，“我明天醒来再回答你，可以吗？”

“……好吧。”

第二天早上，沈时一边剃须，一边跟戳在自己跟前的妻子聊人生；汤贝穿着小吊带，微微仰着头，听得很认真，一脸的受教。

但是这些话，沈时都是从医学心理书上搬下来的。一个不小心，一滴剃须泡沫落在了贝贝的额头。小状况终于打住了汤贝的唠叨不休，额头上那滴带着薄荷气味的剃须泡沫更是顺着往下流。沈时忍俊不禁，伸手擦拭掉，商量说：“好了，你先出去，我要上个厕所。”

汤贝碰了碰鼻子，就是不动。

沈时：“还是要留下参观？”

她才没兴趣呢！汤贝大大咧咧地转头走出了洗手间，就在这时外面门铃响了，她跑到客厅，打开门，接过外卖小哥送来的早餐外卖。

“谢谢……”

“汤贝，以后开门记得套个外套。”沈时从卧室出来，叮嘱说。

汤贝看着自己的吊带睡衣睡裤，应道：“……噢。”

好像随着相处，沈时在她心中的形象越来越具体，越来越接地气了。

突然发现她和沈时的家庭收入还是很可观这个事，下午朋友奇奇约她逛街，汤贝没有犹豫就答应了。某家大牌店里，她买了两件男式衬衫，一件黑色暗纹，一件蓝色暗纹，同款不同色，一件给沈时，另一件给季柏文。大牌的衬衫很贵，但是今天有活动，两件打九折。

刷了卡，一笔一画签下沈时的名字，汤贝发消息给季柏文，说给他买了一件衬衫，季柏文居然问她："又是买一送一吗？"

汤贝心塞，将衬衫牌子发给他："你见过这个牌子有买一送一的优惠活动吗？"

季柏文："鬼知道你是不是买的仿牌。"

汤贝："……"对，她大一的时候在微信好友圈给季柏文代购了一件阿玛尼的T恤衫做生日礼物，结果被季柏文识别出是高仿。

事实上，她也是受害者，被微商骗了啊！不过之后，她就没有给季柏文买高端品牌了，他不需要，对她来说也是打肿脸充胖子。

这世上，有钱不一定会快乐，但是有钱一定活得更体面，不管健康还是身患疾病……尤其是医院这个地方。阮老师空出来的病床住进了一个新的朋友，年纪不到三十岁，职业是网络写手。身患甲状腺癌两年，前阵子复发进了东院MDT病房。

汤贝是跟着丁医生查房认识这位新朋友的，查房的时候，他正躺在病床上手速飞快地敲着键盘，浑然不在意手上输着液。

丁医生说，他最快的时候一天更新五万字，每天从早上写到转天凌晨，发现身体出问题的时候是一次发烧迟迟没有好，终于熬不住才去医院做了个检查。

有人就是这样讳疾忌医，不把自己的身体当回事，拖延了治疗的时间。

"大狗，如果你还在这病房里打字，很抱歉，我只能建议你转院了。"丁医生对病床上敲着键盘的人说，语气那个无情。之所以叫人家大狗，是因为这位网络写手的笔名就叫"一条幸运狗"。咳，不过真名很好听，叫李修山。

李修山抬起头，一脸委屈巴巴地说："我读者还等着我更新呢。"

丁医生也是作者，但是跟网络连载不一样，只是在自己的博客发表小说，所以同是作者，也没办法理解李修山这种每天写几万字的网络作者。

"身体重要，还是读者重要？"丁医生问他。

"读者。"李修山回得那个毫不犹豫，大义凛然。

"……"

丁医生没话说了，离开病房的时候吩咐后面的护士："等会儿没收他的电脑。"

汤贝继续留在李修山的病床前，对他介绍自己说："你好，我和你也属于半个同行，我叫汤贝贝，以后可以采访采访你吗？"

李修山朝她咧了咧嘴，提了交换要求："可以，如果你可以让丁医生不没收我的电脑。"

……这个貌似不行。

她回到MDT办公室，黄医生刚好也提起了甲状腺癌，所有癌里最幸运的癌，术后效果最好的恶性肿瘤之一，所以有时候他们将甲癌称为幸福癌。

汤贝以为黄医生提到甲状腺癌是因为李修山同学，结果得到一个震惊的消息，季子珊妈妈昨天检查出患有甲状腺肿瘤。

"是恶性吗？"汤贝问黄医生。

黄医生摇头说："我也不知道啊，我是听杨医生说的。"顿了下，又嘱咐她说，"子珊性格比较闷，等她回来你别多问啊。"

汤贝点头，她有分寸的。

晚上沈时值班，汤贝去了一趟季柏文私人住宅，带上她买的黑色男士衬衫。站在走廊上，她敲了好一会儿的门，才得到了回应——

季柏文穿着骚气的男士睡袍给她开门，面色有些红，像是发烧了。

汤贝提起手中拎着的袋子，正要笑吟吟开口，视线一转，看到了立在季柏文后面的舒姐姐。"舒姐姐，你也在啊？"她歪着头问。

舒瑶在她哥这里并不奇怪，有时候她哥不去上班，就让舒姐姐将签字的文件送过来……

资本家做派十足。

“季总，我先走了。”后面舒瑶低哑地开口，经过她的时候，交代一句，“贝贝，你哥有些发烧，你带他去趟医院吧。”

呃，还真发烧了啊。汤贝放下了袋子，眼睛盯着季柏文。

舒瑶离开，季柏文回到了沙发上，跷着腿问她：“最近怎么样？”

“……”

汤贝偏了下头，一时没说话，因为想着事。

她不是一个心细的人，但是她观察能力不错。刚刚就算舒姐姐跟她哥两人气氛无恙，有意保持着原来的样子，她还是嗅到了一丝不一样的味道。同时，她注意到舒姐姐的衬衫少了一颗纽扣，那颗少掉的纽扣，刚刚她在沙发底下看到了……

而且刚刚那句话也不是季柏文会问她的话，明明昨晚还打电话来问东问西，突然装作像是好久没联系她了，显然只是在转移她的注意力。

所以她哥对舒姐姐做什么了？舒姐姐那样急着离开……

汤贝在大脑还原了一下有可能且唯一可能的场景，绷住了脸，轻轻咬住唇角。

“季柏文，你快放开我！你这个禽兽，你，你怎么能这样……”

“怎样，我就是不放开，禽兽又如何，今天我就要对你为所欲为。舒瑶，我劝你最好乖乖的，因为就算你喊破喉咙都没有人过来救你……”

然后，她来了？刚好成了破喉咙？

同时，两人打架的过程中，舒姐姐的衬衫纽扣掉落在了沙发底下？

汤贝越想越难堪，紧紧抿住嘴巴，强迫自己不要继续想下去……就在这时，季柏文抬起眸，同她的目光碰撞到了一起。季柏文将头靠在沙发上，闭上了眼睛道：“汤贝贝，我劝你最好不要说话，看在我发烧的分上，别再惹我生气了。”

汤贝：……

一般情况，如果季柏文见她欲言又止的模样，基本是嫌弃地丢她一句："有话就说，瞎琢磨什么呢！"

汤贝沉默地低下头，消化起内心复杂的情绪。

季柏文一副只要她不说话就好的表情。

不管如何，汤贝还是先起身了，伸过手碰了碰季柏文的额头，一时什么想法都没了，只有关心的问话："哥，你真发烧了啊？"

季柏文闭着眼，没办法翻白眼，冷哼一声道："难道你以为我在演啊！"

汤贝被堵了一下，但也不计较了，转身去找体温计。她哥身体一向很好，家里没有备药箱的习惯，但是这些年她偶尔在这里住几天，有一次划破了手没有创可贴。之后，舒姐姐就准备了一个药箱，里面备有很多常用药，还有体温计、碘伏、消毒液等等，分类明确。

"哥，药箱放哪儿了？"她蹲在斗柜前，问沙发上的人。

"不知道。"季柏文不耐烦地回答她。

汤贝自己找，终于在卧室床头柜找到了pc盒材料的小药箱。床头柜里除了药箱，还有一盒没有拆封的安全套……为了防止她哥犯错，汤贝下意识地将安全套揣进了自己口袋里，然后从药箱里翻出了体温计和退烧药。

五分钟后，汤贝接过季柏文丢给她的体温计，高高地举着手，将体温计显示的数字念出来："三十八度六……还好还好。"

季柏文撇了下头，什么还好，明明很高了好不好！

"退烧药吃过了吗？"汤贝问，像是照顾幼儿园小朋友。

季柏文没回答。

好吧，那就是还没有吃过……汤贝在心里叹了一口气，拿了一颗退烧药出来。没办法，她哥就是这种性格，只要一生病整个人就变大爷了。一边喂药，一边喂水，伺候着季柏文服下了退烧药，汤贝又从洗手间拿了一条湿毛巾。

季柏文这才对她的表现满意了一些，撇了撇嘴。

“发烧其实是一件好事，等退烧了，说明你身体里免疫系统战胜了外来病毒……”汤贝坐在季柏文旁边，将上次她发烧沈时对她说的话，一模一样地跟季柏文说了一遍。

季柏文眼睛一合一闭，没有任何的附和，但是也没有出声打断，任由汤贝贝跟他讲起最简单的医学小常识。听着听着，季柏文突然有些好笑，扯起嘴巴。

其实，他觉得最近自己真像是被病毒入侵，才变得这样反常。他向来不管家里人的事，可是那晚贝贝发起高烧，他却连夜回了一趟周庄。舒伯得癌自杀，他生怕舒瑶会出事，就把贝贝托付给沈时自己驱车赶回了周庄，结果他来到舒家门外又没有进去。回想起来，那晚头顶月亮很圆，明明像是一个团圆夜，却发生了这样的人间惨剧。听着里面隐忍的哭声，他靠在外面想着年少往事。熟悉的青砖小巷，缓缓流淌的水河，和永远穿着泛白衬衫的舒瑶……

回来的时候他想，他之所以关心舒瑶，要将她留在身边工作，只是因为舒瑶参与过他的年少成长，跟周庄的小桥流水和小巷一样，仅仅是成为他记忆里最难忘的一部分。

这样的感情，与爱情无关。但是比起他和程莹莹那样的情爱，要高级一些。

可是爱情是什么呢？季柏文不知道。

立在盥洗台前，汤贝将毛巾在哗哗流淌的水龙头底下攥了两遍，她觉得季柏文内心深处住着一个骄傲又敏感的小公主。可是，她哥对舒姐姐到底是什么样的感情呢？汤贝突然有些自责，因为一直以来，她都没有好好地了解她哥，只觉得他强势专断不可爱。

却忘了，他比她更缺爱。

她总是仗着自己比他小太多，坦坦然然地接受他对她的照顾和关心，却忽略了她哥也需要被关心被呵护。尤其是现在，对比她，简直就是一个可怜的“空巢老人”。

所以，如果他哥真的对舒姐姐有了那种想法，只要舒姐姐没有结婚，她就帮他哥撮合他和舒姐姐……没错，她是道德观强烈，但是也——没原则啊。

汤贝一直留在季柏文公寓没有离去，待在厨房熬粥的时候，给沈时发了一条消息：“我哥发烧了，我在给他熬粥，等他退烧了我再回来。”

沈时回她：“那我等会儿过来。”

“过来一起照顾他吗？”

“不，喝你熬的粥。”

汤贝嘿嘿一笑，将手机放在了围裙的口袋里，继续像一只欢乐的小鸟在季柏文的厨房里来回扑腾。客厅沙发上季柏文完全躺倒，双腿交叠，拿着手机查看邮箱里的辞职信。

这封辞呈舒瑶上午就发过来了，不过他下午才看到。

发着烧，他打了舒瑶电话，让她来他这里当面说清楚，他是钱给得不够多，还是森善这池塘太小，留不住她这位北大高才生。然而，舒瑶离职的原因只是她要结婚了。

他和舒瑶之间有一层说不清道不明的感情，那么多年来两人都没有说破。他知道舒瑶喜欢自己，他也习惯有舒瑶在他身边，可是他却不想戳破两人的这层关系。从她答应来森善到陪着他坐上总经理的位子，只要舒瑶不说，他就装作不知道。

可是就在刚刚贝贝过来之前，舒瑶还是说了出来。

“好啊，既然你不想死心塌地留在我身边，那我们交往，我们在一起！”

舒瑶看着他，像是他在说气话。

沈时来了。

汤贝系着围裙给他开门，指向沙发上一动不动的人，开口说：“沈时，你过去看看吧。”

沈时点了下头，来到了客厅沙发前。沙发上的男人撩了下眼皮，没什么反应。沈时拿起茶几上的退烧药，看了两眼，问："这个药你吃了吗？"

"吃了。"季柏文懒懒回答，稍微起了起身，"不过没什么用，像是过期了一样。"

"是的，这退烧药已经过期了。"沈时头疼地说。

啊？听到两人对话，汤贝从厨房跑出来，一脸的纠结，问沈时："那吃了过期的退烧药，有没有关系啊？"

"没事，只是药效差点。"

"……"

然而，季柏文却真像是吃错药一样，一下子沉默，一下子嗤笑，整个人就像是一个趁着生病耍脾气的蛮横宝宝。汤贝作为妹妹能怎么办，自然是要忍着了……

"沈时，刚刚我问贝贝，如果我和你一起掉进水里，她会选择救谁，你猜她的回答是什么？"喝完她熬的蔬菜粥，季柏文恢复了优哉悠哉的姿态，口吻愉快地问起了沈时。

汤贝那个无奈：……

沈时抬眸，放下了汤勺，然后，面露了一丝好奇，有所保留地发问："噢，救谁啊？"

汤贝无奈地低下头。

"你猜？"季柏文让沈时自己猜。

……她哥这是没完没了吧。

"应该是你吧。"沈时出声回答，嘴角微微上扬，说出了他猜测的答案。

"对！"季柏文同样笑了起来，一副沈时还算有自知之明的样子。汤贝对自己哥没办法了，只能紧张地看着沈时，希望他不要跟着犯病，就在她内心忐忑不安，无以言表时——

沈时双手相握，身体靠向椅子开口说："我猜贝贝心里是这样想的，因为如果不选择救你，等你爬上来也不会放过她的。

“而我，会理解她。”

汤贝：“……”

万万没想到，她和沈时已经这般心有灵犀了……就在这时，季柏文接话：“错了。”

“我只会不放过你而已。”一副霸道总裁上身的模样。

好吧。沈时轻轻一笑，神色从容而无奈，顿了下，直接问话：“季柏文，你今天是不是真的吃错药了？”

季柏文：“……”对，他就是吃错药了！

季柏文虽然吃了过期的退烧药，依旧凭借着顽强的抵抗力退了烧。不仅烧退了，而且面部表情还可以讥笑冷笑嗤笑似笑非笑，说明整个人也逐渐恢复生机。

汤贝终于可以放心地离开了。

至于沈时，从来就没有什么不放心。不过，临走前还是交代一声：“有事打我电话。”

汤贝和沈时走出电梯间，跟沈时交流起来：“沈时，你有没有觉得我哥现在就是一个可怜的空巢老人。”

“空巢老人？”沈时对这个说法有些质疑，挑了下眉头。

“就是没对象。”汤贝朝沈时走近一步，伸手圈住他的腰，亲昵地挨靠着，仰着头继续说，“尤其我们现在又这样如胶似漆，再看我哥这样形单影只的，好可怜。”

沈时伸手碰了下她耳朵，顺手将她的碎发捋了捋，问她：“没对象就很可怜吗？”

汤贝打转了半圈眼眸。

沈时单手环抱住她，一副好笑的样子，低了低头，反问她：“那我以前不是一直很可怜？”

“……”

季子珊已经两天没有出现在MDT办公室，但是连办公室的黄医生都不知道季妈妈的具体情况，汤贝只能暂时保持沉默。

有时候不八卦，就是对普通朋友最善意的尊重了。

季子珊，汤贝在心里暗暗地加了标签，关系普通的女性朋友。其实，她蛮喜欢季子珊的，性格虽然有些闷，但是很真。可是，两人身份这样微妙，也没办法成为更亲近的朋友了。

没错，汤贝朋友很多，甚至连丁医生，都定义为自己的灵魂师友。虽然他时不时打击她两句，但是忠言逆耳利于行。当初就是他的拒绝，她才改行踏进医疗领域的拍摄事业。

早上来到东院，汤贝到主楼门诊寻找新的拍摄灵感，刚来到肿瘤内科，就见到丁医生被一对中年夫妻围剿，只见他们面容焦急，声音一个赛过一个。

他们是对昂贵的进口药价不满，将火气发在了开药的丁医生身上。这样的场景让汤贝有些触动，悄悄举起了摄像机，对准了他们。就在这时，语气更尖锐的女人留意到了她，汤贝以为她会阻止自己拍摄记录，没想到女人语气一转，激动地招呼她过去："那个你是媒体记者吗？快过来，我们要上新闻……我们在新闻上都看到了，最近国家都取消了进口靶向药关税，为什么这个药还那么贵，这哪是我们普通老百姓用得起的啊！"

哦，汤贝立马当起了媒体记者，举着摄像机往前走了过去……

其实这对夫妇也不是要曝光什么，只是心急，因为他们的收入可能没办法负担女儿后续的化疗了。汤贝跟着丁医生回到了办公室，开口说："我也看到新闻了，国家取消进口靶向药的关税，增值税从17%降到了3%，同样都可以使用医保了……这样对很多家庭应该都有了很大缓解作用。"

"税率降低带来的药价下降相比巨额的药费都是九牛一毛。"丁医生说。

呃？

"这个社会因病致穷的家庭依旧很多，延续生命和经济的选择仍是很多家庭面临的两难选择。"丁医生又说。

有些社会问题有时候就是现实又无奈，汤贝心里有些沉痛，叹了一口气。

然而丁医生却挤对她一下："不过这个问题像你和沈时这样的家庭条件是感受不到的。"

汤贝抬眸，刚刚丁医生遭到围剿都面不改色，还以为他脾气改了，原来是憋着火发在她身上啊。"我家里条件也一般啊。"汤贝解释说，"我是自力更生的。"

丁昇也只是随口一句，不是真的有意针对她，其实他也是心有感概——

"汤三哥，你在医院待久了，就会发现一个残酷的现实：有人得了肿瘤会想办法治疗，但是有人一听肿瘤，他们就想着放弃。不管这些进口药是否纳入了医保，对于低收入家庭，报销百分之五十不考虑，百分之七十不考虑，甚至以后达到百分之九十也不会考虑，因为对他们来说，就算这些药有效果，可是花个几万几十万多活几个月，一点都不划算。"

汤贝无言以对，越听越难过，因为舒伯就是一个选择放弃的人。

"所以你说，生命真是无价的吗？"丁昇直了直肩膀看向她，"不，人的生命从出生开始就是明码标价。"

汤贝在丁医生这里喝了一罐黑鸡汤，打算去找沈时吸吸清新"氧气"。沈时刚手术结束，手术中间进来一个未接电话，来电显示是陌生本地号，他没有储存，看了看号码开头，回了一个电话过去。来电的人是季林森。

沈时待在MDT中心外面的花园咖啡厅给季叔叔打起了电话，以专业的语气给了一些建议，对于其他，没有过多的关心。

"沈时，我还是带晓春来你们医院做手术吧，一方面我和老田是朋友，另一方面如果你能给晓春做手术，我也更放心。"

"季叔叔，关于甲状腺肿瘤，田院长会给晓春阿姨推荐更擅长的头颈外科专家，我这方面手术做得不多，并不适合替晓春阿姨操刀。"

季林森不再勉强。

沈时挂上了手机，汤贝便提着摄像机坐了下来，轻声问他："季子珊妈妈严重吗？”

沈时不知道怎么回答，只是一个身体检查却查出了恶性肿瘤，对家人来说无疑都是沉重打击，可是作为医生，刚刚他看了看季叔叔发来的检查单，还是相对庆幸。甲状腺滤泡状癌，中度恶性肿瘤，但是发现尚早，没有任何转移。

沈时对汤贝大致介绍了关于甲状腺癌分类，以及对人体产生的影响。美国甲状腺协会一度提议将“滤泡型甲状腺乳头状癌”重新更名，现在它的新名字是“带有乳头状细胞核特征的非扩散式滤泡型甲状腺肿瘤”。有时候名字不含癌，会减少病人的恐惧度。

汤贝对甲状腺肿瘤有了新的认识，难怪黄医生说甲状腺癌是癌里的幸福癌。

“这种肿瘤，真的女性更容易得吗？”汤贝问沈时，她想起李修山同学，就算得了甲状腺癌也不停更，不告诉追更的读者。他观点很奇葩，认为甲状腺乳头状癌带了一个乳字，就像男人得了乳腺癌，说出来很丢人。

“的确，甲状腺乳头状癌女性发病率更高，但是男性也不是没有可能，李修山就是例子。”

汤贝突然伸出三根手指按了按自己的脖子，吞咽了一下说：“沈医生，我感觉这里好像也有一个肿块。”

沈时眉头一皱，直接伸过手。

汤贝动了动喉咙：“……摸到了吗？”

沈时摸了摸：“这是喉头软骨。”

汤贝当然知道，她故意逗沈时呢，前两天黄医生就教她自检办法了，然后她握住沈时的手，放在自己的脖子上，做了一个吐着大舌头外加翻白眼的鬼脸，就像是被扼住了脖子那般。

沈时：……

他突然想，他怎么会看上汤贝贝的？

下午，沈时还有两个手术，汤贝待在花园咖啡厅整理视频，打算制作下一期的宣传视频——得了甲状腺癌不要怕，正确认识科学治疗是关键。手机嘀嘀作响，小伙伴何星岩发来消息，一条消息八个字却有十多个感叹号，表达了何星岩激动又难以置信的心情——

“贝爷，你居然入围了！！！！！！！！！！！！！！！！”

呃，她入围什么了？

毕业作品啊！

汤贝想起来了，之前赵老师将她关于留美医学生的毕业作品拿去参赛，她都快忘了这回事，没想到居然入围了！

虽然，只是在一个非常小众的短视频国际评奖里入围了优秀奖的提名。

可是，汤贝仍像上幼儿园时入围了“天才宝宝”的评选那般雀跃，立马转发了朋友圈，分享喜悦的同时，让更多人给她——投票。结果一帮朋友让她请客吃饭。

尤其是何星岩，后面他要去大西北拍片，可能很长一段时间不回来了，希望今晚她能过来聚一聚……然而，汤贝有些为难。

何星岩又说：“如果你要带家属也可以，就怕沈医生不太适应我们的气氛。”

不，她不想带沈时，她和沈时领证同居这段时间，虽然很享受二人世界，但是她是一个多么不羁放纵爱自由的人啊，难得有借口出去潇洒一下，为何要拖家带口。

很快，汤贝给沈时留了一条信息：“沈医生，我晚上跟朋友出去聚聚，不回来吃饭了噢。”

这条消息，沈时走出手术室才回了过来，一个字：“嗯。”

同小伙伴愉快地吃饭、聚会，汤贝玩到晚上八点半自动离场。夜里九点一刻，她嘴里叼着一根雪糕，打开了公寓的门。沈时真的等在家里，客厅通透的灯光似乎只笼罩着他一个人。

莫名地，汤贝有些心虚。

她换了鞋进来，提了提手里的雪糕说：“沈时，我给你带雪糕了，你现在要吃一根吗？”

“不了。”沈时抬头回她，“我漱口了。”

“噢，好吧。”汤贝舔了舔手里的雪糕，继续说，“那我把雪糕放到冰箱，明天你想吃的时候自己拿啊。”

“嗯，好。”沈时随口应她，然后继续看书。

汤贝觉得有些不对劲，心想沈时是不是生气了，可是沈时又没表现出任何生气的样子，只是自己看书，时不时喝一口水。姿态闲逸又舒适。

汤贝去洗漱了，回到了卧室，坐在床边上稍微思考了一下，然后站了起来，走到卧室门口，对客厅的沈时说：“沈时，你要睡了吗？”

“等下，我再看完最后两页。”沈时放下书，告诉她说，“你先睡吧。”

汤贝单手握着门把，缓缓地点了下头：“……哦。”

汤贝觉得沈时肯定是生气了，可是又没证据，躺在床上给奇奇发消息：“我觉得沈医生在跟我耍小性子。”

“那就哄啊，男人都需要哄的。”奇奇回她说。

可是汤贝不想哄，她又没有错，难道她连一点自由空间都没有吗？何况她出去聚会也给沈时发了消息，又不是没有汇报过。

哄什么哄，她就是太惯着他了！什么事都由着他，导致她一点儿家庭地位都没有……

汤贝满腹悱恻，等沈时上床的时候故意闭着眼睛，将腿伸出了被子，沈时替她把腿放了回去，开口说：“别感冒了。”

汤贝假装已经睡着，不跟沈时说话，沈时心里笑笑，关灯入睡。

汤贝原本是装睡，不知道是不是今晚玩得比较嗨，装着装着就真睡着了，迷迷糊糊，她感觉自己又清醒着，今天聚会的小伙伴的一张张脸格外清晰地跳跃在眼前，他们对她说起了话：

“贝贝，你已经是结了婚的人了，以后不要跟我们鬼混了，快点回家生孩子吧。”

“对啊，我们以后都不找你玩了。”

“快回家做饭吧，沈医生还等着呢。”

“哈哈哈哈，贝贝是家庭妇女啦……”

然后她被小伙伴赶回了家，沈医生果然冷着脸等在门口，直接劈头盖脸地训斥她：“汤贝贝，你真是越来越不着家了，怎么，要造反吗！”

“沈医生，我没有……”

“还是你觉得我已经管不了你了！”

“我没有啊。”她害怕得快要哭了。

“行了，你自己去跪搓衣板吧。”

“好……”她默默地找起了搓衣板，就在这时，沈时从后面拿出了一个搓衣板，她定眼一看，居然是榴梿做的。

呜呜呜，好可怕。

夜里两点，汤贝躺在床上低低地呜咽出声，梦里流出来的眼泪都快把枕头浸湿了。

沈时很快醒过来，触摸到旁边贝贝湿润的脸，见她一抽一抽地闭着眼，一时之间真的没有闹明白，而汤贝的梦还在继续。

梦里她请求着沈时给她换个搓衣板。

“我可以不跪榴梿做的搓衣板吗？呜呜呜呜……”她楚楚可怜地哀求着沈时，结果得到了沈时无情的回话：“不想跪榴梿，难道你还想跪棉花吗？”

她后悔了，后悔自己那么早结婚了……

终于，她对着榴梿做的搓衣板跪了下去，梦里感受到的疼痛让汤贝的身子猛地弹了一下。同时，沈时清沉的声音真实地落进她耳里——

“汤贝贝，你醒醒……”

汤贝不知道自己是跪榴梿疼醒的，还是被沈时叫醒的，半睡半醒间脑子里只有一个念头——她要离婚！就在她的思绪还沉浸在噩梦里走不出来时，睁开眼却看到了沈时清俊到不像话的脸。

他打开了床头灯，暖暖的浅黄光线映在他的脸上，像是给他的脸镀上了一层光圈，光线很温和，如同他看她的目光，温和里带着关心，关心里又透着笑意，还有两分不明的意味，像是在探究什么。“贝贝，你做噩梦了。”沈时对她说。

原来她被家暴只是一个噩梦啊……汤贝瞬间有一种从地狱回到天堂的幸福感，伸手抱住了沈时，委屈地诉起来：“我梦到你要罚我跪榴梿，呜呜，你好坏啊！”

沈时：“……”

所以他在她梦里当了一回家暴男主角吗？难怪刚刚一道低低的梦语从她嘴里溢出，虽然只有两个字，却让他的心猛地一提，因为那两个字是——“离婚”。

梦里的话当不得真，只是贝贝为什么会做这样的梦？

因为她心虚啊。汤贝抬眸看着沈时，眼里夹着泪，透过水蒙蒙的波光，沈时的面容清晰明亮。不像梦里那么模糊，更没有梦里那么“狰狞”。

入睡之前她还跟沈时耍性子，现在却紧紧地抱着他不撒手。沈时也不恼她打扰他睡觉，将她往上拢了拢，问起她：“梦里我真罚你跪榴梿了吗？”

嗯，汤贝点头，随后又摇摇头说：“不是榴梿，是榴梿做的搓衣板。”

哦，那他还真够残暴的，难怪吓得冒冷汗了。沈时从床头抽了两张湿巾，擦了擦怀里人的额头，想到某个猜测，开口说：“贝贝，我在你心中的形象真有那么可怕吗？”

不是的，汤贝也想了想刚刚做的梦，她为什么会做这样的梦，纯粹是自己多想导致的。她聚会晚归明明沈时一句话都没有，她先百转千回地演了一出大戏。归根到底，她对自己在外面嗨却将沈时一个人留在家里这件事充满自责和歉意。

所以，她才在回来的路上给他买雪糕吃。

可是，他不吃。

她的歉意没办法缓解，然后她洗白白找他睡觉，他却还要看书，导致她更加怀疑沈时对她闹脾气。

“沈时，你今天生气了吗？”她出声问沈时。

“生什么气？”沈时也问，眼神清明又深幽，有股子看了就叫人陷进去的魅惑。

呃，就是……汤贝不太好直说。

“你跟朋友聚会这件事吗？”沈时已经猜测地问了出来。

汤贝轻轻地嗯了声。

沈时用双手揽着她，嘴角划开一抹笑，这是今晚她在他脸上见到的最真挚的笑容，同样也像是心头的疑惑得到了释怀一样。

“你快说嘛，你今天到底有没有生气……”汤贝催促着沈时回答，结果不等沈时开口，她先抢答了，“你肯定生气了，不然你今天为什么要这样对我。”

“我怎么了……”

汤贝垂下眸，其实也没什么，就是他让她觉得他心里好像有事，让她无端地紧张和计较起来。她把今晚心里的想法都对沈时说了出来，说着说着真委屈了起来，尤其结合梦境，某人不管如何都是罪魁祸首。

沈时只能道歉了：“对不起。”是他让她做了跪榴梿……搓衣板的噩梦。

沈时这样一道歉，汤贝也觉得自己无理取闹了。随后沈时对她说：“我下午少了一台手术，所以提早回来了。”

“怎么了？”

“家属临时选择放弃，不要手术治疗了，要出院到一个老中医那里接受针灸拔罐放血治疗，因为听说之前有人这样治好了淋巴癌。”

汤贝默默地安静下来，顿了下道：“所以你才很失落吧。”

“谈不上失落。”沈时望着她，转移话题，“倒是你今晚出去聚会让我心里有些失落。”

呃，他这是反咬一口吗？

沈时说出原因：“你获奖入围的事，都跟朋友出去庆祝，我却看了你的朋友圈才知道。你说我作为你的男人，我是不是应该要反省一下，有什么做得不好的地方？”

汤贝：“……”对上沈时含笑的眸子，她悄悄撇开视线，不要以为她听不出来他在以退为进，他哪需要反省，明明是让她反省呢。

不过她不在意了，反而那个临时放弃手术的人让她心生遗憾。沈时手术过的病人还是有很大可能通过手术得到很好的治疗，可是家属却因为道听途说，放弃了科学的治疗。

她想起沈时对她说的话，中医不是伪科学，然而中医之所以被质疑，是因为这世上存在太多的骗子，其中一半还去当了“老中医”。世上又有太多人云亦云的无知者。

还有几个小时就天亮了，汤贝想起梦都是相反的，待沈时关了灯，窝在他怀里说：“以后要跪搓衣板也是你来跪。”

“也要榴梿做的吗？”沈时问。

“……是的。”

“舍得啊？”沈时打趣她。

呵呵，当然……舍得啊！汤贝想起梦里跪榴梿搓衣板的疼痛，问最后一个问题：“沈医生，我只是做梦，但是我真的感到痛了，为什么啊？”

难道她做梦的时候，他为了把她叫醒，打她了？

为了以证清白，沈时对好奇心和求知欲都十分强烈的老婆讲了一个医学小知识：“你就算做梦，大脑中神经也存在电位变化，可能无意识刺激了你的疼痛神经，所以就算做梦，也会有真实的疼痛感。”

汤贝：……所以她真的跪了榴梿搓衣板啊。

做梦是做梦，然而因为一个跪榴梿的梦，汤贝第一次对自己那么早踏入婚姻生活产生了一点点的自我怀疑。可是每天事情那么多，汤贝不是那种将时间花在怀疑上面的人，反正她目前也没有太多已婚人士的自觉，和沈时更像是一对儿同居的恋爱男女。

昨天那位放弃手术的淋巴瘤病人并不是没钱做手术，相反家庭条件十分优越，特意从洛阳来S市求医，可是还未手术就要放弃。今早这位病人和家属要求办理出院，无论是黄医生还是杨医生都对这位病人进行了劝说，可是病人和家属都心意已决，打算先到朋友推荐的老中医那里试一试，如果不行再回来。

“可是你这样会耽误治疗啊。”黄医生那个苦口婆心。

“但是你们能百分百保证治好我吗？”病人原本是胖男人，得了淋巴癌让他面容消瘦了不少，然而肚子依旧鼓鼓的，说话中气十足。

病人自己要求出院，作为医生是没办法强行留下的。黄医生拍了拍男人的肩膀，只留一句：“祝你好运。”

然而，回到MDT办公室，黄医生就跳脚了，见两位年轻的男医生全都是无波无澜的样子，看向丁医生说：“我说丁医生，你怎么不帮忙劝劝啊，你嘴巴那么毒，说不准病人会被你打消念头呢。”

丁医生头也没有抬一下：“又不是我的病人。”

黄医生：“你……”

丁医生发现自己这话有些狭义，再次开口：“我尊重他的选择，说不准他到他朋友介绍的那里真治好了呢，每个癌症病例都是特殊的，一切皆有可能。”

黄医生无话可说，沈时站起来，走出了办公室。

汤贝原本坐在季子珊办公桌前，看到沈时走出去，觉得他是不是听了丁医生的话心里不舒服，站起来跟了上去。结果跟到了男洗手间。

沈时回过身，无奈地看向她：“贝贝……”

汤贝立马转过身，指了指旁边说：“我也要上个洗手间。”等她走出洗手间，看到刚来的季子珊。两人面对着面。

“嘿。”她打招呼。

“嘿……”季子珊回她。

季子珊身上套着白大褂，一如既往地面容素雅，气质矜持，可是汤贝似乎看到了不一样的季子珊，明明只有三天不见。

汤贝没想到季子珊会找她说话。午后MDT综合办公室只有她和季子珊两个人，她制作宣传视频，季子珊伏案写病历，突然季子珊对她说：“汤贝贝，你有没有一种感觉，我们虽然没有任何关系，可是老是被比较。”

她也从电脑前抬起头，有些呆愣。

“不过，我真的很羡慕你。”季子珊再次开口。

她更不知道怎么回了，想了想说：“……因为沈时吗？”

季子珊摇头，过了会儿，笑了笑：“也有吧。”

“其实我和沈时，主要是我比较主动……我当时脚受伤住到了他公寓，他照顾了我一阵。”

季子珊没附和。

“所以如果你早点去洛杉矶留学，可能就没有我的事了。”

季子珊摇头，否认她的话：“如果早点认识就能产生男女之情，我还需等到去洛杉矶吗？”

嗯，对。季子珊脑子还是清醒的。

然后，她也问了季子珊她妈妈的情况，季子珊跟她说了起来：“过两天我妈就会转到东院做手术……发现得及时，术后一定会很好。”

汤贝也点头：“一定会的。”

“谢谢啊。”季子珊突然道谢。

“谢什么呀。”汤贝最怕季子珊对她说谢谢了，垂了垂眼，将视线放在电脑屏幕上。

良久，一句别扭的话从季子珊嘴里冒出来：“谢你真的关心我啊。”

汤贝：……

不知道过了多久，季子珊又打开一个话题：“汤贝贝，你知道沈妈妈是怎么去世的吗？”

“我听沈时说是生病……”汤贝小声地回答，她觉得自己有罪，都跟沈时领证了，还不太清楚自己婆婆到底是怎么离世的。

“对。”季子珊点了下头，对她说，“也是癌症，所以前天我妈妈确诊是甲状腺滤泡状癌，我真的很害怕，怕我妈也像沈阿姨一样离开。”

汤贝默不作声，眨了眨眼。

“沈阿姨真的是一个特别好的人，她的离开让我觉得老天很不公平，其实我妈也是一个特别好的人，谁家有困难她都愿意帮一下。有时候就是心太细了显得很烦，可是她不是坏人啊……”

季子珊哭了，悄悄抹起了眼泪。

汤贝连忙递上一张纸巾，将沈时说过的话讲了出来：“癌症只是一个概率问题，年龄越大概率越大，不分好人和坏人。”

季子珊有些羞愧。

汤贝说了一个玩笑：“如果癌症可以分好人坏人来选择，这世上就不需要法律和警察了。”

季子珊偏过头，捂住自己的嘴，又哭又笑。

傍晚，她和沈时一起离开MDT办公室，后面跟着丁医生。因为丁医生一路跟着她和沈时走，她一路找着话，直到来到停车场，丁医生停下了脚步，伫立在她和沈时的面前。

……难道今天丁医生没有开车吗？想蹭一段路？

丁医生咳了一下，说起了完全不着边的事：“那个汤三哥，你之前的电影剧本写好了吗？”

汤贝不由得一愣，点头说：“快了……”

“如果不介意的话发给我看看，我想看看你的剧本结构。”丁昇将话说得很明确，沈时听明白了，汤贝还是一脸的懵懂，不过既然丁医生要看她的剧本，她还是很荣幸的。

“好啊，回头我就发给你，还请大丁老师多多指点。”汤贝笑嘻嘻地说。

“指点谈不上，相互交流吧。”丁昇说，然后朝着沈时点了下头，侧过身往回走，走到他的那辆国产车前，上了车。

……所以丁医生特意跟过来只是想看她写的剧本？

汤贝心里不解，坐在沈时副驾驶上晃了晃头，对沈时说：“你说丁医生干吗要看我的剧本啊，难道他也想改行写剧本吗？”

沈时将车开出了医院，淡淡道：“可能是改变主意了吧。”

“什么主意啊？”汤贝一时没反应过来，随后脑袋往后仰，惊讶地说出猜测，“难道丁医生想让我改编《人间浮华》了？”

比起汤贝丰富的面部表情，沈时的面容习惯性寡淡。前面十字路口红灯，他将手搭在方向盘上，对她说：“改编是一件吃力不讨好的事，你想好再答复丁医生。”

汤贝却摇头：“不用想，我已经决定好了！”

那么快？沈时轻轻挑了下眉。

“当然是拒绝他了！”汤贝想起当初第一次会面丁医生那几句斩钉截铁的话，咬咬牙，她不只要拒绝他，还要斩钉截铁地拒绝他！

沈时勾了勾唇。

汤贝托着面颊撇过头，说起一件事：“沈时，你妈妈……我婆婆当时是得了什么病啊？”

“非霍奇金淋巴瘤。”沈时回答她。

汤贝嗯了声，她知道这个名字，前两年一部电影《滚蛋吧肿瘤君》里的女主角就是得了这个病，是一种原发于全身淋巴系统的恶性肿瘤，根本没办法手术治疗。

不过昨天放弃手术的男人，是原发性胃肠道恶性淋巴癌。手术是最合适的治疗方式，而不是去尝试放血拔罐……

第二天下午，那位来自洛阳的男病人回来了，求着沈时给他做手术，整个人像是突然开了窍。同时，王晓春转到东院，后天由头颈外科专家姚医生给她开刀做手术。

没想到随便一个体检却查出自己得了癌，就算是生存率最高的甲状腺癌，王晓春还是受到了很大的打击，生怕自己上了手术台就不了了之了。

从昨天到现在，王晓春躺在东院病床上想着等自己离世后子珊就变成了爹不疼娘不在的可怜孩子，一颗心就揪啊揪。中午，子珊还没过来，丈夫也不在，王晓春对着王阿姨做的三菜一汤各种不满意，抬头看到门口站着一道高大的身影，放下筷子。

季柏文走了进来，他知道王晓春不缺什么，也就没买东西，两手空空的他反而让王晓春觉得季林森这个宝贝儿子像是过来看自己笑话的。

王晓春知道季柏文一直不喜欢自己，觉得当初父母离婚跟她有很大的关系，可是她哪有那么大的能耐。所有人都说她命好，旺夫，进门之后季林森事业节节高升，她也成了一身富贵的上市公司董事长夫人，可是她却羡慕善善。除了羡慕善善是季林森心尖上的人，更羡慕善善有季柏文这样一个儿子。当初季柏文从周庄回到季家，她除了忐忑，内心还抱着一丝难以言表的期待。然而这样的期待，早在两人日益加大的间隙里消失殆尽。季柏文只会是善善的儿子，永远不会成为她王晓春的儿子。

而她也只有子珊……

当初季林森为什么要给女儿取名叫子珊，珊珊，善善，很多事情王晓春不愿意仔细去想，又忍不住不去想。王阿姨说她会生病，就是心不够宽，可是她要怎么做才能心宽啊。

如果以前王晓春有意掩饰自己的负面情绪，得了病之后王晓春彻底放下了，面对季柏文的“探望”，扯了扯嘴说：“真是意外啊。”

一直以来季柏文都不喜欢王晓春的虚与委蛇，现在她这样直接反而让他好笑出声，对她说：“怎么意外了，怎么说我也算吃了好几年你做的饭，不应该过来看看你吗？”

……

季柏文探望完王晓春，出病房的时候撞上回来的季子珊，季子珊抬了下眸，眼底同样闪过一丝惊讶，轻声叫了声：“哥……”

季柏文点头，脚步停了一下问：“吃了吗？”

“吃了……”

“那就进去陪她吧。”季柏文双手插着裤袋，漫不经心地说，“多开导开导她，你自己学医也清楚，心态很重要。”

季子珊眼里有些闪烁。季柏文没有过多的停留，擦身越过。

不管是王晓春还是季子珊，季柏文对她们并没有太多的抵触，他只是觉得比起季家，周庄更让他依恋和亲近。同样是妹妹，明明季子珊比贝贝更乖巧懂事，可是他觉得他与贝贝那样的感情才是真正的兄妹之情。

汤贝贝被拉到了一个微信讨论群，群名很长——“关于汤贝贝和沈时婚礼讨论群”。

群主……季柏文。

群成员沈时、沈伯伯、她家老汤善善，以及她和群主哥哥。

群昨晚刚成立，汤贝进去发了一个红包之后就没再冒泡，主要是当两家真的开始讨论起结婚的细节，将结婚这件事变得具体化，她反而拘谨起来了，甚至有些说不清道不明的抗拒。

难道她真的只是领证一时爽吗？

结果两家每次讨论好什么事情，都会将她和沈时艾特出来，沈时做完手术基本会出来做个回复，她就不会了——从头到尾当作看不到。

主要是她觉得老汤和她哥季柏文像是在敲诈沈家，尤其是谈聘礼的时候，她无法相信季柏文这个酷帅拽的总经理居然可以说出：“虽然现在不流行聘礼了，但是我们贝贝还是需要的。

“婚宴酒店就确定希云庄园了。

“还有之前的婚房，一定要加上贝贝的名字。

“还有……”

她觉得季柏文是故意搅局的……

汤贝有一种莫名的失落情绪，下午她回戏剧学院的公寓整理物件，傍晚才整理出了两大箱。呆呆地靠在白色转椅上，数着桌上收集的一个个镜头，“咚”的一声，她将脑袋缓缓地落在了桌面。她好像有些……退缩了。

嘀嗒两声，手机有短信进来，汤贝随意一划，待她看清银行账户发来的转账数字，呼吸都缓了下来，拿起手机数了数后面的几个零。

第一反应是诈骗短信……

很快手机响起，是老汤的电话，直接问她：“元元，刚刚我和你妈给你转的钱收到了吗？”

“爸，这钱是你打来的啊？”

“当然了，不然你以为是谁？天上掉下来的吗？”老汤反问她，然后告诉她这笔钱用来做什么，“这是我和你妈给你准备的嫁妆，本以为还要再等几年，现在提前给你了。”

什么，她的嫁妆？

“不不……”汤贝愣愣地握着手机，惊讶地问，“可是你们哪儿来那么多钱？”顿了下，她已经热泪盈眶，猜测起来，“你们是不是把美膳楼给卖掉了？”

“……”

手机里老汤安静了好一会儿，顿了下，强调地告诉她：“元元，虽然你是我和你妈唯一的女儿，可是我们还是没那么伟大的。”

汤贝觉得她所有的退缩和不安都被这笔嫁妆给治愈了，还是说钱真是万能的？汤贝挂上她爸的电话，很快沈时的电话进来了。

他过来找她了。

汤贝几乎是奔着走出了公寓，正前方沈时立在公寓的宣传栏前，正身姿孤挺地看着宣传栏里的一组摄影照片。

画面莫名有些戳她。

周围都是暗淡的光影，只有沈时的面部轮廓因为宣传栏里面的灯光被映衬得清晰深刻，眉眼间有着她最喜欢的沉静和认真。

然后，沈时转过头，瞧着下楼的她。汤贝突然低了低头，然后抬着黑白分明的眼眸，眼底更有一份明明白白的执着和坦然。

她要告诉沈时，她家也给她准备嫁妆了。

| Chapter19 |

无人岛上的骚动

入夜了，灯火点亮了城市，光芒万丈的高楼霓虹灯将头顶夜空照亮，大片星光被遮掩。暗淡得几乎看不到了。

汤贝跟着沈时来到了沈妈妈离世之前给他买下的婚房，婚房靠近淮南中路，因为地段寸土寸金，整个小区不大，只有六幢相对的高楼；站在26楼落地窗前，可以看到S市最繁华的夜景。不过，这套房目前还没有装修，只是粉刷了墙面，加上没有家具显得十分空旷。

汤贝立在沈时面前，眼底写满了话，她不会让他将婚房写上她的名字……

沈时也有话要说，其实婚房装修早应该动工了，可是他和她真的太忙了，他作为医生每天空余时间本来就有限。她呢，比他还要忙，每天除了要在东院拍片，剪辑制作宣传视频，回来还要写剧本。原本两人单独相处的时间就少，更不想安排烦琐的事情进来。

可是想要真正踏入婚姻的殿堂，前奏并不是风光的红地毯，而是要面对各种麻烦生活的烦琐事。他的性格本不喜欢这样的琐碎，贝贝也是，他更不忍心烦琐抹杀了她浪漫的天性。

可是，理性告诉他，性情可以理想化，婚姻却不能。

这段时间，他和她要一起面对很多除了恋爱甜蜜以外的东西，比如筹备婚礼前的两家问题、婚房的装修风格、婚宴的布置……

这个前奏才是两人真正磨合的开始，等进入婚姻生活，他和她还要一起面对孩子的出生、学校的选择，还有好多好多占用两人私有时间的生活大小事。

她呢，真的做好准备了吗？

上次东屿求婚的时候他和她说的誓言都是关于富贵贫穷、健康疾病和顺境逆境这样的大事，但是消磨感情的从来都是小事，可能就因为一件又一件小到不值一提的小事情心生厌烦。

“沈时……你是后悔了吗？”汤贝出声问，目光有些呆愣。

沈时摇头，他怎么会后悔，他只是担心她会后悔，是他太过自私，将年纪轻轻充满梦想的她带进了婚姻里。

汤贝也摇头，她不会后悔的，如果婚姻是温纯可爱的绵羊，她和他就将它好好领回家；如果是大老虎，她和他也要将它训得像是……绵羊。

“沈时，我觉得咱们都有些不接地气呢。”汤贝笑着点评一句。

沈时同意这句话。对，他和她都不太接地气，难怪能走在一起呢。

对啊。可是两个不接地气的男女就不能过好日子吗？她的浪漫和梦想难道沾上了烟火味道就会变质吗？还是说有一天沈时从男神变成一个烟火气息的男人，她就不爱他了？

如果那样，她和他的爱未免太轻飘了一些，就像是仙气缭绕，美则美矣，没有厚度。

或许，她现在还不是很爱他，更多的是迷恋和崇拜，可是她一定会更爱以后那个沾上烟火气息的沈时，那个变成一家之主的沈时，那个跟她一起慢慢变老的沈时。

他呢，也是一样的想法对吗？

……沈时吻住了她，与她拥抱在还没装修的26楼落地窗前，对面的万家灯火映着他们的双眸，迷幻的光影掠过面庞，像是人生的剪影一晃而过。

心脏一鼓鼓地跳动，汤贝紧紧地圈住沈时的后腰，再次说：“沈时，你不要有什么婚姻恐惧症噢，如果有，请及时克服。”

这两天到底是谁在犯怵，是谁退缩了一步？沈时没有说出来，只是愉快地点了下头：“好啊，彼此彼此。”

汤贝有些羞愧，顿了下说：“我只是……”她这两天之所以有些退缩是觉得她家老汤和老哥在敲诈沈家，于心不安又怕沈时和沈伯伯看轻她。

内心深处她从来都是一个渴望平等的人。但是今天收到老汤给她打的嫁妆存款，她已经自我治愈了，治愈她的并不是那笔钱，而是她想要的平等……

当汤贝说出她家人给她打来的嫁妆，沈时总算明白了这两天她的反常。对不起，有些事还是他没有考虑周到。他和他爸怎么会觉得被敲诈呢，甚至沈教授应该很感谢柏文这样一一提出要求，他才好按照要求具体操办。

噢，是她多想了呢。

“不过沈时，这套房名字真的不用加我的名字。”汤贝继续抬眸，认真地说。

“贝贝……”加名这样的事，对他从来都不是什么需要考虑的事。

“而且我觉得这套房可以以后慢慢装修，不用赶着结婚就住新房啊。这里距离东院那么远，我们还是租住在现在的公寓更方便。而且沈爸爸平时就一个人住，我们应该多回去陪陪他，周末就回紫金花园蹭吃蹭住，多好啊。”她又说。

沈时笑了一下，他也只是听别人说结婚要有全新的婚房。其实他自己无所谓，就是不想她有任何的委屈。

什么委屈啊。汤贝想起两家结婚讨论群里季柏文说的那句：“我家贝贝嫁人可一点都不能马虎啊。”难免羞红了脸。

昨天窥屏后，她愤愤地找她哥私聊，结果季柏文甩她一句：“贝贝，恋爱是你和沈时两个人的事情，结婚却是两家人的事情，我作为沈时的大舅子还不能提要求吗？”

“我哥是故意的……”汤贝解释说。

沈时嗯了嗯，他当然知道季柏文在折腾他，谁让他抢走了他最疼爱的宝贝妹妹呢。

虽然这套房决定暂时不装修，回去之前，汤贝还是在这套房里打转了好久，同沈时一起规划起了两人以后的家：比如这里要立一个大书架，用来放沈时成堆的专业书，大抽屉就放她的镜头，客厅的沙发要很大的那种，因为她喜欢躺在沙发上看视频；卧室要像她和他租的公寓那样有衣帽间，房间要更大一些，后面可能就要多加……一张婴儿床。

嗯，她很喜欢宝宝呢。

如果可以的话，她还希望有个独立的工作间，她会尽量准点入睡，可是有时候灵感夜里挡不住，她可能还要悄悄地熬个夜。

厨房虽然开放式比较漂亮，但是她更倾向半开放，纯中式再搭配一个西式的操作台。然后要有烤箱蒸箱以及洗碗机。那她和他就不会因为谁洗碗的问题产生分歧了。

汤贝一一跟沈时说着，指点江山地描绘起了她和他以后的家，沈时不疾不徐地跟在她后面，清俊的面容蕴着点点笑意。

汤贝回过头，征求他的想法："沈时，你觉得好吗？"

"很好。"沈时回她。

汤贝笑呵呵，将头一抬，自得地说："我觉得我能当好这个家的女主人呢。"这样的自卖自夸，汤贝说完也不好意思了。

只是，对于他和她的婚姻，不管她有没有退缩，从来都是期待大于忐忑。

毕竟，她真的是自愿领的证啊。

从一时冲动领证到明确婚姻的意义，汤贝觉得自己像是打通任督二脉，人生彻底进阶到了新阶段……只是她没想到自己也会这样——"双标"。

闪婚这事发生在自己身上是因为爱的力量，发生在舒姐姐身上，却很难接受了。

第二天，她被舒姐姐约出来吃饭，因为还没有正式将赵先生介绍给她认识，既然也打算结婚了，自然要让赵先生请她吃一顿饭，也算是正式将赵先生介绍给她认识。

汤贝没有带沈时，一个人来到了赵先生订好的中餐馆子。她到的时候，赵先生提前点了几个菜，然后把菜单递给她说：“你看看还有没有想吃的，别客气。”

汤贝拿起菜单，说：“要不再加四斤小龙虾？”刚好买三送一呢。

“好。”舒姐姐温柔地答应她。

赵先生却提出了异议：“四斤我们三个好像吃不完呢。”顿了下，觉得有些尴尬，换话说，“舒瑶她肠胃不好。”

“噢……那不要了。”汤贝递回菜单说，“突然想起我家沈医生也不让我吃小龙虾，不太卫生。”

舒瑶低下头，全程没有插话进来。

“还是再加俩菜吧。”赵先生客气不减，依旧让她加菜。

汤贝加了一盘上汤娃娃菜。

她开始不放过任何细节地观察这位赵先生，年纪显然比舒姐姐要大一些，样貌很普通，但是五官还算周正，戴着眼镜，面容亲切温和里透着一丝精明。举止中规中矩，谈不上哪里好，也谈不上哪里不好，除了好像太会过日子了一点。

舒姐姐说赵先生是做会计工作的，汤贝只能以理解的眼光看这位赵先生了。只是内心，不管是存心还是私心，她都觉得赵先生配不上舒姐姐，不明白舒姐姐为什么会找了赵先生，甚至决定跟赵先生结婚，难道只是年龄到了？

其实上次她也提出了疑惑，舒瑶用一句话堵住了她：“贝贝，我已经耗不起了。”

可是就算要结婚，也要找个好的呀！汤贝不是嫌弃赵先生，只是觉得舒姐姐从小都是老汤和善善嘴里别人家的孩子，那么优秀的舒瑶不应该获得一份更好的爱情和婚姻吗？

不是她推销自己人，一对比，她觉得她哥都渣得清新了呢。

这位赵先生对舒姐姐很好是没错，但是赵先生表现出来的殷勤就像是普通男人娶到女神的那种骄傲和欣喜……可是一旦娶到手之后呢，女神不再女神了怎么办。

所以……汤贝觉得自己双标，甚至想在舒瑶结婚之前，撮合她和她哥。

今天是周五，汤贝以超强的行动力报名参加了明后两天的“孤岛求生”户外野营男女活动。这个活动她之前一直想参加，一群男女乘坐快艇来到无人荒岛，然后集体在沙滩露营看星星看日出。好玩又浪漫。

但是由于之前她没有男朋友，一直没有报名，因为没有男女朋友的单身狗，会被自由匹配……抱着撮合的想法，汤贝报了四个名额；两天一夜，她和沈时一个帐篷，她哥和舒姐姐一个帐篷，海阔天空，星幕低垂，她哥和舒姐姐还能有什么郁结是解不开的呢。

报名之前，汤贝自然征得她哥、舒姐姐和沈时的同意。

结果没想到的是，舒瑶带了赵先生一起参加。明明之前答应她一个人过来……

无人岛屿，一帮小年轻下了快艇后，像是一帮野生猴从都市回归到大自然，个个蹦蹦跳跳兴奋得不得了，不是嗷嗷直叫，就是撒腿疯跑起来，还有一只跪在了沙滩上，对着蓝天白云喊出了人类的语言：“天哪，这里真的好棒啊！”

对比起来，汤贝觉得她和沈时这几个都进化得不错。

在领队的带领下，大家开始扎帐篷。

天然的沙滩石后面，沈时选了一个风水宝地，拿出两顶帐篷，一黄一红；光着大脚站在沙子里，他有意问她：“汤导，晚上怎么安排啊？”

汤导……沈时挤对起她来还真是不含糊呢。

汤贝穿着沙滩拖鞋，低头看了看自己一个个圆润的指头，瞅着不远处的三个人，真希望自己每根脚指头都变成小脑袋，快给她出谋划策。然后，她撩起眼皮说：“沈时，我哥是你帮我叫来的，总之你也是帮凶，你要跟我一起想办法。”

沈时无奈，环顾了一圈四周，转移话题说：“这岛上树还挺多的。”

树多？

就在这时，季柏文插着口袋走过来，汤贝理解错了沈时随口说的话，猜测地说了出来："啊……难道你想让我哥晚上睡树上吗？"

原本要走来帮忙的季柏文全听到了，绷着脸，冷嗤出声："睡树上？汤贝贝，你当我是鸟啊。"

汤贝：鸟人可以吗？

"……"

沈时也没想到贝贝能这样理解他的话，好笑地勾起了唇角，海风拂上他的刘海，露出了清俊的额头，面容生动而轻松，收了收笑意后，对上季柏文打趣说："我觉得睡树上还真不错，是一个好主意。"

不远处几个小年轻在两棵树之间拉了一张网，优哉游哉地躺在了上面，喝着带过来的冰镇汽水，荡啊荡。此情此景，看得汤贝都想今晚睡树上了……

回过头，舒姐姐和赵先生在准备今晚的食物，基本是赵先生在处理，只要舒姐姐伸过手，赵先生就抢了过来，导致舒姐姐都有些尴尬，扯着嘴笑了笑。一起回过头看的还有她哥，随后耳边响起他讥嘲的声音："汤贝贝，这就是你的目的吗？"

汤贝：……

昨天她和舒姐姐是这样交流的，得知舒姐姐要离职，也感受到最近她哥和舒姐姐在闹矛盾，就以和事佬的身份跟舒姐姐商量周末能不能一起出来玩，就像小时候他们带着她玩，周末她带着他们玩。舒瑶同意后，她还拉了一个群，群名就叫作"贝贝去哪儿"。

群成员四个，分别是她、沈时、她哥和舒姐姐。

从头到尾，她都没有隐瞒她哥要一起参加周末活动。她以为舒姐姐既然同意一起玩了，肯定也是想给她哥一次机会。没想到，舒姐姐不仅没有给她哥机会，还彻底摆明了态度。

原本计划的游玩变成这样的情形，她才是最失落的那一个。沈时已经提醒过她，舒瑶和她哥都是成熟的男女，她的“计划”在他们眼里如同过家家般幼稚。所以舒姐姐就顺着她的“计划”摆了她一道？不仅跟她哥表明了态度，也跟她表明了想法……

或许，事情就像沈时说的，如果两人合适早就在一起了，她不应该干预太多。

不管了，难得周末，大家一起出来放松放松也是好的。汤贝跟着沈时一起弄帐篷，两人搭配，很快支起两个双人帐篷。她迫不及待地钻到了帐篷里，感受空间，然后探出脑袋招呼沈时进来：“沈时，你也进来感受一下。”

沈时听到她的招呼，弯身进来，她笑呵呵地看着他，眼底却有些抱歉，是她没有听他的话。沈时牵起她的手，似乎跟她一块承担这次活动失败的责任。

如果她是主谋，他也是帮凶无疑。

汤贝心里动容，就在沈时脸上亲了一口，结果对上一道班主任般的凝视目光。在外头的季柏文蹲着身，盯着里面的她和沈时，呵呵了两声。

沈时忍不住勾唇轻笑。

汤贝又爬了出来，对季柏文说：“哥，你也进来一下。”

进来一起亲亲吗？季柏文懒得脱鞋进来，汤贝无奈说：“这个是最大的帐篷了，我想看看三个人能不能睡下。”

季柏文进来了。

半分钟后，三人并排躺着，汤贝躺在中间，沈时和季柏文像是两座大山一样挨着她，实在有些拥挤。就在这时，沈时伸出手，将她往他怀里揽。“这样就空了。”沈时说。

对……汤贝侧了头，对左边的亲哥说：“哥，要不晚上你就跟我们一个帐篷？”

沈时咳了一声。

季柏文一时没有回话，过了会儿睁开眼，扯着嘴角说：“还不如睡树上呢。”

汤贝："……好吧。"

季柏文还能开玩笑，汤贝欣慰了不少。因为心里有愧，晚饭的时候，她给她哥剥了一个澳柑，连沈时都没有这个待遇。享受了一顿简易的野外食物，她和舒姐姐到游艇上洗手间，然后来到游艇的甲板上，逗留了一会儿。

此时，正是海上落日最美的时候。

海天连成一线，霞光如火，湿咸的海风徐徐吹着头发，汤贝举起单反给舒姐姐拍了几张照片。待了好一会儿，她转过头问："舒姐姐，下个月你真的要跟赵先生领证了吗？"

"贝贝……"舒瑶正要开口。

甲板另一端传来了两道脚步声，汤贝和舒瑶回过头，沈时和季柏文正一起跨了上来，他们身上穿着同款衬衫，一蓝一黑。不远处，赵先生坐在前面的岩石上，拿着手机拍照，看到甲板上的他们，挥手喊话："你们就在那里吹风吧，我在这里拍拍照。"

随后，露出了亲切熟络的笑容。汤贝心里有一丝的愧疚，对赵先生。

四人一起坐在甲板上，汤贝说起了一件自己小时候落水的往事，地点就是舒姐姐房子后面的小河，舒姐姐跟她哥讨论着作业题目，她坐在小板凳上吃着酒酿杨梅，结果不小心吃多了，站起来摇摇晃晃走了两步，"扑通"一声，就掉进了舒姐姐家后面的小河里。

"然后呢？"沈时问，想了想那个场景，摇了摇头。

其实汤贝自己并不记得这件事，当时她太小了，十岁以前的事情她没记住几件，连沈时去周庄玩也是非常模糊地存在于她的记忆里。刚刚之所以能生动好玩地将落水趣事完整叙述出来，是去年她和舒瑶一起从周庄回来，舒瑶对她讲了一遍。她落水那年，舒瑶和她哥正在念初中，两人成为互帮互助小组，放学回来，她哥就去舒瑶那里写作业……往事重提，就像翻开很多年前的老皇历，有格外的缅怀感。缅怀的不是过去的事，而是已经过去的心情。

"后来呢，当然是我哥一个箭步过来，将我捞了上来。"汤贝笑着说，侧头望着季柏文，“对吧，哥。”

季柏文扯唇，问她：“都是你自己想到的？”顿了下，有意地问她，“那么小的事情你会记得？六岁尿床的事怎么不记得了……”

“咳！”汤贝被季柏文曝出六岁尿床的糗事，差点要跳起来捂住季柏文的嘴，可是两人隔着一个位置，她只能看向沈时说，“我……我没有。”

沈时却眼眸一闪，笑着确认：“……六岁啊？”

……啊啊啊啊！她要杀了季柏文！

季柏文终于报复成功，露出了一贯的嘲讽笑容，对着沈时说：“沈时，你现在想退货也来不及了，贝贝不只六岁尿过床，她——”

她什么？汤贝弯过身去抓季柏文的手，身子倾着，沈时搂住她的肩，像是担心她等会儿不是掉小河里那么简单，而是掉大海里了。季柏文没有任何收敛，继续放话：“汤贝贝，如果以后你还敢乱来，我就把你所有的糗事都爆出来。”

汤贝急红了脸。

舒瑶突然站起来，说：“我下去看看。”

汤贝面色消退，同样也站了起来，离去的时候说：“今天我和舒姐姐睡一个帐篷，你们三人一个。”

沈时：“……”

季柏文：“……”

没错，这就是他们两人合伙羞辱她的后果。

事实上，汤贝原本就是这样安排的，不管赵先生有没有过来，心思归心思，帐篷的安排还是要她和舒瑶一个，沈时和她哥一个，只是现在多了一个赵先生，他们三个男人有的挤了。

入夜了，岛上惊涛拍岸。无人岛没有灯光，但是在沙滩上生了火，还有明月星星帐篷里透着的灯光，和遥遥而望的灯塔。

围着火堆，大家面容轻快地坐着，听着领队宣布等会儿的游戏规则。

这次参加孤岛活动的都是年轻人，大家都是从S市乘坐快艇过来，有学生，也有工作几年的小年轻。对比起来，沈时和季柏文是这里面最成熟的男人了……噢，还有赵先生。

汤贝本以为沈时不喜欢这样的活动，但是他表现得比她预想的要自在愉快，和她就像一对儿蜜恋期的男女。加上帅得引人侧目，惹得围坐在一起的小姑娘暗暗窥看。

领队讲了好久的游戏是“击鼓传花”，两个安全负责人已经从快艇上拿下来一个鼓，和一个红色的绣球。游戏规则很老套，被传的人要么被问真心话，要么上场表演节目。

汤贝有些跃跃欲试，因为不管是真心话，还是表演节目，对她来说都不是大问题，结果这个绣球一直没有传到她手里。她坐在沈时的右边，沈时往左依次是她哥、赵先生和舒姐姐。

伴随着音乐和击鼓声，绣球在大家手里飞快转手，咚咚咚……没想到第一次就停在了她哥的手里。季柏文拿着绣球，一脸的猪肝色，因为这个绣球是赵中信塞给他的。

赵先生握了握手说：“好像是我的。”

领队的人笑了：“啊，到底是谁的?

“我的。”季柏文抬起头，口吻很霸道，“问话吧。”

领队差点被季柏文的气势震到，为了活跃气氛，故意问：“帅哥……你有带女朋友来吗？”

“没。”

“是没带吗？”

“不，是目前没女朋友。”

“噢！！”全场起哄，领队目光一转，玩笑道：“在场还有单身的姑娘吗，好好把握啊。”

季柏文扯了下嘴。

玩笑适可而止，领队面对着季柏文发问了：“——帅哥一共谈过几次恋爱？”

汤贝立马暗搓搓地看过去，脑袋靠在沈时的怀里。应该只有一次吧，就是程莹莹，所以她就算不太喜欢程莹莹，知道程莹莹也不喜欢自己，对程莹莹也都是当准大嫂对待。

没想到，季柏文脱口而出，像是随便报了一个次数：“四次。”

汤贝：……

鼓声再次响起，不知道是不是这个绣球跟她哥有仇，当鼓声落下，球花再次停在了季柏文的手里。

季柏文：……

随后，季柏文当着所有人的面，无耻地将球花放在了沈时的手里。沈时拿着球花对视着季柏文，没有说话。

作弊是不对的，回答的人依旧是她哥，问问题的是一个女生，咬着唇问季柏文：“这里有几个你爱的人，朋友的爱人都可以算。”

女生显然是放了季柏文一马。

只是这个问题，季柏文却顿了好一会儿，才说出答案：“两个。”

听到答案的时候，汤贝抬头看向不远处的舒瑶，火光闪烁在舒姐姐秀气的面庞上，明明暗暗里，看不出情绪。没想到，她哥还来了兴致，不只回答了问题，还要表演节目，看向沈时说：“给我伴个奏？”

刚好前面有个玩音乐的大男孩带了一把吉他，沈时看了看，居然点下头，然后问季柏文：“你要唱什么？”

沈时还会弹吉他吗？汤贝觉得她哥有一种豁出去的冲动，待沈时从大男孩手里拿过吉他，拨了两下弦调了调音，画面开始刺激了。

更刺激的是，她哥还要开嗓唱歌，唱那首曾经最烂大街的歌曲《大海》。当然，身处这样的无人岛，《大海》是一首很应景的歌，可能除了应景，还映衬着心情……

只是季柏文这个样子，像是破罐子破摔，不仅豁出去，连同整个人都……风骚了起来。

当然，还有骚得更有风姿的沈时。

从那遥远海边慢慢消失的你

本来模糊的脸竟然渐渐清晰

想要说些什么又不知从何说起

晚风吹着两人的衬衫，一人弹着吉他，一人哼唱着老歌，吸引了所有人的目光。抱着吉他的沈时，几乎完美地配合着她哥，因为中间她哥忘了下词，作为哥们他替他唱了一句，唱完还朝她眨了下眼睛……

那个，老男人骚起来完全没有他们年轻人什么事啊！

如果大海能够唤回曾经的爱

就让我用一生等待

如果深情往事你已不再留恋

就让它随风飘远……

当老歌的曲调句句清晰地从季柏文嘴里哼唱出来，搭着沈时的友情伴奏，两人别有味道的演奏悠悠扬扬地落在围坐在无人岛沙滩的每一位的耳畔，声音成熟又不缺感情。

很多年前，季柏文推开教室的门，意外看到性格安静的舒瑶居然在唱歌，她立在教室后面的黑板前，一边画着板报，一边戴着耳塞轻哼着老歌《大海》。

那是她从他这里借走的一个磁带，磁带拷有高中三年英语听力题，但是开头他放了一首老歌。这首歌就是《大海》。

天幕低垂，漫天繁星的无人岛，夜风湿凉又黏人，火堆燃烧发出木头破裂的吱吱声。

终于，两位大帅哥的弹唱表演结束，掌声响起，汤贝跟着拍了拍手，视线不经意一转，她看到舒瑶素着一张脸，对比周围热闹的起哄声，面容显得格外安静。

海上明月生，夜里的大海澎湃又沉静，汤贝钻进帐篷前，看到她哥一个人走去了停靠在岸边的快艇，显然今晚他不会三人挤一个帐篷。

所以留下沈时跟赵先生一起睡吗？

不，沈时也选择睡快艇的甲板上，他一向不喜欢跟人挤，何况是完全不熟悉的人。

第二天清晨，人家看完海上日出，收拾好东西，便登上快艇回S市。

比起过来时她哥的一张冷脸，回到快艇里季柏文整个状态都像是昨晚放任自我的灵魂还没有收回来，五人坐在快艇的吧台前，话最多的人不是她，而是季柏文。

一直说着周庄成长时光，关于她，也关于舒瑶。

提起的时候，嘴角挂着笑，衬衫半开，单手搭着台面，恣意地跷着腿，简直是风骚无边。沈时倒是恢复了一贯的沉静淡然，只是每当季柏文提到她的话题，眼尾就往她这边一带，神色悠然。

……所以昨晚两个老男人在甲板上聊什么了？

一个小时后，快艇停靠在了S市游艇俱乐部码头，沈时和季柏文的车都停在码头，舒瑶是季柏文接过来的，自然也由季柏文送回去。

回去的路上，舒瑶坐在后座，赵中信抢在了前面的副驾驶。舒瑶已经提出了离职，不过还没有得到同意。“等会儿我要回一趟公司，你跟我一起。”季柏文对后座的人说。

舒瑶抬了抬头：“……好，季总。”

副驾驶赵中信握了握手，心底思绪那个复杂。从昨晚到现在，他不是没有感受出季柏文对舒瑶的态度。之前他在森善，就知道舒瑶和季柏文不仅是上下级的关系，还是老朋友和老同学的关系。之前也有人传言舒瑶跟季柏文有男女关系，但也只是谣传，因为这些年季柏文一直有女朋友，在公司和舒瑶都是公事公办的态度。

可是，昨晚他感受到……季总对舒瑶可能不只是助理那么简单。

回想这段时间，舒瑶能成为自己的女朋友，赵中信自己都有些不可思议。舒瑶在他心里一直是女神般的存在，北大毕业，样貌清秀，身材姣好，加上工作能力一流，不管是性情品行都十分出众。原先他在森善对舒瑶连追求的勇气都没有，从来只有默默关注的份。后来为什么会有了交集呢，是前几个月他得知舒瑶父亲在昆山第一医院住院，刚好他在昆山第一医院有个认识的朋友，又是肿瘤科的医生，就立马托朋友提供了一些小小的照顾。

他帮了忙，自然要让舒瑶知道。

舒父去世后，舒瑶以请他吃饭的方式表达谢意。他太意外了，原来女神没有想象中的骄傲，也没有外人传言里的高冷。事实上他朋友并没有提供太多照顾。

总之那顿饭后，赵中信趁机发动了追求。他的追求方式很木讷，就是对她好，像是天时地利人和一样，舒瑶很快答应了他，两人开始了以结婚为目的的交往。他还见过了舒瑶的母亲，她母亲对他十分满意；看得出来，舒瑶的母亲对舒瑶的婚事很着急了……

难怪舒瑶找了他。

没来由地，赵中信内心除了欣喜之外，又有了一丝优越感。舒瑶本人是很优秀没错，可是她已经不是年轻姑娘了，也不是S市本地人，她还有一个常年生病的母亲。

这样一想，赵中信也不觉得自己配不上舒瑶了。

然而是不是事情太过顺利了，赵中信内心深处总有一种隐隐的不安和忐忑，这种情绪在昨晚季总唱歌的时候达到了极点。结合前面游戏里季柏文表明在场人里有两个爱人。一个是妹妹，另一个是谁？总不会是妹夫吧……

“季总，你昨晚玩游戏回答的问题，都是真的吗？”赵中信以玩笑的方式打开话题，问起了心里的怀疑。

……终于憋不住了啊。季柏文开着车，回答说：“前面是假的，后面是真的。”

赵中信：“那后面两个是你妹妹和沈医生吧？”

“沈时？”季柏文扯起唇，反问赵中信，“你会爱一个男人吗？”

赵中信："……"

那另一个是谁？车内气氛陡然生硬，偌大的悍马车厢里的气氛变得紧张起来。

不等赵中信发问，季柏文不问自答："昨天我说的两个人，一个是我妹妹，另一个——"季柏文突然一脚刹车，停下车。

前面是红灯。

他视线从后视镜掠过后座面容发白的舒瑶，陈述说："赵中信，之前我开了你，因为你的工作能力不过关，不过你追女人的本事挺强的，以前我们是上下级关系，现在我们是情敌了。"

情敌？他和季总成为情敌了？赵中信只觉得呼吸一滞，什么话都说不出来了。

季柏文目光一转，又加了一句："以后还请多多指教啊。"

赵中信更是蚂蚁挠心。

有人嚣张又强势，可是这世上最难对付的人，不就是强势又嚣张的男人吗？

昨夜季柏文和沈时双双躺在快艇的甲板上，他对沈时说："就算舒瑶要急着结婚，我也不希望对象是赵中信。"

"就没有私心？"

私心，当然有。可是感情上，他挺害怕跟舒瑶成为男女朋友，收到辞职信那天，他提出的交往更多是口不择言。"沈时，你说我该怎么办？"

"你自己没办法？"

"……没办法。"

大概过了好一会儿，沈时提醒他："你不是最擅长棒打鸳鸯吗？"

"……"没错，他不仅擅长棒打鸳鸯，他还不讲理。

只是有些事他真的明确心意吗？如果明确，他就不会找沈时问感情问题了，后半夜，沈时都闭眼睡着了，他再次叫醒沈时问："沈时，你觉得我和舒瑶适合在一起吗？"

沈时转了个身，实在不想理他，过了会儿才痛苦地说："适不适合你自己不清楚吗？"

"……"

又过了一会儿，沈时再次说："不过你向来感觉不准，反着来吧。"

"……"

无人岛露营回来，汤贝就没有再管她哥和舒姐姐的事了。从她敏锐的观察力来看，她哥对舒瑶已经改变了态度，甚至无所保留地表露了想掩藏又没办法掩盖的男性占有欲；至于舒姐姐对她哥还有没有想法，她……不知道。或者说，就算舒姐姐对她哥还有感情，以舒姐姐的性格可能还是会选择……赵先生吧。就算不是赵先生，也可能会是另一个张先生或李先生。

感情之事本就如人饮水冷暖自知，每个人都是不同的个体，对感情的要求也不一样。

何况感情之事本就很难定义，她原先还觉得她和沈时不合适，他也不符合她对理想男友的期待，现在随着两人相处，她和沈时简直是——天生一对儿。

如果将她和沈医生放在武侠小说里，没准还能成为一对悬壶济世的侠侣……

汤贝拿沈时的手机号注册了一个微博小号，取了一个别有意味又少女心的名字——"沧海拾贝1211"。

不过这个名字，放在微博上属于完全不起眼的那种。

没想到她刚在"沧海拾贝1211"发了一条心情微博，一个黑粉就私信了她，激动地对她说："三哥，你的小号被扒出来了！"

她小号很多，说的是哪个？

"就是你和沈医生的那个！"

啊？她和沈时的"沧海拾贝1211"吗？汤贝立马看了看目前登录的账号，不对，依旧很平静啊，粉丝依旧只有三个，全是系统自动送的。随后，黑粉给她发来了一个微博帖子，以及传说中那个被扒的微博小号——

“沈医生的小手手”。

“沈医生的小手手”汤贝之前就有关注到，因为这个小手手的账号介绍就是：我和沈医生的日常分享……

怎么看都是一个秀恩爱的微博号。

汤贝原本觉得就是网友恶搞，就没有再关注了。没想到的是，小手手居然关注了她的大号“汤三哥”，同时微博发图的时候不小心暴露了坐标，就是在东院……然后她的几位黑粉就开始联想推测：“沈医生的小手手”是不是就是她“汤三哥”的小号，结合她之前说自己是女人，外加有老公了！

总而言之言而总之，她不是“沈医生的小手手”，也不知道“沈医生的小手手”是何方神圣，但是她家黑粉觉得“沈医生的小手手”就是她的小号。

卫生间里，沈时在洗澡，汤贝躺在床上研究着小手手的微博，觉得小手手一定也是东院里的人，因为小手手真的很了解沈时。尤其记录的几件事都是真的，沈时做的手术和时间也都完全能对上。甚至昨晚，小手手还发了一张在东院食堂用餐的照片，内容是——“今天跟沈医生一起吃食堂，感觉自己可以多吃一碗饭饭呢。”

汤贝：……

沈时擦拭着头发出来，见汤贝躺在了床上，手里捧着一部手机，不知道看到了什么，还踢了踢腿。

他伸手碰了碰她的脑袋。

她朝他抬起头，嘴巴是噘着的。

“怎么了，在看什么？”沈时问，眼里漫上一丝笑意。有人这副样子，真像一种小动物。

结果小动物居然很有情绪，直直地看着他说：“揪狐狸精啊。”

沈时点了下头，去了外面客厅，回一个来自美国的电话，汤贝侧耳听了听沈时的电话交流，除了前面两句道好的话，后面她全听不懂。偶尔几个能听懂的单词，也是跟医疗有关系。

她突然想到一个脑洞，如果沈时以后要偷情，都可以当着她的面直接跟情人用医学英语交流，因为她一定发现不了。

忍不住，汤贝用“汤三哥”的号给小手手发了私信，开门见山地问：“你是？”两个字，表达了她脾气不是很好噢。

小手手人在线，很快回了她，也是两个字：“你猜？”

汤贝：……

沈时打完电话进来，某人又是一脸的委屈巴巴，他走过来，任由她抱住他的腰，低头问：“到底怎么了？”

汤贝仰着头，直接问了出来：“小手手是谁？！”

沈时真的愣了下：“……什么小手手？”

刚刚不是还在揪狐狸精吗？怎么又变成小手手了？

因为小手手就是狐狸精！汤贝递出手机，沈时大致浏览了一下“沈医生的小手手”这个微博内容，说：“虽然我还不确定，但是大概知道他是谁了。”

就在这时，小手手给她发来一条私信，一张他和沈时的合影，照片里沈时还带着口罩，像是被拉着一起合照。旁边挨着的男人露着一排大牙齿，大圆脸，不是胡医生还是谁。

哦，胡医生是谁？沈时的副助手。

所以，也是沈医生的小手手！汤贝表示很服气。

肿瘤科一向是整个医院环境最压抑的科室，不知道是不是环境过于压抑，反而滋生了乐观的心态。原先她以为医生的形象都是沈时这种沉稳冷静客观的样子，或者像丁医生那样对看不顺眼的事情像秋风一样冷酷，对待病人又像春风一样温暖。

事实上，肿瘤科也有好多内心欢快又乐观的医生，类似胡医生这种。

用黄医生的话来说，轮转结束还能留在肿瘤科的，内心没有一点自我调节能力怎么行。

的确，自从进入了肿瘤MDT科室拍宣传片，她的自我调节能力都提升了一大截，当然很大的原因是，爱情的甜蜜冲淡了她对癌症的阴影。

第二天，她去MDT病房采访李修山同学，李同学就要做第二次手术了。他第一次手术已经是三年前，沈时看过他的病理报告，当时是S市另一家三甲医院的一位外科医生给李同学做了甲状腺全切合并双侧侧颈淋巴结清扫手术。甲状腺手术在肿瘤外科里并不是大手术，但是颈部解剖以及淋巴结清扫对外科医生来说是一个技术活，如果不能清扫干净，后期很容易就会复发。显然，第一次手术，李同学并没有做好。这三年，甲癌一直存在手他的体内，只是相对和谐地处于共存状态，只是后面他连续爆更就很快复发了。

之前李同学也有过其他治疗，用沈时和丁医生的话来说，都是一些无效治疗，对他的病情没有起到任何帮助。所以说，有时候癌症这件事，自己的意识和态度是最重要的，治疗上要相信医生，前提是也要有自己的判断力啊。

很快，她和沈时的婚礼邀请函制作出来了，邀请函有两种，一种是微信里转发的电子音乐版，另一种是沈教授的手写请柬。

医院这边，给的都是手写请柬。

她从沈家拿过来婚礼请柬，一直放在她这里，有田院长、黄医生、杨医生、胡医生……加上几位她熟悉的护士朋友。然而婚礼请柬放在她包包里好几天了，迟迟没有拿出来，就像是揣着一个甜蜜的消息，只酝酿，不公布。

她没有送出去，沈时也不催她，一副看她到底什么时候公布出来的神态。

不是她不想公布，主要是她怕喜事太突然，公布出来的时候就有爆炸般的效果。仔细算算她和沈时从确立交往到现在发婚礼请帖才三个月时间。

常理上，她和沈时这样急着结婚只有两种可能，别人也只会有两种理解，一她被骗婚了，二她和沈时搞出“事故”了。对比起来，她更能接受第二种猜测呢。

要不，她真的怀一个小贝贝吧？汤贝乐了乐，拍了拍自己的小腹，随后用手托住腰，学着孕妇走路——

“嘿，丁医生！”汤贝立马直了直腰，看到外面进来的人。

丁昇站在门外，打量了她一眼，见整个办公室只有她一个人，回到了自己办公桌。“你后面要写一个孕妇角色吗？”丁医生忽然出声问她。

汤贝欸了声：“没有没有！”一脸的羞涩。

很快，沈时手术结束回到办公室，汤贝觉得丁医生看沈时的眼神，都有些……不一样了。简直可以用意味不明来形容。

下班回去的路上，汤贝一边吃着雪糕一边对沈时交代说：“沈时，我跟你说件事噢……丁医生可能觉得我怀孕了。”

沈时猛地眨了眨眼睛，转头问：“他怎么觉得的？”身为丈夫的他都不知道他的女人怀孕了，丁昇是怎么看出来的？

汤贝摸了摸自己的肚子，刚咬了一口冰凉的雪糕，肚子都有一丝冰凉凉，加上车里开着空调，完全是清爽一夏。“因为我在他前面装了一下……孕妇。”她坦诚说。

沈时：……

汤贝笑嘻嘻，抿了抿唇，瞅向沈时说：“要不，我们直接坐实了吧。”

沈时：……

嘿嘿，她开玩笑呢。

沈时也知道是说笑，刚好红绿灯，转过头说：“给我一口。”

什么，雪糕吗？汤贝立马贴心地将雪糕送到沈时的嘴边，然后看着沈时一口咬掉半截。

……过分！

晚上，汤贝还是先把电子邀请函发到洛杉矶群里，她和沈时的婚纱照是她找摄影系的一位朋友帮的忙，一个下午就搞定了婚礼和请柬上的需求。

主要原因，她和沈时登对，怎么拍都好看。

当然照片拍得也不是很多，主要是沈时不太爱拍照，加上她本身也是玩摄影的一分子，对刻意摆拍婚纱照这事兴趣不大。

“张医生，你什么时候回来啊？”汤贝发了电子邀请链接后，艾特张安硕问。

张安硕很快跳出来，发了一排感叹号：“！！！！！！”

过了一会儿，张安硕再次发来消息：“汤妹，你和时哥这样一看，真的好登对！网上有句什么话来着，我要成为你们的CP粉（情侣粉）了！”

真的吗？！

“当然！”

“不管不管，等我回来！我要回国给你们当伴郎，你让沈时给我留伴郎的位子。”张安硕主动提出当伴郎的请求，同时发了一个撒娇的表情包。

呃，不用撒娇……

她和沈时结婚她不缺伴娘，但是——沈时真的缺伴郎，她哥是沈时的哥们没错，也没有结婚，但是大舅子身份不能屈尊降贵给沈时当伴郎啊。

终于有了一位伴郎，汤贝替沈时欣慰，更欣慰的是她和沈时的结合终于被看好了……

之前就是因为张安硕上次对她和沈时领证表达了怀疑的态度，导致她都有心理阴影了，没想到现在硕哥变成她和沈时的CP粉了……

张安硕的转变给了汤贝很大的勇气，第二天就在MDT科室送出了她和沈时的婚礼请柬，将她和沈时这份幸福的甜蜜，分享给了东院相熟的医生护士，恭请他们十月参加婚宴。

丁医生的请柬她是最后给的，因为今天丁医生请了假，晚上九点才回到医院值班。刚好，她待在值班室等沈时。一边敲打着键盘，一边剥着新鲜的龙眼，见丁医生进来，她吐出龙眼核，指了指龙眼说：“丁医生，吃水果吗？”

丁昇拒绝了，找话说：“又在写剧本了？”

“不是剧本，是《逢生》的策划书。”她嘿嘿地笑了笑，解释说，

“这是我的拍摄习惯，拍摄之前先写一个策划。”

丁昇突然想起自己也收到过一个策划，关于《人间浮华》改编的策划书，当时他看完那个策划书，觉得确实写得还不错，可是……算了，是他之前太过武断。

“对了，你——”

汤贝抬起头，她什么？

丁昇看了看电脑旁的龙眼，开口说：“沈时难道没告诉你，你现在不能吃龙眼吗？”

呃？汤贝摇头，一时没想到怀孕的事，回答说：“没啊，他只是不让我多吃雪糕。”

丁昇撇了下头，就在这时，门外响起两下敲门声。

沈时过来了。他手里拿着白大褂外套，穿着衬衫长裤站在门口，直接对她说：“回家了。”

“噢……”

随后，沈时进来替她收拾摄像机和笔记本，汤贝想起包里最后一张请柬，双手恭敬地递给坐下来的丁医生说：“丁医生，希望能参加噢。”

参加什么？丁昇拿过这张粉色的精致请柬，只见请柬外面写着大写的“SS&BB”，噢，原来这是他们的请柬……

| Chapter20 |

S S & B B

一叶知秋。

S市的秋天向来是最短暂的，计较得算只有一个月时间，从国庆到十一月，等后面天气转冷，寒流袭来，就入了冬。春去秋来，时间过得很快。

十月，天气偶尔还有几天炎热，但是盛夏已经过去。沈家花园的石榴树都结了大大小小的石榴，汤贝摘了两个，酸酸甜甜格外好吃。

她和沈时的婚礼是十月三号，正好是国庆黄金周。

十月一号这天，两家人最后聚在沈家吃饭，为什么说是两家人最后聚在沈家吃饭呢，因为以后大家就是一家人了啊！

饭后，老汤和沈爸爸一起坐在客厅打着最后几个气球，季柏文拿了几个气球来到门外，对跟出来的沈时说："我觉得这里还需要一个气球拱门。"

沈时："这里已经有鲜花拱门了。"

季柏文："我的意思是鲜花拱门的前面要不要再加个气球拱门。"

沈时想了下，回得很婉转："……会不会太繁杂了？"

季柏文的审美一向很直男，沈家楼梯绑着的一个个气球也是季柏文提议布置的，理由只是——"贝贝喜欢啊。"

汤贝：……不，她只是小时候喜欢气球而已。

沈家已经连续热闹了好几天了，最近季柏文每天下班回紫金花园，但都是几过家门而不入，直接去了对门的沈家。季林森心里别有滋味，但也说不出任何责备的话。

傍晚吃了饭，季林森稍微通过窗户往对门看了两眼，一道来自妻子的凉凉挤对响在了耳边："实在忍不住，就过去瞧几眼呗。"

季林森回过头，无语地看向自己的妻子。王晓春就对女儿子珊说起了话。

没有一如既往的感情，也没有一成不变的人，季林森觉得妻子自从做了甲状腺手术后，像是修了仙，整个性子完全变了。

九月底，张安硕也从洛杉矶回到北京，他改了行，现在已经不是住院医师，而是跨国制药公司的市场经理。工作比住院医生这一行要灵活自在，发展前景也不错，唯一遗憾的是没有坚持到做主治医生就放弃了。因为后天就是婚礼，当晚她和沈时约了张安硕吃饭。

俩"话痨"再次见面，话题一个接着一个，怎么也停不下来。

火锅店里，张安硕对她说跟沈时刚同居的感受，汤贝简直是感同身受，然后，张安硕提到自己发胖这件事，汤贝更是乐得合不拢嘴，开口说："可能你的帅气真的被沈时吸走了。"

她还记得她在丁医生的办公桌上看到他们毕业照时的惊讶，里面的硕哥跟现在俨然不是一个画风。看着眼前的张安硕，浑圆里可见当年的秀气，然而那个曾经唇红齿白的小哥哥，大概只能存在于丁医生的毕业照里了。

张安硕没想到丁昇居然把毕业照摆在办公桌上，别扭道："丁昇是不是无聊啊，还是他觉得考上清华是他这辈子最大的人生骄傲了。"

汤贝摇头，看着张安硕说："不，丁医生现在还是大作家。"

"作家，了不起噢。"张安硕从火锅里捞起一片毛肚，蘸了麻酱说，"反正，丁昇这人就是小气吧啦的。"

有件事，汤贝不知道怎么跟张安硕说，就是关于伴郎的事……沈时不是缺伴郎吗，因为她这边有俩伴娘，沈时那边也需要两个，只是跟他年纪相仿又没有结婚的男性——没有了！

上个月这个烦恼被黄医生听到，黄医生立马指着丁医生说：“哎呀，这里不是刚好有一个吗？现成的好伴郎啊。”然后，还绑架丁医生说，“丁医生，同事一场，这个忙可要帮啊！”

就这样，后天她和沈时的婚礼上伴郎除了张安硕，还有……丁医生。

原先嘛，她觉得没什么。张安硕和丁医生怎么说也是大学同学，之前就算有点小矛盾，刚好还可以借机解除误会。可是听张安硕的口气，到底有什么深仇大恨啊。

“也不是什么深仇大恨。”张安硕说，“我和丁昇之前除了是同学，还住上下铺，关系还挺好的。”

“后来呢？”汤贝问。她知道女孩子之间容易闹别扭，难道男孩子也一样吗？

“后来我们之间发生了一些事。”张安硕又捞了一片毛肚，眸光心虚地转了转，终止了话题说，“算了，不说了，事情都过去了。”

不要啊，她正听得好奇呢。

张安硕却抬抬下巴：“要不你们先跟我说说，到底是什么时候看对眼的？一定是趁着我不在的时候，勾搭上的吧。”

汤贝笑了笑，有些羞涩地低下头。

沈时从锅里捞了一个虾滑，开口说：“还早一些。”

张安硕：……不会吧，难道在洛杉矶公寓就有情况了？

不不不，汤贝连忙摇摇头，顿了顿，用自夸语言笼统地讲述了她和沈时相互吸引的整个过程：“首先我和沈时在颜值上一见钟情，然后我们在才华上相互欣赏，接着性格上互帮互助，观念上相互融合，最后学习能力上……他带着我进步。”

就这样，明白了吗？汤贝微微一笑。

张安硕听得一愣一愣，听汤妹这样一说，她和沈时还真是天造地设的一对儿啊。

对啊，汤贝将头轻轻靠向沈时的肩膀，可不是嘛！

沈时抿着唇，算是接受了贝贝说的以上这几个观点。

张安硕吸了吸太极锅里散发出来的麻辣气，觉得他不是过来吃火锅，而是过来受虐的。

张安硕接到了一个电话，是温倩打来的。没错，他和温倩一道回了北京，因为他是北京人，温倩是S市人，温倩还早他几天回到了S市。

后面，他和温倩都要在S市待一段时间。

沈时要结婚的事，他已经跟温倩提过，温倩反应很淡，知道对象是汤妹也没有表露太多的意外，只是嘲讽地笑笑，问他说：“男人不都喜欢年轻女孩吗？”

张安硕觉得温倩这番话不太对，虽然他也曾这样认为过沈时和汤妹。毕竟，曾经他以为沈时会找一个像温倩那样的女人，一样强大而自信，相互匹配。

汤妹不是不够好，就是两人不太像一国的。

什么不是一国的……如果汤贝知道张安硕这样想她和沈时，一定会反驳他：“不是一国的又怎么样，现在就是流行跨国恋。”

张安硕接完温倩的电话，电话里温倩是从朋友圈里知道他和沈时在吃火锅，扯着笑提出一个事：“你帮我问问沈时，我和他也算是多年相识，他婚礼我有没有资格参加一下。”

唉！何苦呢。

“那个，沈时……”张安硕握着手机开口，欲言又止。

张安硕觉得自己不应该在沈时和汤妹面前提温倩，这些年温倩对沈时的心意他多多少少看在眼里。温倩不只跟沈时在美国同一个实验室做过研发，还是沈时的高中校友，这样的关系，特意避着汤妹反而更容易起疑。

“刚刚温倩问我，婚礼那天能不能过来给你们送个祝福。”张安硕笑眯眯地提出来。

对面，沈时没当一回事地听着。

张安硕不知道的是，汤贝在洛杉矶住到他们公寓的第一天就听了墙脚，除了知道温倩跟沈时相识多年的事，还知道温倩对沈时那压抑的情感。

“呃，当然可以啊。”汤贝果断出声，笑着说，“是我们疏忽了，没有邀请温女神。”顿了下，她从包里拿出一张空白的备份请柬，递给沈时说，“你字好看，你来写吧。”

沈时抬了下眸，拿出笔，在请柬上写下温倩两个字。

汤贝又递给张安硕，粲然一笑：“硕哥，帮忙转送一下吧。”

第二天一早，汤贝滚回了周庄，准备当她的新娘子；一起回周庄还有老汤、善善和她哥。作为大舅子，她哥的身份地位都快赶上老汤了。

丈母娘善善，一如既往地温柔似水，清清淡淡。连操持喜事也是清清淡淡，幸好她家老汤一个顶十个，人高马大能力强，完全是操持家务的好能手。

原本她家根本不需要操心沈家那边的事，因为沈妈妈不在了，老汤和善善就主动提出来到沈家帮忙准备一下。因为她家，早在上个月就准备好了。

夜里，汤贝有些睡不着，拿着扑克牌敲她哥房间的门，探着脑袋说：“哥，要打牌吗？”

待她和她哥来到楼下大堂，只见老汤穿着宽大裤衩坐在躺椅上，一副盯着天花板眨眼玩的样子。她出嫁前夕，大家都睡不着吗？

大家一起斗起了地主，不知道是不是明天要当新娘了，她手气好得爆炸，连续好几次王炸，炸得老汤最后都眼泪花花了。

汤贝连忙放下牌，关心地问：“爸，你怎么了？”

老汤抬了抬眼皮，擦了擦冒出来的眼泪，开口说：“爸爸就是有点感慨……”真的到女儿出嫁这一天，他才深刻感受到嫁女儿真是一件好心疼好心疼的事啊。

然而，现在心疼已经晚了，季柏文说：“汤叔，明天事情还很多，早点上楼休息吧。”

“对啊。别心疼啦，你要想以后就多一个女婿了。”汤贝也安慰着，看向季柏文说，“你看我哥，他现在就一点都不心疼，只等着当大舅子呢。”

季柏文瞧了眼她，不想说话。

没想到，老汤更有怨言了，特别幽怨地丢出一句：“柏文心疼啥，妹妹嫁到对门了。”

汤贝：“……”

季柏文：“……”

他就知道，汤叔从头到尾都觉得他和沈时是一伙的。

第二天，十月三号，戊戌年八月二十四日，星期三。

沈家一大早就开始准备出发去周庄接亲，季子珊从床上起来站在窗口，默默地看了眼准备出发的沈时。他穿上全新的黑色西服套装，显得身材更加颀长挺拔。西装外套上佩戴了礼花，沾上喜气的他，却没有增添丝毫俗气，只像是多了一份春风点缀。

今天，沈哥哥的头发也特意打理过，露出了好看的额头，眉眼更显俊朗深邃，不经意一笑，惹人心动。这样的沈时，比她原先想象的他当新郎的样子还英俊许多。

季子珊心里微微苦涩，难过的同时，也有祝福。

隔壁房间，季林森和王晓春双双躺在主卧大床上，听到鞭炮声的时候，王晓春突然起来了，季林森不解地看过去，王晓春说：“我去沈家看看有没有能帮忙的，不然显得我们好像见不得沈家办喜事似的。”

季林森：……有吗？他有表现得那么明显吗？

迎亲的车子从紫金花园出发，后座张安硕、丁昇穿着西装各坐一边，直到上高速都没有太多的交流。张安硕也没想到，有生之年他和大丁还能站在一起当伴郎，实在受不了这怪异的气氛，张安硕伸手推了丁昇一把，打破气氛说：“欸，丁昇你不要摆着脸嘛！”

丁医生：……

张安硕无辜地咧了下嘴，继续求和说：“怎么说今天也是汤妹和沈时大喜的日子，笑一个……啊。”都那么多年了，不要闹情绪啦。

不好意思，丁昇根本不是闹情绪，只是根本不想搭理自己旁边这位发福的……胖子。

清晨五点左右，汤贝就被一连串鞭炮声吵醒，猛地从床上弹坐起来，拖鞋都来不及穿，直接跳到窗户边往外看。楼下老汤和善善都已经起来了，老汤抬头往上一看，瞧着她说："还不起来啊——沈时都走了。"

汤贝：……

老汤这样一说，她反而松了一口气，刚刚听到鞭炮声的时候，还以为沈时他们过来了，而她不仅没有化妆梳头穿上婚纱，连脸都没有洗！

只要大脑想想那个场景，汤贝就觉得有些可怕。昨晚她同她哥聊天结束，就在幻想明天接亲的场景，躺在床上嘴角忍不住上翘，结果"真实"场景是她的伴娘将新郎伴郎堵在外面，而她在里面忙着化妆洗漱？

等会儿专门的新娘化妆师就上门，汤贝打开床头的摄像机，朝着镜头打了个招呼："早啊。"摄像机只会记录，不会回应，她晃了晃脑袋，继续说，"不知道今天沈医生帅不帅，不过我想应该会很帅吧，毕竟平时都那么帅了，哈哈哈！我呢，美不美？"

镜头前，她顶着一头蓬乱的头发，眉眼弯弯，虽然没有洗漱，面庞倒不缺鲜嫩生动。尤其是左脸颊上那颗浅浅的褐痣，以前她有些嫌弃它，今天真是怎么看怎么顺眼。

"汤贝贝，你今天可真漂亮啊。"汤贝感慨出声。

就在这时，房间门响了，善善敲门进来，站在门口瞧着她说："你爸说得没错，如果不上来叫你，可能等沈时到了，你还在自言自语。"

汤贝转着头，笑嘻嘻。

善善进来，她抱住了善善柔软的腰身，将头放在善善的怀里撒娇说："妈妈，我爱你。"

善善笑了笑，一时没有话。

"还有，谢谢你。"汤贝又说。

"谢什么？"善善问。

“……谢你把我生得那么漂亮，那么聪明，又把我培养得那么优秀啊。”汤贝抬头说，夸起自己来一点儿都不含糊，最重要的，“给我一个那么好的哥哥，帮我跟沈时牵了线。”

季柏文刚刚来到门口，就听到有人在里面又开始睁眼说瞎话，尤其是牵线这一句。他是跳不开牵线人的身份了对吧！

汤贝转过头，亲昵地唤了一声：“哥。”

昨晚老汤上楼后，她和她哥在楼下大堂继续聊天，第一次两人聊得这样深入，他也不嫌弃她年龄小，耐心平等地跟她交流了好久。

她开玩笑说她和老汤都是男神女神收割机。

他扯扯唇，教育她说：“婚姻讲究的是平等，沈时很优秀没错，可是再优秀的男人也是男人，身上都有劣根性。而女孩子是要被好好呵护的，知道吗？”

季柏文就是一个大写的双标男啊。

“还有，家人永远是最亲的，哥哥也是。”

“嗯。”

“遇到问题了，先让沈时替你解决，沈时如果解决不了，就来找哥。”

“……好。”

“当然如果沈时欺负你，更要跟哥说。”

“……哦。”

季柏文交代了那么多，是不是可以轮到她说了。她要说的是关于她哥和善善两人的心结。“哥，你有没有觉得咱妈其实是很被动的人，每次都是爱在心里口难开，像仙女一样？”

季柏文笑了下，问她：“有个仙女妈妈不好吗？”

“好啊，当然好了。”她看着她哥，“就是前几天我突然明白，为什么当年善善会跟季叔叔离婚。虽然不知道具体是什么原因，但是我想原因肯定不是单方面的……善善是一个很好很纯粹的女人，可是有时候女人活得太纯粹了，会不会要求对方的爱也要很纯粹呢？”

“哥，其实我上个月也担心这个问题，因为我好像也遗传了善善这个毛病，希望自己永远保持纯粹，更想要沈时始终如一地对我。但是人活在世上，怎么会一直纯粹呢，还要求对方永远纯粹地爱自己……如果一旦得不到理想的回馈，是不是容易心累，对方也累？”

“贝贝……”

“但是呢！我和沈时比起来，好像他比我还更纯粹更赤诚呢。”

她哥问：“贝贝，你是怕了吗？”

她摇头，她才没有害怕呢，她想说的是：“不管什么事最重要的是态度。对于婚姻和爱情我和沈时有同样的态度，这就够了。就像老汤和善善，两人之所以合拍，就是态度一致。”

季柏文心里多了一份理解，贝贝和沈时两个人除了都是理想主义外，为什么会这样毫不犹豫地选择对方，相互吸引的除了性情样貌，更多的还有两人对人对事的态度吧。

即使一个热烈，一个冷淡，内心都不缺赤诚和纯粹。

“所以……哥，关于对待感情问题，你是不是要跟我好好学习呢？”这是她最后要说的重点，结果她说得这样推心置腹，还是被季柏文瞪了一眼。

“学你早婚吗？”

“这个……恐怕你也早不了了。”

九点一刻，汤贝穿好婚纱梳好新娘头，她的头发已经到了齐肩的位置，化妆师给她弄成那种自然的鬈发，然后用发胶固定头纱，新娘造型清新浪漫又不缺俏丽柔美。

她臭美地自拍了一张。

贝贝在楼上装扮，楼下洗手间，季柏文也在打理自己的发型，老汤穿好西服套装过来敲门。由于柏文捯饬了太久，老汤有一种怕被抢风头的担忧，挤进来说：“柏文，你帮我看看后脑勺，要不要再顺一顺。”

季柏文正挑着眉拨自己的刘海，斜眼扫了眼老汤说：“不用了，汤叔你这样已经很好了。”

老汤：……还能不能再敷衍一点。

“柏文，今天你可真帅啊。”老汤看着说，玩笑道，“不过会不会抢了沈时的风头啊？”

季柏文的刘海已经定型，对着镜子挑了挑眉头说：“汤叔，你以为今天婚礼沈时就没有准备吗？”就算不搞得像是一只雄孔雀，也肯定不会让贝贝失望的。何况，沈时那厮披着麻袋都帅，更别说今天还是新郎了。而他作为大舅子，也不好太逊色于沈时。

逊色什么，简直不要太风骚哦。老汤再次嗅了嗅季柏文身上散发的古龙香水味：“柏文，把你那个香水也给我喷点吧。”

季柏文随手拿起了洗手台上这瓶男士香水。好像就是去年他生日，主动跟舒瑶要礼物，然后她给他送了一瓶香水。

今天贝贝婚礼，舒瑶肯定也会过来吧。算了算，两人已经有一阵子没见了……自从无人岛回来那晚他跟舒瑶认真聊完后，他就批准了舒瑶的辞呈，之所以同意，是因为舒瑶新换的工作还不错，回到她原来的人力资源岗位，各方面条件和薪酬都很可观。他也就没有强行留着的必要了，何况他还提前知道了，舒瑶现在就职的公司，今年还要搬到森善对面。

汤贝手机里进来舒瑶的消息，傍晚直接到希云酒店参加她的婚宴。

今晚她和沈时的婚礼没有复杂的形式，就是一个简单的婚宴，也不知道为什么一向很喜欢形式主义的她，当着那么多亲朋好友的面，反而不想搞太多的形式了。今天给她当伴娘的两人都是她在戏剧学院关系最好的朋友，沈时还没过来，一起玩了一把吃鸡游戏。

刚进入游戏，微信里就弹出沈时发来的信息：“准备好了吗？”

“汤妹真牛啊，居然打起了游戏。”张安硕坐在后座感慨，猜测说，“你说等会儿汤妹不会以吃鸡为难我们吧。”

沈时放下手机，抿了下唇，或许真有这个可能。

丁昇心想张安硕是不是在美国炸鸡吃多了。等他们来到周庄汤家，丁昇真想说一句，张安硕真是一如既往的乌鸦嘴。因为最后一个拦门要求还真是——新郎伴郎组队带着新娘吃到鸡。

不好意思……丁昇根本不会玩这款游戏。

季柏文待在贝贝卧室，听到这个要求的时候，原本想刁难沈时都变成了同情。沈时若没有一点技能，还真没办法得到他家小戏精的欢心啊。

好在张安硕和汤贝都是吃鸡达人，沈时有时间也会陪贝贝玩几把，技巧和速度同样不输于他们。四人组团里，唯独拖后腿的就是……丁昇了。

“丁昇，我说你能不能——”给力一点啊。张安硕收住嘴，算了，今天大喜的日子就不说脏话了。中间丁昇差点挂了，他还不计前嫌地救了一把。

“哦，赢了！”终于一把游戏结束，里面汤贝放下手机，对伴娘说，“可以开门了——”

季柏文实在无语，贝贝虽是他妹妹，两人还是存在着很大的代沟。他很怀疑，沈时跟贝贝真就没有代沟吗?

没有噢。沈时可比她哥年轻多了，不管是接受能力还是包容度。汤贝笑吟吟地坐在床上，待卧室门打开，看着外面站着的沈时，就算她之前就看过他试穿这套新郎西服的样子，乍然望去，还是狠狠地惊艳了一下。

沈时也是……

可能是灵魂太有趣，他常常忽略了汤贝贝的外在。原来她是这般好看，不仅有一双这个世上他最喜欢的眼睛，还有着随时让他世界明亮起来的灿烂笑脸。

迷人又珍贵。

按照周庄的风俗，出嫁这天新娘新郎要一起摇快船，寓意着鱼水情深，相守一生，船在水巷转上几圈，象征着两人比翼双飞。今天周庄有好几对儿新人结婚，水巷上有好几队花船，汤贝靠在沈时的怀里，转过头问：“沈时，你有没有觉得结婚有些麻烦啊？”

沈时：“还好，毕竟只结一次婚。”

汤贝莫名乐了乐，其实她也想将两人的婚礼化繁为简，可是拗不过老汤和她哥，非要将她像家里千金小姐一样嫁出去，连花船都要整得最大的那种……

中午，美膳楼宴请周庄所有亲戚朋友，和沈家过来迎亲的人，饭后再从周庄出发到S市。最后按照习俗，她从家里到上车这段百米的小巷需要哥哥抱她走过，然后将她交到沈时怀里。汤贝觉得今天她都笑嘻嘻的，真到了上车前这一刻，眼泪还是从眼眶里溢了出来，等善善给她戴上一对儿玉镯子，她哥毫不费力地将她抱起。这是成年之后，她哥再次这样抱她，可能也是最后一次了。不比小时候，只要累了，她就蹲下身，让她哥背她或抱她。

从二楼的过道到木质楼梯，穿过小时候她和他度过春夏秋天的庭院，到反复牵手走过的小巷，汤贝对上季柏文熟悉的面容，早已经眼泪汪汪。

“元元，别哭。”季柏文开口叫了她小时候的名字。

汤贝鼻子一酸，更是眼泪哗哗。

终于，季柏文将怀里这个泪人交到了沈时怀里，沈时面容含笑，双手有力又稳稳地接过；季柏文撇了下眼睛，觉得小戏精真有很强的气氛渲染能力，都将他眼泪逼出来了。这世上有一种感情，大概就是注定的亏欠。他从自己当年原本不欢迎那个小团子出世，到后面事事为她操心担忧，唯一能解释的是，他一定是上辈子亏欠了她，这辈子他才成了她的哥哥……

傍晚，就是汤沈两家正正经经的婚宴了。

比起白天周庄水巷摇快船，S市的婚宴就简单许多。汤贝原本也想弄一个主题婚礼，甚至早编辑了一份类似上次爱情分享会那样的视频，待婚礼的时候当着所有亲朋好友播放出来。最后她放弃了。不知道是不是内心已经很充沛，不想将婚宴形式化。那份制作好的婚礼视频，她只想同沈时两个人看。爱情可以大张旗鼓地分享，但是结婚的日子却要她和他携手往下走，真的是她和他两人的事情了。

所以傍晚希云酒店的婚宴，只是简单的宴请宾客。这样，不少不太熟的宾客都奇怪了，他们本以为在那么昂贵高级的场地举行婚宴，一定有一场世纪婚礼出现。

结果，好像并没有那种催人泪下轰轰烈烈的婚礼场景……

只有一个又一个才华横溢的年轻人，纷纷上台唱歌送祝福，就像群星演唱会似的。不过对比外面如出一辙的婚礼，又显得新意好玩了。

希云酒店最大的宴厅，一共摆放了三十多桌，其中汤家十几桌，沈家只有不到几桌，加上东院同事、朋友伙伴一共三十多桌。

其实汤贝家亲朋好友也不多，其中一半都是她家老汤以前混江湖的老友。汤贝带着沈时叫他们叔叔，不知道是不是江湖义气，他们递给她和沈时的红包一个比一个大。

汤贝摸在手里，感动在心里。

唯一比较微妙的是，明明婚宴主场在S市，因为宾客一半以上来的都是她家老汤的朋友，整个感觉就像是黑社会退休老大哥招了上门女婿一样。尤其是，这一个个彪悍的叔叔拍拍沈时的肩膀，说着电视剧般的台词："汤老大真是招了一个好女婿啊。"

然而，沈时也十分给她家面子，全程温和谦逊地笑着。

汤贝解释说："不是的，沈时是我自己招来的。"

然后，他们又说："果然是虎父无犬女。"

汤贝只能笑着承认了。

另一边，沈爸爸、老汤、善善和她哥也在敬酒。所以，婚宴上的每一桌几乎都被招待三轮，先是新郎新娘，然后是老汤、善善、沈爸爸，最后大舅子还要过来走一遍。

宾客：……这家子人还真是细致周到呢。

婚宴上，一些微妙的气氛很容易掩藏，但却没办法忽略，比如男方宾客季林森这一桌。又比如周庄小伙伴舒瑶这一桌。季林森就等着善善和老汤过来敬酒，结果先等来儿子季柏文，举着酒杯像是招待普通宾客般招待他说："吃好喝好，谢谢到场啊。"

酒杯随便地碰了一碰。

然后，顶着全场唯一也是最招摇惹眼的大舅子身份，季柏文来到了舒瑶这一桌。婚宴现场响着动人的英文歌曲，曲调悠悠扬扬，当季柏文走到舒瑶这一桌，甜腻的女音正唱到："Baby you're my destiny，You and I were meant to be…"

靡靡软软的唱腔，将整个婚宴氛围渲染得浪漫又甜蜜，每个音符落在心里就像是蚕虫嚼动着鲜嫩桑叶，拨着人心。

昨晚他和贝贝深聊，贝贝让他向她学习，小戏精关心他又不好说太明白的样子，他心里也是明白的。今天不少亲戚朋友都在说一句话：妹妹都结婚了，哥哥什么时候啊。

他笑笑，拿出了这辈子最大的耐心应付这些七大姑八大姨。

有时候，一份年份已久的男女感情，若用不同的方式打开，也会有不一样的体会。就像一瓶珍藏多年的红酒，醒酒之后才能嗅到最醇厚的芳香。

季柏文来到了舒瑶的后面，顿了顿，一只手轻搭在舒瑶的椅子上，一只手握着酒杯，一身利落，嘴角带着同样爽利的笑容，一脸大舅子才有的喜气洋洋。他这样一过来，同桌周庄的几位萝卜头立马站起来，同他道喜："贝贝哥，恭喜恭喜啊。"

"谢谢。"

因为他们都是晚辈，季柏文简单地致以微笑，一时没有举杯，也没有说太多的场面话，只是站姿随意地立在舒瑶边上，像是刻意照顾这桌，多逗留一会儿……不像其他桌，包括前面季林森那桌，都只是走个过场。

然后，周庄的小伙伴反而拘谨了，因为大舅子不走，他们就没办法继续吃吃喝喝了……

舒瑶微微侧过头，对上了季柏文狭长黑亮的眼眸，他没有刻意看她，周身气势却压迫着她，几乎令她动弹不得。今天贝贝婚礼，他有意收拾了自己，银色西装里搭着黑色衬衫，头发用发胶定型，刘海斜斜地往后拨，露出一张冷峻又不失帅气的脸。

不管是长相还是气质，季柏文一直都属于霸道凌厉的那种，上学的时候同学怕他，上班的时候员工怕他，亲和力是一个跟他毫无关系的词。但是今天贝贝的婚宴，他因为眉目染上喜气，减少了两分犀利。然而外表这样，季柏文内心却像是住着一个固执而幼稚的小男孩，这是舒瑶以前作为同学后来成为助理最大的感受。霸道、幼稚、计较又不讲道理，可是没有比季柏文更爱心里在乎的人。就像现在，有人一副想让所有人都知道他是大舅子的模样……

婚宴的灯光是那种明亮的霓虹，交错照射着婚宴大厅，每张桌子，每个座椅上的人，仿佛有光芒滟滟地流在每一张面庞上。觥筹交错之间，笑容满面。

汤贝今晚的敬酒服是一条鱼尾裙摆的中式礼裙，枣红色，前面是中规中矩的旗袍样式，唯有两肩绣着手工立体花纹，端庄古典范儿里显着秀美。但是，后面就大有文章了，半朦胧的设计，露出后背，尤其是腰身这里完全贴合身体曲线，衬得身段婀娜玲珑。

加上鱼尾裙摆，身姿秀长曼妙。

汤贝从没有穿过这样女人味的裙子，连婚纱都是那种简约的浪漫少女风。为什么敬酒服选得那么有女人味呢，主要还是希望跟沈时的沉稳气质更搭一些。

今天她和沈时办酒，东院的肿瘤MDT科室除了需要值班的几位护士医生没办法过来，其他都到场了。田院长坐在主位，待她和沈时走过去，笑得像是老狐狸，眼睛都快眯成缝了。“沈医生，是不是要感谢我去年把你招回国，这样你和汤汤才有了相识的机会？”田院长开口说。声音慢慢悠悠又意味深长，完全就是院长讲话的腔调。

事实上，她和沈时的红娘并不是田院长，而是她哥。不过如果田院长要抢红娘身份，她哥一定会毫不犹豫地让给田院长吧。

所以，沈时特意感激地敬了田院长一杯，权当承认了田院长红娘的身份。

田院长还要说两句，开口道：“那个，今天是你们大喜的日子，我代表东院给你们送上几句祝福。希望你们走好今后的每一段人生路，相互体贴，相互尊重……总之，一起共创辉煌！”

共创辉煌，这个祝福还真的是很官方……底下几位医生内心已经处于吐槽状态。

田院长的“几句话”却还没有讲完，“汤汤……”田院长转头看向她，显然后面的话要对她说，汤贝眨了下眼睛，等着田院长发话。

田院长酝酿了一会儿，真说起了一段肺腑之言：“汤汤，你在东院拍片也有一段时间了，也知道医生的工作情况，医生是一份繁忙的工作，所以以后沈医生工作忙的时候，你要多体谅一点。沈时他除了是一个优秀的男人，还是一位特别优秀的外科医生。虽说能者多劳，然而医生这一行有时候被外界格外赋予太多的压力和责任，你要理解并支持他。因为你不只是嫁给了一个帅气的男人，你还嫁给了一个优秀的外科医生。”

汤贝轻轻嗯了声。

田院长这番话完全弥补了她和沈时没有司仪问话的煽情过程，现在全由田院长说了出来。最简单的语言总是最入心，她听得十分动容，侧目看了眼沈时。

沈时回了她一个眼神，似乎让她不要有什么压力。

“最后……”田院长还想说点什么。

“好！院长说得好！”黄医生抬了抬眼皮，带头鼓起了掌，以鼓掌的方式提前终止了田院长絮絮叨叨的讲话。

田院长：“……”

突然掌声雷动。田院长只好停下来，伸手示意安抚了一下，笑容满面地坐了下来。

汤贝嘴角微翘，突然觉得自己真的很幸运，不仅遇上沈时，还遇上了东院这群可爱的医务人员。

在东院同事们的掌声里，她和沈时来到下一桌，继续一桌又一桌地敬酒，可怜她的双脚，为了和沈时登对穿了七厘米的高跟鞋，现在感觉两条腿都要废掉了。不过就算废也是废得值得，半圈酒敬下来，她最爱听的话就是：“两人真是般配啊！”

终于，在一句又一句恭维和祝福里，她和沈时来到了温倩这一桌。

温倩坐在备用桌，这不是她故意安排的，主要是她和沈时早将宾客的座位安排好。临时要来参加婚礼的温倩就只能坐在备用桌了。沈时也没有高中校友桌，不然可以安排到一起。

备用桌还有其他几位邀请了但不确定来不来的朋友，都是平时联系不多的，其中有一个汤贝叫不出姓名来，怎么想都想不出来他是谁。就在这时，这位像是社会精英的男人站起来，朝沈时伸出手：“Congratulations! Doctor Shen…”

沈时礼节性地回了下手，男人突然伸出另一只手，揽住沈时的肩膀，凑在沈时耳边说起了话。说的也是英文，声音不轻不重，全落在了汤贝耳朵里。

汤贝转了下头。

沈时面上没有任何表示，不等男人说完，便拨开男人揽在他肩上的手臂，冷冷地回应：“我并不这样认为。”

显然这是今天新郎对待宾客态度最差的一次了。汤贝不知道他和沈时是什么关系，但多少能猜到这个男人跟温倩是什么关系。

“恭喜你们啊。”温倩同样站起来说恭喜，语气克制，像是压抑着某种情绪。一身法式名牌套装，样子仍是好看的，可是不知道是不是工作压力大，还是女人真的比男人容易老。温倩跟沈时是同学，汤贝却觉得温倩大了好几岁。

“谢谢温女神来参加我和沈时的婚礼。”汤贝开口说，顺便解释，“不知道你也回国了，不然肯定会提前邀请，也不至于像今天这样招待不周了。”

不等温倩说话，她埋怨地看了眼沈时，责怪地问起来：“沈时，你怎么都不跟我说一声。”

沈时回头，告诉她：“我也不知道。”

温倩：“……”

汤贝不是一个喜欢给人难堪的人，但是如果有人要给她和沈时难堪，她也是会不客气的。今天她希望她和沈时得到全场所有人的祝福，但她也不会天真地认为，她和沈时的结合真的能得到今晚所有人的祝福。其实……她真的也不明白，温倩为什么要过来参加她和沈时的婚礼，如果过来抢亲她还能敬温倩勇气可嘉。

因为，这世上有一种感情，大概只能感动自己。

如果汤贝贝知道，温倩曾经为了沈时出国，又费尽心机留在他的实验室，甚至为了他才变成现在这个样子，是不是就能理解今天她为什么要出席沈时的婚宴了。温倩坐了下来，双手握着手中包包，指尖微微泛白。

今天，她并没有特意打扮自己。

她知道，她再怎么打扮，都不能盖过新娘的风头；何况三十多岁的女人，再怎么穿戴，也没有二十岁刚出头的女孩好看。所以今天参加沈时婚礼之前，温倩只是将自己整理得得体优雅，女人的另一种美只有岁月才能酝酿出来，汤贝贝她在洛杉矶见过，就是一个漂亮的丫头。丫头，在她眼里就是上不了台面。

可她还是失败了，比起沈时对她的淡漠，更让她内心挫败的是，今天她看到的汤贝贝同样拥有了优雅迷人的女人味，还比自己年轻太多。

温倩突然有一种岁月对女人真的很残忍的感觉，她不是被沈时辜负，而是被岁月辜负……

岁月很风流，但它也很温柔。

当老汤带着善善来到季林森和王晓春这一桌，这两对重组夫妇终于要面面相对时，不少知情的好事者都侧过头来看，眼里都是八卦……

对善善、老汤来说，今晚婚宴上跟季林森的碰面在所难免。当然老汤不怕季林森，只怕他家善善心里别扭。

善善在心底只能付之一笑，说真没有别扭，还是有点，可是说别扭，又能别扭到哪儿去。对于当初的选择，她从未后悔，甚至很感激命运对她的善待，当年她失去了一个女儿，可是她得到了贝贝。今天又是贝贝的婚礼，所以不管如何，场面上一定要过得去。

同样，王晓春也是这样想，场面上一定要过得去。早在两天前，她就挑选起了参加沈家婚宴的衣服，可是看到善善的时候，突然明白一个事：不管她怎么穿戴，她都是远远逊色于季林森这位叫善善的前妻。所以这么多年来她何必比来比去呢，不仅自己要同善善较量，还要让子珊跟汤贝贝较量。

“恭喜你们。”季林森开口，朝老汤伸出手。

“谢谢谢谢……”老汤回以握手。

偏转过来的视线一致落在了两位男人相握在一起的手上，都以为要握很久，没想到很快就松开了……

然后，同其他人都碰了碰杯，老汤带着善善走去了下一桌。

就这样？往这边偷窥的宾客心里这样想。

就这样吗……季林森心里也这样想。

对比季林森这边的心塞，季柏文那边简直是欢声笑语连成一片。周庄几位小伙伴原本都挺怕季柏文，见季柏文这样和颜悦色，再加上今天贝贝结婚，胆子也大了，甚至有几个对季柏文更熟的，已经打趣起来：“贝贝都结婚了，贝贝哥什么时候？”

“对啊，你这样可不行。都输给贝贝了。”

这些话，季柏文都无所谓地听着，唯有一句不太舒服的是：“贝贝哥，你要抓紧啊，不然年纪大了可没人要。”

这句话落下，季柏文倚靠在舒瑶椅子旁，倾过身朝赵哥抬了下杯子，示意碰一个。结果还没碰上，季柏文出其不意地打了下这位赵哥的脑袋，丢出一句：“说谁没人要呢。”

不够，再加一句：“你才没人要——”

夜里八点半，希云酒店的婚宴差不多结束了，都说婚宴敬酒是折腾新郎，然而一场婚宴结束，沈时依旧安然无恙，只有清俊的脸颊微微泛红。

两位伴郎更是没什么事。唯一喝多了的人是……她哥。

从早上忙到晚上，夜里十点，汤贝和沈时终于回到了沈家的新房里。见她一直盘坐在沙发上一动不动，沈时碰碰她。

她朝他咧了下嘴。

沈时笑了，唇角漾出好看的弧度。视线对上，她觉得这个笑容才是沈时今天最开心的样子，只对着她的时候。

“快去换衣洗澡吧。”她对沈时说。

趁着沈时洗澡，她拿出两家长辈交给她的红包，礼服也不脱，直接盘坐在床上数了起来。婚礼其实是一件很俗的事情。沈时洗澡出来，汤贝已经闭上了眼睛，怀里一堆的红包……

一个腾空，她被沈时稳稳地抱起，汤贝睁开了眼，伸手挂在沈时的脖子上。“累了吗？”沈时问她。

“还好。”

沈时微微低下头，待两边嘴唇触碰到一起的时候，汤贝略微缩了缩：“我还没洗呢。”

“没事……”沈时声音更低哑了，一只手同样没有闲着。

从婚宴到现在，他就在等，等现在可以将她身上这套礼服亲自扒下来……

有人一副兽性大发的样子，汤贝也来劲了，跳到了沈时身上，沈时轻松地接住了她。她喜欢被沈时这样抱着，可以像个高高的女大王看着他。

眼睛对着眼睛，两秒之后，沈时开口问她：“想问什么？”

她犹豫片刻，还是问了出来：“沈时，你和温倩真的没有过任何关系吗？”

沈时的眼里没有秘密，可是他和温倩只是校友和前同事，为什么温倩总是一副被沈时无情辜负的样子啊！

“贝贝，今天是我们的新婚之夜……”沈时跟她强调一个事实。

哦，新婚之夜啊。

可是她怎么感觉跟沈时过了好几个新婚之夜了呢。汤贝抿着嘴，瞅着沈时这张好看的脸说：“看在你那么帅的分上，你说什么我都——原谅你！”

不好意思……沈时不给怀里人继续审问的机会，之后，更同她证实了男女体格上的差异。

“贝贝，我有没有告诉过你……你身材很好。”结束的时候，沈时冒出这样一句话。低低沉沉，着实酥得人心头一软。

前面他还从她胸垫里拿出两张海绵，现在居然夸她身材好，汤贝有些怀疑沈时是在说反话。她眨了下眼，傲娇地表示：“你不告诉我，我也……知道。”

女性之美虽说看内在，外在的变化却更容易有直观感受。如果汤贝知道婚宴上温倩对她多了女人味的评价，大概会感谢那两片加厚的海绵。

第二天汤贝和沈时睡到自然醒，因为今天沈时还处于五天婚假里。虽说有五天婚假，最后一天还要分开休。沈时那么忙，他和她的新婚蜜月旅行索性推到年后再说。

有时候汤贝觉得自己心理调节能力很强，昨天那个男人对沈时说的话一字不差地落在了她的耳朵里，她英文是不好，但是有人说她不好的话还是能听懂的。昨天那个男人对沈时说的话翻译过来是：“错过Vicky将会是你这辈子最大的遗憾。”

Vicky应该就是温倩的英文名。

当然，沈时的回复也是相当不给人家面子了。

清早起来，她和沈时一块遛四哥，昨晚没聊完的话题，遛四哥的时候沈时大致地对她说了他和温倩的过往。寥寥数语，就全部交代好了。

汤贝听完只有一个感觉：……就这样吗？

对，就这样，不然还哪样。沈时不是有意相瞒，因为在他的理解里，他和温倩真的只是高中校友，之后在美国待过同一个实验室，之后他转到了临床，和温倩也没有更多的交集。

他转行离开的时候，温倩跟他表露了一次心意，当时他觉得两人不合适就拒绝了温倩，他自认为拒绝得很明确，温倩却表示她会等他。他想温倩可能是误会了他的意思，他不是不想寻找伴侣，可是如果没有真正令他心动的那个人，他不如一个人随意过这一生。

之后就是那次了，被贝贝撞上的那晚。

汤贝算是明白了，张安硕为什么会说温倩被沈时从小龙女逼成了李莫愁，一个人一旦有了某种执念，的确很难释怀。

“当时我真的说得很明白了。”沈时说，话里有一丝无奈，瞧着她。

汤贝手里牵着四哥，靠在小区桥上的栏杆上，对上沈时的眼睛说：“可是如果我是温倩，可能也会自欺欺人，只要你还没有结婚。”

沈时朝她挑了下眉。怎么说?

汤贝觉得沈时聪明、心思明络，双商俱佳，可是他不一定都懂女人的想法。那么多年沈时一直没有交女朋友，温倩就算被拒绝也没办法做到死心啊。

不过听沈时交代了温倩的事，汤贝算是完全明白沈时为什么这么多年都不交女朋友了，因为这些年为他开的桃花都是烂桃花，好不容易等到了她这个含苞欲放的花骨朵儿。

不是立马下手了吗?

“沈时，我觉得你眼光很好哦。”遛好四哥回来的路上，汤贝冒出一句赞美，肯定沈时，也肯定自己。

“哦，是吗?”沈时回她。

“真的，不要怀疑了，你就是一个眼高于顶的男人。”汤贝继续臭不要脸地说。温倩是很优秀没错，可是她并不觉得，承认温倩优秀了她就差了。

她和温倩优秀的高度不一样，维度也不一样啊。显然，沈时也不想找一个跟他同样高度的女人，而是选择一个跟他不同维度的人。这样他的世界才会更丰盈嘛!

汤贝将她的理解说给沈时听的时候，沈时露出了一丝笑意……

楼上季子珊拉开卧室窗帘，就看到沈时和汤贝遛着狗回来，她低了低头，还是将窗帘打开。昨天参加沈时和贝贝的婚礼回来，心情莫名地很释怀。甚至做了一个决定，她想转专业了。

她选择学医因为沈时，她决定到加州大学留学因为沈时，她加入东院MDT科室实习也因为……沈时。比起来，贝贝从来没有因为沈时改变过自己。她到东院拍片也不是为了沈时，而是明确拍摄医疗宣传片背后的意义。

并为之努力。

这样的贝贝，别说沈时，她都喜欢。

所以，她是不是可以选择去做自己想做的事呢？像贝贝一样，这样就算她得不到喜欢的人，至少她还可以做自己想做的事啊。还有……她觉得汤爸爸一点都不像一个厨子，昨天在婚礼上的气度差点将她爸都比下去了。

不过在季子珊心里，自然还是自己的爸妈最好。她离开卧室，敲了两下主卧的门，结果只看到她妈躺在床上，开口问："爸呢？"

"锻炼去了。"王晓春回女儿。

"你怎么不跟爸一起啊？"季自珊问。

因为自从她妈做了甲状腺手术，几乎每天早上都按时锻炼，但是她爸并不喜欢晨练，就算锻炼也更倾向于同朋友打打高尔夫之类的运动。

那是因为有人受刺激了啊。昨晚参加婚礼回来，王晓春知道自己丈夫心里不是滋味，她反而莫名觉得很痛快，并往季林森心口扎了一刀："你不是说老汤以前留了好几级才跟善善同桌吗？那应该比你和善善都大几岁啊，不过老汤看起来比你年轻些呢。"

所以今早，季林森就去锻炼了。虽然嘴里，季林森哧哧地回她说："老汤都胖成球了。"

"噢，难怪……男人上了年纪，还是胖点显年轻啊。"

昨天贝贝和沈时办婚礼，老汤和善善晚上婚宴结束也留在了S市。但是这一次他们也没住酒店，直接住到了儿子季柏文的公寓。

今早起来，三人坐在一起吃中式早餐，老汤将一根油条分成两半，将另一半递给妻子善善，边吃边对季柏文解释说：“油条就是要分着吃才好吃。”

季柏文抬了下头，说不出话来。

他知道老汤话里要表达的意思，昨晚回来的时候，老汤就一副欲言又止的样子，关于他的个人问题。之前他和程莹莹保持男女关系，老汤也就只是催催婚，现在他和程莹莹划清了界限，老汤又要从头催他找女朋友了。贝贝都结婚了，哥哥是不是要抓紧了呢？

贝贝和柏文相差那么多，应该是柏文先结婚，然后才是贝贝，结果他家贝贝结婚这件事就像是乘上了高速火车，而柏文，连个牛车都没有，还以散步的姿态走走停停。

观望啥呢。

老汤也不好把话说得太明白，毕竟柏文只是他的继子，但是他家善善把对儿子的关心都藏在心里，他只好替善善心急了。结果他还开始表演，不……是语重心长地让柏文对个人的事加把劲儿，善善就打住了他的话说：“感情这事还是随缘分，柏文也有他自己的想法。”

……随缘的意思是，老婆会从天上掉下来吗？

“虽说缘分很重要，但是缘分也要主动争取才行啊。”老汤接下善善的话，打了个比方说，“比如我当时追你，是不是？”

善善撇了下头。

季柏文喝了两口豆浆，瞧着对桌的两位说：“汤叔，我知道你的意思，我知道该怎么做了。”

“你知道了啊？”老汤笑。

季柏文轻嗯了声。

老汤又问：“所以，你有目标了？”

季柏文：“……”

善善再次打住老汤的话：“行了行了，贝贝可能就是因为你整天催柏文，才受到了影响。”

什么？老汤一脸郁郁地对上柏文，发问：“你觉得贝贝真是这样吗？”

季柏文靠向椅背说：“是贝贝比较厉害。”当然，沈时就更厉害了。

厉害……果然是年代变了，现在踏入婚姻都要用厉害来形容了，哪像以前是满怀期待什么的，有些事老汤真的没办法感同身受。

然而，善善却很理解儿子。只是有些感情上的事情，小时候她不好对柏文说，可是等他年纪大了，又是不好沟通。

“其实我觉得舒瑶挺好的……”善善开口说。

季柏文抬了下眸，心里莫名有些期待，期待他妈说下去。

“唉，可惜舒瑶也是一个倔强的性子。”老汤附和道，想法跟自己的妻子完全不同，想了想，对柏文说，“前几年舒婶找我，想打探你对舒瑶有没有想法，可能是有那个意思。”

季柏文又抬了下头。

老汤说出了心里话：“当时我也在想，你和舒瑶在一起不是挺好吗？”

季柏文开口问老汤：“那你怎么说？”

他能怎么说啊？老汤提醒说：“你当时不是谈着女朋友吗？我就说恋爱这事就随孩子自己的想法吧，父母都不好操心。”

“……”

“其实舒婶也是随口问问，结果被舒瑶听到了，急得眼泪都出来了……舒瑶这孩子很敏感，心很细，这么多年给你当助理，你也是清楚了解的。她以前喜欢过你的事，不只我们知道，舒婶也知道。所以这些年舒婶一直不太乐意舒瑶给你当助理，怕委屈自己的女儿。

“加上这些年舒瑶一直没有谈男朋友，舒嫂心里对你更是有些埋怨。

“认为是你拖着舒瑶。

“原本前阵子舒婶心里的结都放下了，舒瑶找了一个男朋友，可是很快又分手了……总之，都说不清了。

“唉，如果当时我多生个儿子就好了，就直接赔给舒婶当女婿。”

有人感慨了那么多，一直没说话的善善开口提醒：“……你不是还有个干儿子吗？”

“对噢，张医生！他很合适啊！”老汤对上善善的眼睛，差点激动地拍桌。

季柏文觉得，他可能真不是他妈亲生的。

这世上唯有感情的事是没办法比较快慢的，结婚也一样，同样，还有生老病死这件事。

东院MDT病房进来一个身份特殊的男人，因为沈时的关系从北京医院转到了东院，当然，他本身也是S市人。之所以身份特殊，是因为男人年纪轻轻就已经是一家大型传媒公司的老板，同时也是沈时的高中校友。然而，都住进MDT了，原因也只有一个。

得骨癌之前，这位叫崔廷辉的男人无疑是人生赢家，不仅事业有成，男女感情上也是泛滥成灾，光婚就结了两次。现在的小妻子原先是一个小明星，正在犹豫要不要打掉孩子，具体就等后面遗产划分了。因为崔廷辉还有一个儿子，前妻生的，今年已经七岁，正在S大附属小学上一年级。

婚假结束，中午她和沈时一起在食堂吃饭，刚出来，就看到食堂外面等着一个打扮时尚的年轻女人，面上戴着黑色口罩，肚子微微挺着，像是有个四五个月的样子。

“沈医生……”女人看到沈时很激动，差点迎了上来，结果还未说话，眼泪先落了下来。

汤贝：……

这女人就是崔廷辉现任妻子，去年非常风光地嫁给了崔廷辉，当时她还在微博上看到她发的文章，因为嫁给崔廷辉的时候，连续上了好几天热搜。结果被扒皮，是小三上位。

| Chapter21 |

直来直往

云薇薇是一个女演员，无论长相还是身段都很出众，现在出现在东院食堂外面，吸引了不少视线。不过大家并没有认出云薇薇是娱乐圈人，毕竟医生护士都很忙，上微博的时间很少。加上云薇薇也没什么作品。

自然，沈时也不知道云微微是娱乐圈人，只当她是崔廷辉的家属，家属找医生问病情，医生都有告知的必要。

只是当云薇薇提出希望只跟沈时一个人聊时，汤贝作为沈时的跟班有些尴尬。明显，云薇薇不希望她跟着过去。然后，沈时对云薇薇说："崔廷辉的病情应该没有什么隐私问题。"

云薇薇解释："沈医生，你可能不知道我，我……"

"你可能也不知道，我旁边这位是我的妻子。"沈时介绍说。

沈时说这话的意思是，就算云薇薇有什么话只想告诉他，但是她作为他的妻子，她还是会知道的。出于尊重，她还是主动说："沈时，我去咖啡厅买个咖啡，你要吗？"

"美式拿铁。"沈时对她说。

汤贝也礼貌地问了云微微："你需要吗？"

"我也美式拿铁吧。"云薇薇说。

汤贝：……好！

病人家属会议室就在MDT综合办公室对面，会议室的门是玻璃透明的那种。汤贝买好咖啡送过去，里面云薇薇正在悲伤落泪，沈时依旧一脸无动于衷的样子，有事说事的态度，真的是一个只说专业没有私情的男人。

当然，他和云薇薇也没什么私情。

汤贝回到MDT办公室，里面唯一比较八卦的黄医生招呼她过去，笑着说："贝贝，云薇薇真的是小三上位啊？"

"……网上有这样说的，但是具体不知道。"

黄医生噢了噢，往对面会议室瞧了眼，啧啧两声："女演员长得也就那样嘛，怀孕了还那么瘦，不正常。"

汤贝：……黄医生这已经是妈妈眼光了。

眼光被否定，黄医生很不服气，问同样在办公室的丁医生说："丁医生，你觉得云薇薇这样的身材真的很好吗，我怎么觉得还没有我们汤汤好，长得也是我们汤汤更好看。"

汤贝咧了下嘴："真的吗？"

"当然。"黄医生手机里还有婚礼上拍的照片，重新拿出来看了两眼说，"其实……以前我也没发现汤汤你身材这样好，匀称削瘦又有曲线。"

汤贝觉得黄医生是故意说笑，没想到丁医生也认可了黄医生的话："的确，同样是瘦，汤三哥看起来健康许多。"

她真是难得地被丁医生表扬，只是健康这个评价范围就有些广泛了，因为就张安硕那样的身形，看起来也很健康啊。一看还是那种吃吗吗香的人。

然而，是汤贝没有理解对丁医生的话，同样是医生的黄医生，包括刚从会议室出来的沈时，听到丁医生的这句评价就有更直观的理解。医生话里的健康，除了面色红润有神采，还有发育完整的意思。

"那是，我们汤汤有料啊。"黄医生已经说了出来，不忘加上一句，"沈医生赚到了。"

咳……不要说了！

汤贝突然面颊绯红，只要想到那晚沈时抽出海绵片的样子，见沈时朝她走过来，她大脑一转，转移话题说：“沈时身材也很好嘛。”

丁医生一副受不了的样子，撇了下头。

事实上黄医生他们意外于婚宴上汤贝穿上礼服的身材居然那么好，原因只是平时汤贝都穿宽松范的衣服，加上背着摄影机风风火火走路，哪有半点身姿可言。所以那天婚宴，他们东院这两桌对新娘子还真是目不转睛地瞅着，当然那天穿上正式西装的丁昇也让黄医生感到一点点的惊艳。毕竟刚刚过去的这个夏天，某人基本是大裤衩搭配着男凉鞋，即使外面套着白大褂，也挡不住里面那一身放荡不羁的随意搭配。

所以，沈时给人的感觉就更纯粹了，不管平时还是婚宴，都是那么帅。

这世上有些人容易变化，有些人似乎永远不会变。这个感觉最为强烈的就是同学见面的时候，比如丁医生见张安硕，比如沈时和崔廷辉。

沈时和崔廷辉是同一届高中校友，以前还一起打过球，作为当年学校的风云人物，多少都有些接触。不过跟沈时不一样，崔廷辉并不是因为学习外貌出众给同学留下印象，而是他实在是一个……坏坯。坏坯这个评价，来自她哥季柏文。

不过，崔廷辉这人虽然有些坏，对朋友却很仗义，想法也很灵活，应酬能力强。所以多年以后崔廷辉事业成功不意外。

有时候，成功的确更偏爱冒险主义者。可是健康却不偏爱娱乐应酬多的男人。

现在，崔廷辉就住在十号住院楼最高一层的高级病房，回到S市之后，不少老同学都过来探望他。原因是崔廷辉在朋友圈留下一句话：“都说人生苦短，来日方长，但是本人可能时日不多了，特别希望在最后的时间里见见更多的同学朋友，小聚小聊，共忆青春年华，也不枉我来这世间走一遭。”

同时，据说第一位过来看崔廷辉的老同学，得到了崔廷辉赠送的一辆豪车。

不管是汤贝还是东院的医生护士都还是第一次遇到这种情况，对崔廷辉这个人的看法就更加微妙了。对此还没有买车的胡医生都感慨起来：“如果我有这样的同学就好了。”

“那你不是诅咒你的同学吗？”

胡医生：……

然而这两天，真的有很多跟崔廷辉熟悉的同学朋友都来东院探望他，有男有女。让汤贝意外的是，她哥也来看了一次崔廷辉。

季柏文走出病房的时候，汤贝觉得自己不应该八卦，但还是忍不住问了句：“哥，那个崔总有送你什么吗？”

季柏文斜了她一眼，反问她：“沈时还是崔廷辉的主治医生，他有送沈时什么吗？”

汤贝摇头，没有。就算送，沈时怎么可能会要啊。

所以，他就会要吗！季柏文将手放在她肩膀上，正要带她走进电梯，又遇到了几位来探视的老同学。今天这几位老同学都是当年一起打过球的人，难得遇上，有人就商量晚上一起吃个饭来着，自然他们也想叫上沈时。

汤贝当然能接受沈时跟他们出去聚一聚，至于她就不跟着一起了。跟一帮老男人吃饭聊天就算不无聊，她也没有太多的话题加入他们，还不如去找她的小伙伴玩呢！

汤贝去找沈时，单方面跟沈时愉快地商量好，沈时也放她出去玩，但条件是：“回来的时候给我打电话，过来接你。”

汤贝嗯了声，没问题。

不过，他们同学难得见面，可能还会喝几杯，晚上确定是他来接她，不是她去接他？

汤贝没有去找小伙伴，而是去了舒姐姐那里。原因还是怕沈时会喝多，她去舒姐姐那里吃个饭，如果沈时有需要，还可以赶过去接他……当然，还有她哥。

只是，事情有了变化。

最后还是沈时和她哥过来找她和舒姐姐……因为她过去的时候，舒姐姐和舒婶吵架了，然后她就带着舒瑶去了一家日料店吃饭。

同时，点了一壶清酒。

清酒的甘甜不知不觉迷惑了味觉，麻痹了大脑神经，她在微信里跟沈时联系一番，明确沈时等会儿就过来接她，更放开地喝了起来。

下班回来舒姐姐同舒婶发生了一些不愉快，现在舒瑶身上还穿着职业装，秀气的白衬衫搭着黑色中裙，身上唯一的饰品，就是脖颈挂着的一条细细锁骨链子。

汤贝身上也没有什么饰品，除了无名指上戴着一枚跟她年纪不符的婚戒。

“贝贝……我应该对我妈多点理解，我真的不应该跟她顶嘴的，可是今天——”舒瑶开口说，眉头紧蹙，难过之情从话里溢出，释放着压抑已久的糟糕情绪。

“不好意思，让你看笑话了。”舒瑶自嘲道。

汤贝摇摇头，安慰说：“我以前还天天跟老汤顶嘴呢。”

“不一样。”舒姐姐看着她说，“汤叔理解你，但是我妈……”舒瑶没说下去，作为子女她有什么资格责备自己的妈妈呢。

汤贝知道，因为舒姐姐同赵先生分手的事，舒婶对舒姐姐十分不理解，就在刚刚她去找舒姐姐的时候，舒婶不知道有意还是无意，朝舒姐姐吼了两句：“舒瑶，我劝你看清你自己，难道你还等你那位季总娶你回去吗！别人根本看不上你！”

舒姐姐憋红了脸，转身牵上她的手腕，带她离开了自己的家。后面，却是她带着舒瑶来到这家日料店。汤贝也很奇怪舒婶的想法，明明舒姐姐那么优秀，为什么一定要逼着舒姐姐早些结婚，只是因为亲戚朋友那些异样的眼光吗？

还是这个社会，对女性从来都是苛责大于宽容。就像当年她家善善再嫁老汤，同样遭到了不少流言蜚语……

汤贝受到了影响，跟着舒姐姐一杯又一杯地喝着日式清酒，清酒度数不高，但是心情差的时候，酒精似乎也更容易发挥作用。

待沈时过来，汤贝也有些醉了，歪着脑袋看外面这两位高大男人说：“你们可终于来了！”一起过来的还有她哥季柏文，双双立在日式包厢门外。

舒瑶也转头看着外面，眼神松软又清亮。

“那个，你们谁去买单？”汤贝笑嘻嘻地问他们。

季柏文看了眼沈时，沈时也看了眼季柏文，不是不想买单，是暂时不想离开这里。汤贝大脑清醒着呢，见他们都不去买单，立马出了一个主意：“好吧，那你们石头剪刀布吧。”

沈时去买单了，临走前对季柏文说：“……看好贝贝。”

汤贝嘿嘿地笑着，还是她家沈医生比较大方。

……沈时算是见识到汤贝贝喝醉的样子了，不哭不闹，但是精神变得更加亢奋，一路唱着歌回来，样子清醒又迷糊，回到家里，还骂起了季柏文：“我哥就是个大坏蛋，眼光差，脾气差，他才是大龄剩男，没人要的可怜虫。”

“那我呢？”沈时蹲下身来，心血来潮地发问一句。

你吗？汤贝捧住沈时的脑袋，对上沈时的好看眼睛，有些受不了沈时这双深邃的眼睛，像是井水那么深幽，又像是清晖那么清明。如果眸里再带点笑，简直是风流无边。

“你是我……老公啊。”她回沈时说，然后吻上了沈时的眼睛。

男女之间，有时候只需要一点火苗就可以燃烧，对于汤贝贝，沈时永远少一分克制，多一分冲动。而舒瑶，对于季柏文永远都是多一分理智的克制，少一分感性的冲动，可是酒精有时候真是一个好东西，它不仅让她失去了理智，还让她胸中泛起了巨浪。

同样，对于季柏文也是。他没有想过有一天他会跟舒瑶这样拥抱亲吻，心里有复杂的情感，也有男女之间才有的欲望，像是一把熊熊烈火燃烧着他。

他已经很久没有过性关系了，但是比起舒瑶，他显然是经验丰富的那一个，就算理智着迷舒瑶柔软的身子，最后关头，仍保持着理智打开了左边的床头柜。

他记得这里应该还有一盒的。随后，呼吸一滞。

同样，沈时也打开了抽屉，里面有贝贝从网上买来的各种安全套，因为她性格好奇，一堆安全套不仅牌子不同，还有不同气味和颜色。

就在沈时随便拿了一片，撕开包装时，汤贝拦下了他，她的脑袋从被子里冒出来说："不要！"

不要？不要什么？

她便将手圈住他的腰身，撒着娇说："沈哥哥，我想跟你更亲密无间一些。"

"……"沈时就算再冷静的人，这会儿，也是呼吸一滞。

昨夜汤贝不知道什么时候结束，也不知道自己什么时候睡着，最后唯一留住的印象是，昨晚她好像有点……嗲？

第二天醒来，外头已经天光大亮。阳光直斜进来，透过窗玻璃射入了她的眼睛，她觉得还有些困，再次回到了床边，倒了下去。她想，不知道昨晚她哥有没有好好送舒姐姐回去……

沈时出来，就看到有人悬着双腿躺在床上，半眯着眼睛对着天光板，不知道是犯困还是思绪飘荡。"沈时，现在几点了啊？"她出声问他。

沈时报了一个时间。

"啊，那你上班不是迟到了吗？"汤贝从床上坐起来。

"今天补休婚假。"沈时说。

噢，汤贝嘿嘿地笑了下，继续倒回床上，大脑突然恢复了少许清醒，想到昨晚她口齿不清的两句话，面颊就开始发热，感受到沈时从上面投来的视线，更没办法面对昨晚的自己，只能说醉酒害人。

"昨晚我是不是喝多了？"汤贝轻声问，坐了起来，装作失忆的样子。

可是沈时没失忆，但也不否认昨天她是有些醉了。

好害羞啊。她伸手抱住沈时，突然，汤贝又想到一件事，昨晚她都醉了，更别说喝得更多的舒姐姐……

“起来吃早饭吧，今天难得休息，有没有想去哪里玩？”沈时与她商量说。

话里的意思，今天他的时间都给她。

汤贝心里还想着舒瑶，朝沈时开口说：“怎么办，我真的好想舒姐姐当我嫂子。”

沈时：……

有人将这句话说得像是跟他要糖果。沈时顿了一下，才回道：“这个你可能要跟柏文说。”

汤贝自己也被自己的无理样子逗乐了，可是如果她真这样对季柏文说，她哥可能会回她一句：“不好意思，那我也不想沈时当我妹夫。”

早饭的时候，汤贝给舒姐姐发了一条消息。舒瑶一时没回她。她又给她哥发消息，正要点击发送的时候，沈时接到了一个电话，简单两句后，抱歉地看向她。

汤贝已经明白，开口说：“没关系，你去医院吧。”

有时候就算在休假，作为一个主治医生也会临时接到医院打来的电话，因为病人的情况会出现变化。不管什么情况，都是以病人为重。

反正今天待在家里也没什么事，汤贝跟着沈时一起去了东院，顺便制作下一期视频。

她制作的下一期宣传有些沉重，围绕着癌症年轻化的主题，视频里的主角们都是四十岁以下，他们有的是正值壮年，身上还扛着一家之主的责任和负担；有的是连恋爱都还没有谈过的年轻女孩；有的刚体会了成为一个母亲的滋味，为了孩子在拼尽全力地同癌症抗争……

这个视频，汤贝一直没有勇气剪辑，虽然面对她的镜头的时候，他们面上都带着笑。

她坐在MDT科室外面的花园咖啡厅，耳朵上戴着耳塞听歌，情绪有些压抑，然后趴在桌面上闭了会儿眼睛。眼眶不知不觉微微湿润。

有时候生命不怕在痛苦无望里戛然而止，就怕在幸福无知里急转直下。

“喂，贝贝……”对面传来一道叫她的熟悉声音，语气有些迟疑，由于她戴着耳塞，季子珊叫了她好几声，她才抬起头。

然后，摘掉耳塞。

“嘿。”她扯了下唇，打招呼。

季子珊也扯了下唇，问她：“你刚刚是在制作视频吗？”然后，看向她的眼角。

汤贝尴尬地擦了下眼角说：“我在整理采访视频，看到一些画面有些难过。”

季子珊点点头，理解汤贝看到这些采访视频会有难过的情绪，她妈检查出甲状腺癌的那几天，她整个人也低落到了谷底。可是，很奇特的是，她妈手术之后的状态反而比以前好了，主要是心态和以前不一样了。当然她也知道她妈心里在畏惧。

因为畏惧，变得勇敢了，甚至心胸都豁达了。

“我后面就要离开东院的MDT科室了。”季子珊开口说，聊起了她最近做出的决定。

汤贝第一反应是：“你实习结束了吗？”

季子珊摇头，笑了笑说：“不是实习结束，而是趁着现在还来得及，换一个专业。我原本也是临床外科，但是我的心理素质可能不太适合拿手术刀，趁早放弃为好。”就像她对沈时的感情，如果早点放弃，也不至于最后难过的是自己。

明明选择那么多，为什么一直要追求那个不喜欢自己的人呢。

汤贝怔怔地看着季子珊，季子珊显然不是临时决定换专业，但是她听到的时候心里还是有些可惜，就像听到张医生转行一样。

“不过我后面转的专业还是跟肿瘤有关。”季子珊继续说，眉宇间有着一份坚定，告诉她说，“而且这个专业我咨询了沈……哥哥，他也觉得可行。”

噢，原来已经问了沈时了啊。汤贝面颊上露出了浅浅的笑意，既然沈时都觉得没问题，那应该就没问题吧。不过季子珊到底要转哪方面呢？

“贝贝，你知道CPOS吗？”季子珊问她。

季子珊这样一说，汤贝差不多知道季子珊要转什么专业了，肯定是关于肿瘤心理学这块。

“肿瘤心理关怀，就是从医学角度对病人进行人文关怀……”季子珊对她说起来，像是对朋友分享自己的感想，“目前医学水平还只能治愈半数的患者，那些没办法治愈的病人却只能面对死亡，但是我们可以从心理上给他们更多的照顾呢，如何更好地体谅病人的痛苦，减轻他们的恐惧。其实不管是有希望治愈还是没希望挽救的病人，从心理上让他们建立好心态面对疾病，对他们的病情都有很大的帮助。”

“总而言之，肿瘤心理学是一门医学人文学科，也是医学中的艺术。”

听完季子珊的话，汤贝连连点头，真心觉得季子珊这次专业转得不错，她想季子珊之所以转肿瘤心理学，大概也跟她妈妈有一定的关系。

“对，我也是从我妈妈身上看到，积极的心态真的很重要。”季子珊说笑起来。

汤贝这才注意到季子珊笑起来的时候，唇边有浅浅的梨窝。“子珊，你真棒！”汤贝用沈时表扬过她的那句话，肯定季子珊说。

没想到季子珊很快脸红了，看着她说：“贝贝，我是跟你学的。”

“啊，有吗？明明是你自己的决定呀。”汤贝乐了乐，双手抵在桌面，探过脑袋对季子珊说，“其实，我也跟你学过东西呢。”

季子珊一脸的不可思议，自信超凡的汤贝贝还会跟她学东西？

“我学你说话啊。”汤贝弯了弯唇，季子珊细细软软的说话语气真的特别好听，不像她语速快到像是豌豆射手。不过她话太多了，真模仿子珊说话，可能一天到晚都在说话……还说不完。

下午，汤贝跟着沈时见了崔廷辉。崔廷辉得的是转移性骨肿瘤，晚期发病全身异常疼痛，加上癌细胞会通过脊椎四处扩散，快速转移到了胰腺、肺、肾、颅骨……就算他再有钱，住到东院最好的病房，但是目前医学对他的病情也只能做到控制和减缓症状。

所以现阶段崔廷辉的治疗基本是药物化疗、放射治疗，加上中医辨证施治止痛。

汤贝以前在微博上看过崔廷辉的照片，算不上帅哥，却是那种意气风发的长相，然而现在他被病魔折磨得瘦骨梭棱。但是，崔廷辉看到她的时候，仍笑着称呼她："嘿，小弟妹。"

这语气，崔廷辉自认为是沈时的大哥吗？的确，崔廷辉上高中那会儿就是一副大哥的样子，原本就比同届的人大两岁，对待朋友豪气万分，见谁都是兄弟。

不过他跟沈时也只是打过几场球，和季柏文倒是联系得比较多。有时候季柏文到北京出差，他都会招待一番，不过季柏文也不爱混他那个圈子。

病房里，崔廷辉问了沈时一个直接的问题："我大概还有多少时间？"

这个问题，很多患癌病人都会询问，但是医生基本都是模棱两可地回答。不管事实如何，都不应该抹杀病人的内心希望。可是有时候医生也是死亡的提前宣判者。

"两个月左右。"沈时开口说，顿了下，平静地看着崔廷辉，"所以很多事情，你都需要提前处理一下。"

这真是一句非常理性的"医嘱"了。

崔廷辉看着沈时，就算接受了现实，眼底还是有着遮掩不了的失落，过了好一会儿，他才说："那我可能来不及给我儿子过今年的生日了。"

这是汤贝第一次从崔廷辉嘴里听到他提起自己的儿子，可是在汤贝的理解里，崔廷辉真不是那种传统意义上的好父亲。

今天，不管是她哥还是舒姐姐都没有回她消息，结果许久没联系的程莹莹给她发来一条消息，一句话："汤贝贝，你厉害。"

汤贝看着这条消息实在是无解，只好问比她聪明一些的沈时："沈医生，如果一个不太喜欢我的人发消息夸我厉害，你觉得是什么意思？"

沈时问她："谁？"

汤贝眨了下眼，如实告知："程莹莹。"话是这样说，汤贝多少还是能感受到程莹莹这条消息是在跟她挑衅，可是程姐都跟她哥分手了，中间她和程莹莹也没有其他联系。

程莹莹干吗反着夸她厉害啊。

"我也猜不出来。"沈时表示遗憾，然后建议她说，"要不你把这条消息发给柏文，问问他那边是不是发生了什么。"

呃……汤贝觉得沈时这直来直去的性格，也是很……厉害的。

昨晚舒瑶醉成那样，季柏文根本不会带她回她家，他知道舒瑶跟舒婶一起住，如果见到舒瑶这个样子，没准又要训斥了。

一直以来，舒婶常年生病脾气不太好，当然这个脾气不好也不是对外人，而是对自己的丈夫和女儿。舒瑶却是一直文静而懂事的，像是舒家抱养的孩子，一个倔强死板的父亲，一个蛮不讲理的母亲，怎么会生出那么优秀的女儿。

性格还那么软。

只是随着相处接触，他越发觉得舒瑶性格并不软，温顺的外表下藏着一种倔强不屈的性子。同样这些年，她越来越干练，性情也越来越坚毅。那个来自水乡的温柔女孩用最快的速度退去了年少的羞涩胆怯；她聪明、好学，自然能在优胜劣汰的职场里容止可观，进退有度。

两人若认识久了，感情自然也复杂了。他对舒瑶的感情，有年少成长的怀念，也有青春期里不知不觉的心动，但更多的是一份有别于其他女人的习惯和欣赏。

他习惯舒瑶的陪伴，也习惯舒瑶对他的照顾。

至于欣赏，里面包含着的尊重和认可，让他自认为他和舒瑶的感情，比起有过的男女之情都来得高级一些。正因为如此，他不想将他和舒瑶的感情变成男女之情。可是他忘了一件事，他和舒瑶两人的感情，如果两人都在伪装和压抑，总有爆发的一天。

那天他发烧是一次，昨晚舒瑶醉酒也是一次。

昨晚具体是怎么开始的，又是什么原因他和舒瑶都有了那样的冲动，季柏文说不出来，对舒瑶来说酒精或许起了作用，但他不是，他的反应只有男人对喜欢女人的强烈占有欲。

然而，他和舒瑶总缺少那么一个在一起的契机，紧要关头他想起贝贝曾经说过的一句邪门歪理："如果上帝为你关上了一扇门，不要等着上帝给你开窗，而是要自己把门踹开。"

就在他决定将门踹开的时候，外头响起了门铃声。

……过来的人是程莹莹。

后面等他再次进来，舒瑶去了洗手间，里面传来她洗脸的哗哗水声。等舒瑶出来，她已经完全清醒，站在他面前说："季总，我刚刚喝多了……"

深夜，他送舒瑶回到了她租的小区，谁都没有说话，直到解开安全带下车，她开口说："今晚的事我们就当——"

"没发生过吗？"他接下舒瑶的话，"都到那一步了，就算是未遂，该发生的也发生了。"

两人之间，他一向是不讲道理的那一个，然而季柏文也不觉得自己刚刚的那番话强词夺理，都做到了那一步，他和她还要当作什么都没发生，他才觉得有问题。然后，他以为舒瑶会气急败坏，但舒瑶没有，她用一种平静又熟悉的眼神看着他，承认她今晚醉酒才出了错。

"那就这样吧。"说完，舒瑶下了车。

"季总，就算我们今晚发生了未遂的性关系，不管怎么样，我不想因为这件事影响到我和贝贝的关系，所以可能也需要你当作没发生过。"

贝贝……舒瑶居然拿贝贝来压他。瞧吧，舒瑶真不是什么逆来顺受的女人。

舒瑶下车后，季柏文在车里坐了很久，想晚上发生的所有事情，他带着舒瑶回到他的公寓。他吻了她，从沙发到卧室，最后滚在了卧室的大床上，他一颗纽扣一颗纽扣地解开她的职业衬衫。她的腰比他想象的软，就像她的回应，同样超乎意外。

这样的热情，他真的不想有任何的打断，如果程莹莹没有上门来找他……

昨晚程莹莹会来找季柏文，原因是在汤贝贝朋友圈看到晒的日料照片，加上前面汤贝贝发的无人岛看日出的朋友圈，照片里面不仅有舒瑶，还有季柏文……没错，程莹莹将汤贝贝从黑名单里释放出来了，原因只是想关注一些季柏文的消息。

然而，汤贝不知道程莹莹将她从黑名单里放了出来。从头到尾，从程莹莹跟她哥分手，将她拉黑，她就没在微信上找过程莹莹，也就不知道自己从程莹莹的黑名单里出来了……

总之，昨晚的事，对程莹莹是一出宫斗大戏，对汤贝贝完全是躺着也中枪。更别说收到程莹莹消息时完全是一脸懵逼。她厉害？她厉害在哪儿呢？

就按照沈时说的，汤贝把这条消息转发给了她哥，过了会儿季柏文就回复了她："贝贝，你不要多想，我会找程莹莹谈一谈。"

汤贝原本也没有多想，可是季柏文这样回复她，她就……多想了。

季柏文约程莹莹出来见一面。有些事因为分手太及时，没说明白。

程莹莹选了一家法式铁板烧的餐厅，两人相对而坐，厨师为他们烤制着食物，铁板上牛排滋滋作响。

程莹莹晃荡着手中的酒杯，聊起了往事，然后说："柏文，你们男人真善变，今天喜欢这个，明天又喜欢那个，我们这么多年的感情，你难道真没有一点怀念吗？"

季柏文靠着椅背，也想了想自己为什么会和程莹莹在一起，他能认识程莹莹是她跟着朋友来人大参观，当时她招待了一番。一顿饭，程莹莹不停地找他说话，遗憾地表达她高考落榜的难过之情，因为她的梦想也是人大。后面，程莹莹时常来人大，穿着一件白衬衫长裙子坐在台阶上看他打球，换来换去，永远都是那么两套衣服。

后面，她跟他表白，他接受了。程莹莹对他的喜欢，几乎写在了脸上。不过这段感情，他很快选择了放弃，因为实在食之无味。后面他就去了英国。

在英国，他谈了三次恋爱，这是贝贝不知道的事。他谈得随意，也就没有跟家人提起的必要，直到再次回来，他进了森善药业。他需要自己人，唯一能想到的人就是联系不多的舒瑶。自从舒瑶复读考上北大，两人几乎没了联系，除了她来北京那天，他请她吃过一顿饭。

意外的是，舒瑶没有太多考虑就辞职来帮他，那天他去火车站接她，她穿着白衬衫牛仔裤，拎着两大箱子行李，扬着一张笑脸对他说："季柏文，以后我就跟你混了。"

他给了她一个拥抱，大大方方，以老同学的姿态。

那个拥抱，有纯粹的感激，也有道不清的怀念。拥抱之后，他和她真正成了公事公办的上下级关系。直到她提出离职的那天。

而程莹莹，是回国之后再次有了交集，出于什么原因他很清楚，男欢女爱又有多少分量他也很清楚；可是对这个世界感触浪漫的贝贝不知道，还觉得他和程莹莹是现实版她看过的一部偶像剧。校园女追男，多年之后破镜重圆，程莹莹是他的不可将就……事实上，男女之情大同小异，他只是选择一个对他没有太多期待的女人将就一下。

一顿铁板烧，季柏文把该说的话都说了，任何一段感情都可以用好听的语言修饰一番，就算糟糕透顶，也都可以变成心底的铭记。

可是，他和程莹莹之间并不需要。

"就像你说的，你也只是爱我的钱，而我呢，在一起的时候我就说了，随时好聚好散。"

程莹莹一口气喝下了杯子里所有红酒，看着他说："一定是贝贝，是她挑拨了我们的关系，还把你那位助理塞给你！"

他感觉很好笑。

程莹莹很笃定："对，我一直很吃醋你对汤贝贝的照顾，我知道你疼妹妹，但是我想没有一个女人可以受得了你这一点，什么事都是以你妹妹为中心，根本不是我小气，而是没有一个女人能忍受。"

季柏文不想回应，他想起舒瑶，如果这世上真没有人理解他，舒瑶还是会明白他的。

"程莹莹，看来你真把我们分手的原因都归咎于贝贝，你可能不知道，我们分手那天，唯一劝过我的人，就是贝贝。"

"……那是她故作善良！"程莹莹脱口而出。

季柏文差点捏碎了酒杯，过了好一会儿，才平复火气。他不得不检讨自己，之前他可能真的脑子不清楚，不然怎么会跟程莹莹在一起那么久。

程莹莹不这样想，咬牙切齿道："季柏文，如果就像你说的，你对我没有感情，你当时怎么会接受我的表白？你就是厌倦了，你就是不负责任，你就是看不清自己的心。"

程莹莹的三句盖棺论定，季柏文都接受下来。他招人过来结账，看着程莹莹这张精致的脸，他也问自己，他真的没有对她动过感情吗？

从头到尾，是他太轻视感情，看不清自己的心意。

"程莹莹，你可能不记得你之前的样子……"季柏文缓缓开口，站起来，望着程莹莹说，"以前的你还是挺惹人喜欢的。"

这世上最残忍的话是什么，就是你以前还挺惹人喜欢，可是现在不是了。男人真的太坏了，太坏了，当季柏文说出这句话的时候，程莹莹突然心生一股子决绝的恨意，轻笑了两声，抬起头说："那也是你逼的。"

季柏文约了自己的妹夫打球，主要为了解释程莹莹那条消息，有些话他不方便告诉贝贝，但是可以跟沈时说一说。沈时真的有些头疼季柏文这偏激的感情观，怎么会有人不相信婚姻就随便挑一个，不嫌麻烦吗？归根到底，相互满足需求罢了。

"你和贝贝……"季柏文欲言又止。

"贝贝都比你成熟。"沈时接下季柏文的话。

季柏文无话可说。

沈时背靠长椅，想了下，主动问："你和舒瑶到底打算怎么样？"

季柏文转过头："……老实说，我不知道要怎么突破我和舒瑶的关系。"原本昨晚他以为要突破两人的僵局，结果最后"僵"的只有他自己。

难得见季柏文这般挫败，沈时也有些好笑，转过头建议说："要不，你换一个突破口。"

季柏文立马接话："……怎么说？"

沈时不想当什么感情专家，但是谁让季柏文是他大舅子，贝贝又想舒瑶当她的嫂子，不过他也不知道这个突破口对季柏文有没有用。不过，对他挺好用的……

这个周六，季柏文提着几样礼品，来到了舒瑶和舒婶租的房子，敲了两下门，待里面舒婶打开门，他用这辈子最礼貌的口吻说："舒婶，我来看看你。"

周六下午，贝贝也揣着一张门禁卡，抱着一只小黄人当作礼物，来到了南浦区某高档的小区。她包里还有一张字条，上面是崔廷辉写给她的具体地址。

至于沈时，下午有两个加塞手术。

她按了好一会儿门铃，紧张地等在外面，她以为开门的会是崔廷辉的前妻，没想到是一个穿着黄毛衣的小男孩，他看了看她，问她："你是谁啊？"

她也问："你妈妈呢？"

"我妈妈上班了。"

汤贝往里面空荡荡的大房子看了眼，又问："你一个人？"

小男孩乖乖地点了下头。

汤贝下意识地蹙了蹙眉头，教育起小男孩说："崔小朋友，你这样随便给陌生人开门是不对的，如果我是坏人，你怎么办？"

随后，门就被关上了。

“……欸。”

汤贝默默地对着被关上的防盗门，半晌，蹲在外面说：“崔祸祸，但我不是坏人，我是你爸爸派来的快递员，给你送礼物，你可以给我开个门吗？”

然而，她这样一说，里面的崔小朋友似乎更不愿意给她开门了，就在她打算放下礼物离开时，门开了。

送礼是一门技术活，汤贝贝显然比季柏文要擅长一些。

门微微开了一条缝，随后打开小半扇，崔祸祸小朋友重新立在她面前，抬着头对她说：“……你进来吧。”

汤贝抱着小黄人进了崔祸祸小朋友的家。

为什么她会来找崔祸祸，因为这两天她给崔廷辉拍摄采访回忆录，一方面总结他这一生，另一方面想给他儿子崔祸祸留个回忆。她对崔廷辉并不太感冒，可是当崔廷辉说出他儿子名字的时候，她心里有些被牵动。她以为祸祸是一个小名，然而祸祸大名就叫祸祸。

闯祸的祸。

崔祸祸是崔廷辉一次“闯祸”的意外。对于这个意外，崔廷辉同样没有给予太多的关注，可是祸祸一直很乖，默默地期待，默默地长大，然后默默地离开，成为一个单亲小孩。

这套房子是崔廷辉离婚之后给他前妻和祸祸买的，大豪宅，像是安置终于甩掉的麻烦。

崔廷辉说起儿子的时候用得最多的一个字是乖，“他真的很乖呢。”“不过我觉得男孩子太乖没出息。”“不过祸祸还是很聪明的，这点随我。”

崔廷辉又跟她说了几件事，都是关于祸祸的，比如以前不管他多晚回家，祸祸都要等他回家才睡；祸祸还能记住他的电话号码，会用家里的座机偷偷给他打电话……

不过，当时他以为是前妻怂恿儿子这样做的，心里更是厌烦，对祸祸也更加没有耐心。外面花花世界太过精彩，一儿一妻的家庭生活就显得无聊而乏味了。

对了，祸祸一直在学击剑，就是不知道他现在学得怎么样了。祸祸喜欢电影里各种英雄人物，最喜欢的角色是蜘蛛侠，Spider-Man。

所以祸祸的英文名字也叫Parker，同他喜欢的蜘蛛侠同名。

因为保姆刚去买菜，妈妈今早又去加班，现在家里只有祸祸一个人，客厅的曲屏电视还放着电影，祸祸给她开门之后，就回到沙发上继续看动画片《蜘蛛侠》。

没有招待她，也没有赶她走。

汤贝把带来的小黄人送给祸祸，祸祸看了看她，一声不吭地将小黄人拿到了他那边。汤贝转过头，不知道过了多久，祸祸说了一声谢谢。细细弱弱，语气还很犹豫。

汤贝立马转过头，回以笑脸："不用谢。"

祸祸不再理她了。

汤贝其实是过来找祸祸妈妈的，因为崔廷辉想给儿子提前过一个生日，这需要得到祸祸妈妈的同意。她也不知道自己怎么就揽了这个活，可是见到祸祸的时候，她觉得如果可以的话，她也希望给祸祸留下一个特别的生日。

"祸祸，你知道你妈妈的手机号码吗？"她问祸祸。

祸祸掀起眼皮，给她报了一串号码。

"那你还记得住你爸爸的手机号码吗？"汤贝又问。

祸祸没有说话，继续看起了电影。"我没有爸爸。"过了一会儿，祸祸别扭地说。

听到祸祸这句"他没有爸爸"，汤贝胸腔微震，一丝丝酸楚蔓延到心底，尤其是结合病房里崔廷辉一口一个祸祸最喜欢的人就是爸爸。

汤贝叹气，就在这时，祸祸转过头说："你不是我爸爸派来的快递员吗？你怎么不知道他的号码。"

……呃，她只是不知道怎么跟祸祸聊天。

然后，祸祸还是给她报了一串号码，垂下眼皮说：“这是我爸爸的。”

这个号码，的确是崔廷辉的。

“不过我已经很久没给他打电话了。”像是打开了话题，祸祸用一种郑重的语气说起崔廷辉，“他不要我和妈妈，他是坏人。”

汤贝不知道怎么回祸祸的话，伸手摸他的脑袋，突然祸祸眼睛里蓄满了眼泪，绷着小脸问她：“他是不是生病了，快要死了？”

“祸祸，这是谁告诉你的？”汤贝对上祸祸的眼睛问。

“钱阿姨，我家里的保姆……”祸祸说，而后倔强地擦了擦眼泪，“可是我不会去看他。”

汤贝内心那个复杂。

在她来之前，崔廷辉就找了几拨人跟他前妻商量可不可以带祸祸去看看他，都被拒绝了。她其实也不想勉强祸祸的妈妈，可是有时候感情矛盾而复杂，尤其是对小孩子，多一点好的回忆总比成长在空乏和充满愤怒的想象里好。不知道为什么，祸祸让她想到了她哥季柏文，她不记得她哥小时候的样子，等她记事后，她哥已经变成了倨傲敏感的少年。

保姆回来后，汤贝离开了祸祸家。

舒瑶那边，季柏文提着礼品回车里时，接到了贝贝打来的电话，听筒里贝贝声音有些沮丧，低低地叫了他一声哥。季柏文坐在驾驶座，倏然紧张，问：“怎么了？”

汤贝也坐在她自己的车里，脑袋抵着方向盘开口：“你现在有空吗？”

到底怎么了，贝贝怎么突然不开心了？想出来一个可能，季柏文又问她，“是不是沈时欺负你了？”

什么鬼。汤贝连忙否认：“没，才不是呢。”

季柏文没声了，原本心情就不好，靠着驾驶座说：“有空呢，正要回公司。”

“噢。”汤贝应了声，“我就是想跟你聊聊天。”

人一旦在失意的时候，亲情就显得格外温暖动人了。当然这句话更符合季柏文此时此刻的心情。既然贝贝要找他聊天，时间又刚好是饭点了，加上他和贝贝已经好久没有一起吃过饭，他索性就提出来一起吃个饭。

至于沈时，季柏文特意交代一下："沈时过来挺麻烦的，就别叫他了。"

傍晚，汤贝和她哥约在森善大楼对面的商业广场吃饭，季柏文给她点了七八个菜，一副怀疑沈时没给她吃饱饭的样子，要一口气给她补回来。汤贝想到了以前她刚来S市读大学那会儿，每到周末她哥就带她出去吃一顿大餐。

她想跟她哥聊的事是他的小时候，她没有参与过也很少问及的过去。季柏文看着她，身子往后靠了靠："怎么问这个？"

"关心你啊。"

季柏文有些好笑，说："贝贝，哥都三十二岁了。"

但是，她觉得他身体里依旧住着一个倔强而幼稚的小男孩呢……

季柏文也没有瞒着，简单地说了一些他小时候的事，一些记住的，一些差不多忘记了的。关于季林森的很少，因为他的童年几乎没有季林森的痕迹。可是，父亲对于一个男孩的成长有着难以忽略的意义。

汤贝说起了祸祸，提到祸祸的时候，季柏文主动问出来："崔廷辉的儿子吧。"

她点头，又说起了关于崔廷辉想给儿子提前庆生的事，然后看着她哥季柏文问："哥，你觉得给祸祸留下一个爸爸给他庆生的记忆，是好事，还是坏事？"

季柏文扯了下唇，没什么可说的。

手机响了，汤贝拿出手机看了眼号码，是沈时打来的。她接听手机，大致跟沈时说了几点回家。挂上电话，季柏文开口说："……应该是好事吧。"

汤贝抬眸。

季柏文眸光闪了闪，突然说了几句令她猝不及防的真心话："贝贝，在你还没有出生的时候我其实怨恨过我爸，后来我来到了周庄，认识了汤叔，更加怨恨他了，因为我觉得他根本不在乎我。后来你出生了，我更羡慕你有汤叔这样的父亲。”

“哥……”

“大概是季林森从来没有为我做过什么事吧，包括小时候生日，都没有陪我过过一次。”季柏文说，然后笑了笑，“但是我还记得老汤给我过的第一个生日。”

汤贝十分动容，她好像忽略了很多事，不知道的很多事。

季柏文也望着她问：“不过你知道我最感激汤叔的地方是什么吗？”

汤贝想了想，猜测问：“……给你过生日？”

季柏文也笑，告诉她：“不，是他把你带到了这个世上。”

汤贝：“……”

汤贝第一次见识到季柏文这样感性的煽情，完全被感动得眼泪汪汪，快要控制不住胸中翻滚的情绪，季柏文对她说：“所以贝贝，想不想有个嫂子像哥一样疼你？”

话锋急转，汤贝还是点了下头：“想啊。”当然想呢。

季柏文：“据说你很喜欢舒瑶。”

汤贝：“……”

“我也觉得舒瑶当你嫂子很好。”

汤贝：“……”

“哥争取明年就给你生一个小侄子玩一玩。”

汤贝：“……”

她觉得她哥是不是遭受到什么刺激了……然而本性没变，依旧这样臭屁又自信。他就那么自信舒姐姐会一直在原地等他吗？

晚上八点，汤贝和季柏文几乎同时发了朋友圈，她的只有一句话：哥哥加油！精神上支持她哥一番；而季柏文就过分了，晒了一张她正吃烤羊骨的模糊丑照，三个字：“真能吃。”

只维持一顿饭时间的塑料兄妹情再次破灭。夜里汤贝睡着，沈时靠在床上接收着季柏文发来的兄妹共进晚餐的亲密照片，回了一张汤贝趴在枕头上入睡的照片。

“我们要休息了。”

一句话，中止了那边某位孤家寡人无聊的发照片行为。

因为谈判不成，崔廷辉不打算给云薇薇一分钱的遗产，云薇薇决定打掉肚子里的孩子；崔廷辉更是厉害，趁着最后的时间同云薇薇签署了离婚协议，强硬地让律师给他办理了离婚手续。加上结婚的时候云薇薇签署了婚前协议，云薇薇真的没有得到一分钱……

以上这些就是东院最近的八卦，因为崔廷辉也算是半个公众人物，每天还有不少来东院蹲点的娱乐记者。下午，汤贝接到了一个陌生号码的电话，这个号码她有记过，是祸祸妈妈的手机号。手机里，祸祸妈妈声音有些低沉，但是意思表达得很清楚：“最近你们有空就带祸祸去趟医院吧。”

很快，汤贝在崔廷辉的病房里给祸祸策划了一个生日会，其实崔廷辉不想在病房见儿子，他现在的样子太狰狞了，怕吓着自己的儿子。可是崔廷辉现在的身体状况根本离不开病房。

所以，祸祸的生日只能在十号楼的VIP病房举行。好在，病房足够大，崔廷辉也想扮演蜘蛛侠出现在儿子面前。

汤贝其实不太理解崔廷辉，可是当一个人生命走到最后，才会发现自己能做的事情实在有限。如果没有得癌，崔廷辉今天不是在东院病房给儿子过生日，而是在某个岛上吹着海风同美女们调情说爱吧。人真奇怪，可以是那个样子，也可以是这个样子。

崔祸祸的生日宴沈时也来了，一时找不到汤贝贝。病房热闹而感人，他不太适应这个气氛，退了出去。就在这时，左边楼梯角探出一个黄脑袋，亲切地换他名：“沈时——”

沈时收了收脚步，只见前面冒出一只“小黄人”玩偶，里面的人就是他的妻子汤贝贝。他走过去，小黄人转过脑袋瞅着他，朝他伸出手撒娇说："抱抱。"

沈时完全不为所动。

换了一个样子就不认了吗？汤贝主动伸出自己软乎乎的小黄手，给了沈时一个大大的拥抱。沈时不得不环视一下长廊，看看有没有人经过。

干吗不看她。汤贝贝扮演的小黄人玩偶朝他委屈地歪了下脑袋。

沈时低头笑了笑，终于按照汤贝贝的心意，抱住了她的小黄人腰身，然后，拿掉了她的玩偶脑袋。

"不闷吗？"他问。

闷啊，但是她想给他看一眼。所以等着他上来，汤贝咧着嘴笑着，面颊上冒出了细细的汗水，柔软的头发贴在白皙的额头上。秀气的眉毛微挑着，底下是一对水润晶莹的眸子。

突然，"咔嚓"一声，汤贝拿出手机，高高举起，拍了一张照片。照片里她穿着小黄人玩偶，一脸笑意吟吟，但是穿着白大褂的沈时，那种没有防备的样子，真的很搞笑。

真调皮。沈时想，然后问自己：他怎么找了这样的一个宝贝。

然而，傍晚回到沈家，汤贝却有些丧气，反复叹气，因为她的毕业作品入围评选后……毫无意外没有获奖，连个优秀奖都没有。她以为自己的作品还算不错，可是真的拿到外面评选，完全没有竞争力。前面之所以能入围，也是走了狗屎运吧。

晚饭，汤贝吃着餐桌上岳阿姨腌制的酸萝卜，一片又一片，岳阿姨眼神那个揣测，晚饭汤贝又削了一个苹果啃着，路过厨房的时候，岳阿姨拉着她问："贝贝，你是不是有了？"

汤贝秒懂岳阿姨意思，摸了摸肚子，正正经经地回答说："没有。"

夜里，老式的唱片机放着轻缓的音乐，汤贝窝在沈时怀里说话，任由沈时给她吹头发，转了个身说："沈时，我跟你说个笑话，因为我多吃了两片酸萝卜，岳阿姨就问我是不是怀宝宝了……哈哈哈，你快摸摸我的肚子，里面有没有呀？"

说完，拉着沈时的手摸她的小腹。

因为有些痒，她又嘿嘿地笑着，沈时同样勾唇一笑，那个轻松愉快的样子，顿了下，将手停在她的小腹上面，发问："贝贝，你这个月例假是不是没来？"

嘿嘿嘿——

汤贝笑不出来了。

| Chapter22 |

愿有岁月可回首

汤贝的笑容渐渐凝固在脸上，对上沈时的眼睛，转过身拿起自己的手机，她要看看里面记录的经期日期。她向来记不住这些，幸好现在手机软件很强大，每个月不仅提醒她大姨妈几号来，适合同房的日子都给她整理出来……

不等打开手机软件，沈时说："应该还有两天才来。"

果然，软件里显示的大姨妈到访日也是两天后。

汤贝握着手机，研究着沈时面上的神情，刚刚他似乎比她还紧张，生怕她有了宝宝。难道他不应该是欣喜若狂，然后激动地抱起她转圈圈，一边转圈一边说："我要当爸爸了！"

事实上就算不研究沈时的心里想法，汤贝也能感受出沈时好像不希望太早生孩子，以至每次安全措施都做得特别完善。唯有一次，就是上次醉酒那晚她主动要求更亲密无间的接触……

"沈时，要不我们就生个宝宝吧。"她双手拢着沈时的脖子说。

"好啊。"沈时应她，吻了下来。

"……那你喜欢小小时，还是小小贝？"她又问沈时。

沈时继续敷衍她："让我想一想。"

汤贝觉得沈时就是在跟她玩游戏，故意逗她开心，明明答应跟她生个宝宝，还一如既往地做了安全措施，即便她处于安全期。

明明就是不想跟她生小猴子。

虽然主动提出要生小猴子，但是汤贝心里也觉得太早了一些。只是刚刚某个瞬间，她特别期待她和沈时制造出来的小生命是什么样子。

昨夜一场秋雨，今早天气便转凉了，沈时起来的时候替她掖了掖被子，她打了个哈欠说：“……等会儿我跟你一起去医院。”

“那你可要快点了。”沈时衬衫没穿好，几乎是敞着朝向她，然后问她，“不多睡一会儿？”

汤贝没有作声，目不转睛地欣赏着沈时穿衣。

结果有人就那么小气，察觉了她的动机后，悠悠转过身，背对着她。过分过分！都结婚了，还不让她大大方方地欣赏男色，搞得这样含蓄，可是昨晚的他可不是这样的！

汤贝起了玩心，穿着泡泡袖睡裙从床上起来，拿起床头的摄像机就对准沈时，一边打开录像功能，一边调整光线对着沈时拍摄。

“现在让我们欣赏沈医生换衣画面，首先由我替大家讲解一下沈医生的好身材，这是他的两米长的腿，这是他的小劲腰，这是他的后背……”

沈时受不了，朝她走了两步，然后伸出手作势挡了挡她的摄像头。“别闹。”他说。声音低沉透着磁性。

“哼。”汤贝靠在墙面上偏了下脑袋，“小气。”

沈时：“……”蓦地，轻轻笑了一下，看她的眼神更加戏谑，像是看一个小朋友。

“你干吗这样看我？”汤贝问，抬了抬头。

沈时目光怡然地看着她，笑着说：“我在想，你这样的性子居然还想着当妈妈……不怕孩子出来摔坏你那一组组镜头吗？”

汤贝微微发怔，想了下沈时说的话，顿时有些不服气。一起走出卧室的时候，她挽着沈时的手说：“沈时，你之前的话有些不对，我要反驳一下。”

“嗯？哪儿不对？”沈时问她，视线在她的面庞落下来，似乎等她反驳。

汤贝挽着他的手，面朝沈时坚定地开口说：“你可以怀疑我性格幼稚不成熟，但是你不能怀疑我能当好妈妈的角色。”

沈时：“……”

“吱嘎——”对面卧室门开了，沈爸爸从里面出来，一脸的不可思议，然后朝他们不停地眨了眨眼睛。

像是在消耗刚刚听到的话。

沈时牵上她的手，路过他父亲这边的时候，稍微解释了一句：“我们只是讨论下以后孩子的问题。”

哦，原来是这样。沈教授顿时松了一口气。

虽说家里人多热闹，但是他刚适应了家里多了一个儿媳妇，再多个孩子……当然好是好，可是，是不是有些吵？后面他是不是又要操心着孩子的百日宴、周岁宴了？作为一个不善俗世礼节的学术派教授，沈教授在专业领域是领头人，但是他却怕极了家里的琐事。

尤其是，他才刚刚从婚宴的阴影里摆脱出来。

今早沈教授胃口不太好，因为想起了自己离世多年的妻子。如果妻子还在，一定很高兴沈时娶了媳妇，早上听到贝贝说的话，无论真假都会笑得合不拢嘴。

不像他，只担心孩子出来后沈家俩男人怎么照顾贝贝和宝宝，总不能像养四哥那样吧。

汤贝不知道自己无意间的一句话，给公公造成了心理压力，出门的时候，隐隐察觉沈爸爸情绪有些低落。车里，她跟沈时提了出来：“沈时，我觉得爸爸今天心情不太对。”

沈时默了下，说：“可能想到我妈了吧。”

汤贝轻轻地噢了声：“可能是看到我们太幸福了，爸爸才心有感触吧。”

沈时没接话，清俊面容上染上了一层笑意。

“沈时，妈妈是在美国去世的吗？”红灯停下来的时候，汤贝看到前面森善挂出来的基因检测筛查癌症的广告，看向沈时说。

“嗯。”沈时点头，直到车子开动才说，“当时国内已经没有好的治疗方案，只有最新研发出来的新药还有机会，我给我妈申请参加了美国的新药实验组……”

后面的一段路，沈时具体地跟她说了婆婆去世的原因，刚加入新药实验组的时候，效果很好，癌细胞逐渐减少，就在临床实验的医生和他都感到雀跃万分时，新的数据出来了。

仅仅三个月时间，他母亲身上的癌细胞再次回来了，而且变异得更为凶猛。因为癌细胞不仅具有抗药性，还有变异性。而研发速度，远远赶不上变异的速度。

“沈时，因为妈妈的事，你才从研发转到了临床吗？”汤贝又问，车子已经停在了东院的停车区。沈时将SUV熄火，坐在车里看向她说：“的确，我妈的离世给了我一定的打击，但是决定从研发转到临床，还是觉得临床更适合我。”

适合？汤贝在心里琢磨了一下。

“临床比研发要有温度，更能感受病人的情况和他们的想法意识。而且我觉得自己并不是一个耐得住寂寞的人。”沈时说，朝她扯了下嘴巴，没有任何的自嘲，只有真实而诚恳的自我分析。

汤贝却听得一愣一愣的，尤其沈时说他是一个耐不住寂寞的男人。她怎么觉得沈时这个话，让她心里别有滋味呢。就像听到张安硕说自己平庸一样，谦虚得不像话呢。

还是内心清冷的男人，越发渴望生活的温度？

“好吧，你确实耐不住寂寞。”汤贝笑着说，因为她想到，沈时之所以能被她吸引肯定不是两人性情相似，而是他觉得她这里热闹呢。

热闹，这个说法还挺有意思。

两天后，大姨妈……没有准时到访。

汤贝心里咯噔了一下，觉得不会真的有了吧。她例假一向很准，但是一向准时的高铁都会晚点，身体又不像程序一样不会出错，有时候情绪过度紧张她家大姨妈也是会迟到几天。

比如上次高考的时候。

一个星期后，汤贝和沈时参加崔廷辉的追悼会。崔廷辉的追悼视频是她帮忙录制的，今天过来参加追悼会的除了他的亲朋好友，还有他的商业合伙人、他的前妻和祸祸小朋友。

沈时的理性“医嘱”让崔廷辉在最后的时间做了很多事，替祸祸成立了成长基金，安排了公司股份转移事宜，还有，录制了好几份留给祸祸的视频。

其中一份，就在今天追悼会播出。

视频开头就是蜘蛛侠爸爸给儿子过生日，躺在病床上唱着“祝你生日快乐”，然后镜头切换成崔廷辉留给儿子的祝福：“祸祸，爸爸祝你七岁生日快乐，很抱歉，以后不能陪你过生日了……爸爸很糟糕，对不起。”

后面，都是留给朋友们的话，包括最后给予他帮助和照顾的医护人员。追悼会基本是亲朋好友帮忙总结其一生，很少像崔廷辉这样微笑地面对镜头，自己总结自己的人生。

他的人生有过辉煌，也有过风花雪月，遗憾的是能留下的东西除了钱以外，并没有什么能铭记他存在过的痕迹，所幸他还有一个很不错的儿子，延续着他的骨血留在这个世上。

“前阵子我躺在病床上想，那是因为我从头到尾都没有责任感。对社会没有责任感，才不愿意去做更有意义的事；对家人没有责任感，才留不下太多美好的回忆；对我自己也没有责任感，才会这样放任自流地结束我这一生。

“其实，我本想赚了钱之后投资一部好电影，我本想少点聚会多陪陪家人，我也本想……当一个好爸爸。

“今天不知道跟我同龄的朋友来了多少，我走在了你们的前面，享受了老天给我的VIP待遇。一直以来，我都劝你们要享受生活，做男人就是要潇洒风流，但是现在我很后悔，我没有好好珍惜我爱的人，除了钱也没有用心去追求过什么。当然，没有钱的朋友可以理解成这是我最后在你们面前炫富……但我真的希望你们不要跟我一样，祝福你们这辈子有事业可以奋斗，有家人可以呵护，有爱人可以携手一生。”

如果用好人坏人来定义，崔廷辉可能不是一个好人，但是不管是什么人，面对人生终点的时候都有他的肺腑之言。

明明是她剪辑出来的视频，听到最后汤贝仍落下泪来，尤其当她看到前面的祸祸小朋友哭红了眼。一个人让人钦佩的地方，有时候也不是他在吹捧自己有多成功，而是他正视坦诚了自己有多失败。毫无疑问，在最后的时间里，崔廷辉当了一个好爸爸。

她的手被沈时握住，沈时面容清俊而沉默，手心牢牢地握住她。比起沈时，更为缄默的是她哥。汤贝默默不吭声，将自己另一只手牵住了季柏文的手。季柏文斜了她一眼，看了眼她和沈时握在一块的手，嫌弃地撇开视线。

神情里，也有一丝不轻易表露的动容。

对于这场特别的追悼会，汤贝也用一句话来总结她心里全部的感慨：“愿有岁月可回首，且以珍重世上走。”

从崔廷辉追悼会出来，汤贝和沈时、她哥一起出来，看到前面穿着黑色套装的秀长女人，才知道温倩也过来了。不过也可以理解，温倩跟沈时、她哥一样，都是崔廷辉校友。

温倩拎着黑色漆皮手包走来，汤贝以为温倩是朝沈时走过来，没想到温倩停在季柏文面前，同时伸出手：“季总你好，没想到还能在这里遇到你，期待跟你们森善的合作。”

汤贝：“……”心里不免纳闷起来，温倩他们跟森善还有合作？

回去的车里，沈时手机响了一下。汤贝替沈时看了眼，原来是一封电子邮件进来，写的是英文，她没有看的兴趣，结果不小心注意到邮件发送方的署名是“Vicky”，又不得不一个单词一个单词地看起来。

中间，使用了一下翻译软件。

沈时专心开着车，不知道她已经看完了温倩发给他的邮件，但是她也没有瞒着沈时，看完之后主动交代说：“刚刚温倩给你发来一封邮件，我已经看了。”

“噢。”沈时点头，并问她，“她说什么？”

“她写的英文，我看得马马虎虎，大概意思是今天追悼会给她很多感慨，然后问你有没有想法什么的。关于之前转临床的事。”

还有句话，汤贝已经翻译出来，不过一时没有说，因为她觉得温倩真的太自以为是也太武断了，那句话是：“如果你当年没有转临床，你现在应该是最受关注的抗癌科学家，你的成就会得到所有人关注……沈时，为你感到可惜。”

她觉得温倩就是在硌硬沈时，甚至她怀疑温倩真的喜欢沈时吗。

“沈时，你说我们要回复温倩吗？”汤贝商量地问，主语不是你，也不是我，而是我们。

沈时思绪根本不在这里，转头对她说：“等会儿再说。”

汤贝噢了声。

就在这时，沈时停下车来，汤贝不明所以，看了看前面的水果店说：“你要买水果吗？那我要吃大橘子。”

“橘子吗？”沈时点头，并交代说，“你在这里等下我。”

汤贝点了下头：“好的，爸爸。”

沈时：“……”

然后沈时下车，绕过车头，走进了水果店旁的……一家连锁药店。五六分钟后，他提着一小袋东西出来，再到旁边的水果店给她买了一袋橘子。

汤贝：“……”

沈时买什么药了？待沈时回到车上，汤贝先拿过沈时买给她吃的橘子，哼哼唧唧表示不满说：“明明有更大的，你却要给我吃小的。”

沈时告诉她：“个头大的可能有激素。”

汤贝嘿嘿一笑，改口说：“我开玩笑呢。”然后，她看向沈时另一手拿着的药袋，问他，“你买什么药了？”

沈时直接把袋子递给她，汤贝接过，看了眼里面装着的数根验孕棒，没有出声。

她想，该来的，总要来的。

汤贝揣着两根验孕棒从洗手间出来，一声不吭地望着视线前方的人。沈时坐在卧室沙发上，身上是未换的衬衫西裤，西装外套随意搭在沙发扶手上，十指相扣，身子微微往前倾，抬着眸回视她。

呃……

汤贝走到沈时跟前，沈时伸出手，揽着她坐在他的腿上，收了收眼底的情绪，轻声发问："结果怎么样？"

汤贝抱住沈时的脖子，不答反问："你猜？"

沈时有些无奈，顿了顿，说出答案："阳性吗？"

阳性，就是两条杠，表示有孕了。汤贝不知道为什么，心口突然沉甸甸的，她将脑袋靠在沈时怀里，娇气地蹭了蹭，低低地问："沈时，你怎么想啊？"

沈时抚上她的后背，同样开口问她："贝贝，你怎么想？"

汤贝稍稍离开沈时的胸膛，注意地看着他的神情，硬是没有说话。她是喜欢宝宝没错，期待她和沈时制造出来的宝宝是什么样子，但是她同样有些害怕，她也不知道自己害怕什么，心口一下子被填满，一下子又被抽离。

"我感觉好复杂，可以写一千字孕后感了。"汤贝说笑一句，试图让自己轻松一些。

沈时抱着她，给她换了一个更轻松的姿势，然后拉住她的手。明明他也很紧张，却给她解压，开口说："也有可能不准，明早起来再试一下，然后再到医院验个血。"

汤贝低了低头，敏感地察觉到了沈时好像有些抗拒她怀孕，这个抗拒和她的害怕不一样，虽然没有明显地表露出来。刚刚结果是两条杠的时候，她心情已经很复杂了，现在复杂里还多了一丝委屈，撇了撇嘴，开口问："沈时，你是不是不太想要宝宝啊？"

沈时的样子是严肃而克制的，待她这样一问，眼神里多了一份真挚的情意，他望着她说：“贝贝，我很期待跟你的孩子，不管是现在还是以后。”

“那你……”

“我只是觉得他来得有些快。”

汤贝的眼眶悄悄地湿润起来，良久没有出声，然后她听到沈时对她说：“但是贝贝你还太小，太早要孩子对你可能不太合适。”

汤贝像是明白沈时要对她说的话，打断沈时的话：“才没有呢。”

“沈时，你娶我的时候，怎么就不觉得我小了？”她反问沈时。两人默默对视一番，汤贝重新抱住沈时，“你这个不负责任的爸爸。”

沈时不说话，心情更是撼动而复杂。他只想为她考虑多一些，他是一个医生，虽然不是妇产科医生，也知道女性孕育是一件多么辛苦的事。

有了孩子，他和她更多了一份血脉牵连关系，但也会占有他和她两人世界的空间和时间，当然，这也并不是什么糟糕的事。他愿意为此多付出精力来平衡丈夫和爸爸两个角色。

其实，他只是担心，贝贝太早成为一个妈妈的话，她那“宏伟”的梦想怎么办？前阵子她毕业作品入围没有获奖，还握着拳头对他说：“早晚有一天，我要到好莱坞领奖……”

有梦想的人最可爱，他也愿意一直陪着她，追逐一切她想要的，不管后面会不会实现。从头到尾，她有她的追逐，他也有他的坚持。他和她这一生，他都希望尽可能地理想化一些。至于孩子，他也不是丁克主义，然而也希望等贝贝到二十七八岁再一起商讨决定。

沈时说出了他的想法，汤贝也在脑子里做了一道数学题，说：“等我二十七八岁才怀孕，你都成高龄爸爸了。”

沈时笑着承认，低声问她：“嫌我老了？”

哪会啊！汤贝歪了下头：“我就怕以后孩子嫌你老。”

沈时笑了笑，笃定地说：“不会，因为妈妈不会允许他嫌弃爸爸。”

汤贝的眼泪又出来了，觉得沈时把话说得那么好听，就是想劝她放弃这个孩子，他为她好，心疼她，可是他真的低估她了。

“好了，可能就是一场乌龙呢。”汤贝说。

她和沈时各种纠结，结果可能是她的肚子跟她玩了一出空城计？比起沈时是一位计划主义者，她就是一个兵来将挡水来土掩的随缘主义者。

第二天一早，汤贝又检验了一下，因为沈时说早上激素水平会更准确一些，的确，早上验孕棒上的检测线红得更明显了。好了，她怀孕的可能性是百分之九十九了。

早上，汤贝穿着银灰色运动装搭配着球鞋下楼，沈爸爸坐在沙发上看报纸，抬头看到她，亲切地询问她是不是要出去跑步，汤贝笑着摇摇头：“……我就是觉得穿运动装比较舒适。”

沈爸爸默了一下，继续看报纸了。

汤贝面上笑嘻嘻，心里愁兮兮。愁在不知道怎么跟家人们说，尤其是她哥。她和沈时办婚宴的那天，就有不少亲戚打趣她哥，妹妹结婚了哥哥怎么都不抓把劲儿，她哥面上笑嘻嘻，内心可能也是各种无奈，结果现在她又超速怀了宝宝……

噢，汤贝都怀疑老天爷是不是太爱她了，才会这样把什么好的都一股脑儿塞给自己。

早上来到东院，沈时没有直接去MDT办公室，而是先陪她验了个血，检验结果还需要一会儿才出来，她让沈时先去诊室，沈时握了握她的手：“结果出来给我打电话。”

汤贝嗯了声。

沈时回过头，摸了摸她的脑袋：“不管什么结果，都是好的。”

不管什么结果，都是好的。汤贝突然很感动沈时这句话，看来他已经做好准备了呢，然而，她心里还是有些发虚，才一直装作轻松愉快的样子。

然而，就算她忐忑害怕，内心深处也有一股没办法忽略的期待。

今天沈时需要坐诊，穿上白大褂来到诊室的时候，外面已经等候着一拨早上过来的病人和家属，他在办公椅坐下，将手机放在桌面。

汤贝的消息一时没发过来。

直到他看第三位病人的影像片的时候，手机响了一下，微信消息进来了，病人家属正在问话，沈时礼貌地打断："不好意思，我看个消息。"

微信进来两条消息，第一条是可爱的汤圆小表情，第二条是贝贝发来的一句话："嘀嗒，你家小贝壳已上线，十个月之后务必注意查收噢。"

沈时静静地盯着这条微信消息没有说话，嘴角微抿，胸腔震动，胸腹里像是灌溉了温热的泉水，灼得他情绪反复起伏。一时之间，百感交集到了极致。

"沈医生……"病人家属叫他。

沈时以最快速度回复了贝贝的消息，重新看起病人的影像片。交往之后，她总比他想象的更好，结婚之后，她也比他理解的更棒。

虽说这次怀孕是意外，汤贝还是用最快的速度调整了自己的心态，将意外变成惊喜。任何事情都有两面性，她明白沈时昨晚的顾虑，但是早些怀孕也是有好处的啊。

比如，她早些体验当妈妈是一种什么样的滋味。

比如，以后她可以给宝宝记录各种成长视频和照片，生活永远都不缺素材。

比如，沈家可以越来越热闹，提早让老汤和善善升级成外公外婆。

当然最棒的地方，以后她哥的宝宝要叫她的孩子哥哥或姐姐了，所以最好她要生个男宝宝……

因为确定怀孕了，汤贝今天走路都格外小心。中午跟沈时到外面一家私房菜馆吃午饭，等着上菜的时候，下巴抵在桌面上娇气道："好饿噢。"

沈时摸摸她的脑袋，回她的话："可能是宝宝饿了吧。"

沈时这样顺着她的话开玩笑，汤贝稍稍坐正一些。老实说从昨晚到现在，她还是觉得有些不可思议，觉得她怎么就怀孕了。

她和沈时位于私房菜馆的二楼小包厢，包厢类似那种榻榻米的设计，她和沈时面对面而坐；中间，是她特意带过来的摄像机。

“沈时，我们留个纪念吧。”她来到沈时这边，坐下来，接着打开摄像机对上他和她，说，“说两句话，表示对我们宝宝的欢迎。”

摄像镜头已经开始记录。

沈时望了望她，与她商量：“要不你先说。”

“好啊。”汤贝对着镜头想了一下，第一句话依然是，“宝宝，你来得有些快噢。”

沈时勾了下唇：“的确。”

汤贝：“……”不知道以后宝宝看到她和沈时这个视频，会不会委屈地噘嘴巴呢。

“不过，还是欢迎你的到来。”汤贝嘿嘿地乐了起来，最先想到名字的事，“对了，我给你取了一个小名，就叫作小贝壳，喜欢吗？”随后，看向沈时问，“爸爸喜欢吗？”

沈时想了下说：“如果是女孩很合适，但是是男孩的话，会不会不太好。”

汤贝脑子转得很快，立马又有了新小名：“那星星怎么样？男孩女孩都可以。”

“星星……”沈时念了一遍，“可以。”

“好了，那就叫星星吧。”汤贝随意地改了小名，只是多念了一遍，又觉得不太好，因为星星谐音猩猩……

“要不就叫小火箭吧。”汤贝又说出一个新名字，原因就不用解释了。沈时听到这个名字的时候，忍不住挑了下眉问她：“确定吗？”

“……再想想吧。”

其实，沈时一直觉得对于意外怀孕这件事，贝贝一直在假装轻松地面对，但是她的热枕和期待却没有丝毫伪装的成分。不管是小贝壳、星星还是小火箭，都表达出她对他和她两人结晶的爱意。贝贝都可以做到这样，他还有什么理由排斥和抗拒这件事。

吃饭结束之后，汤贝回复温倩昨天的邮件。昨天刚看到温倩邮件的时候，她都想给温倩画一张“大脸”发过去，今天不知道是不是确定怀孕了，内心也变柔软了，然后坐在东院图书室非常认真地给温倩回了邮件。

当然，她写的是中文，心想温倩虽然常年待在国外，但好歹是学霸，应该还能看懂中国汉字吧。她还想，既然温倩主观地认为着一切，她是不是也可以主观地认为温倩根本不爱沈时这个人，她爱的是沈时年少的天才光芒，既然爱得那么幼稚全靠自己的想象力，凭什么评价沈时做出的每一个选择。

这份邮件，汤贝言辞婉转却不失磊落，用她的语言和方式提醒温倩适可而止，内容大概就是：盼望温倩早日寻找自己的归宿，不要再纠缠着沈时了，也不要再替沈时可惜了，就算以后沈时成为一个油腻的中年男人，那也是沈时自己的选择。

都跟你温倩没有一点关系。

然后最后落款：汤贝贝。

邮件发出去五分钟，温倩回复了过来：那是你不知道沈时失去了什么，他和他之前团队研发的肺癌新药正在做大规模的临床实验，有望成为一线治疗药物，可是他现在连署名都没有。沈时失去的不只是原本该属于他的荣耀，还有他之前付出的大量时间和心血。

汤贝撇了撇头，半分钟后，合上了笔记本电脑。过了会儿，重新打开电脑，登录沈时邮箱，删除了她和温倩的邮件对话。

算了，她还是琢磨怎么告诉家人，她已怀孕这件事吧。

沈爸爸要到西北那边考察一个月，晚上汤贝回沈家给四哥喂狗粮的时候，哥哥哥哥地叫着，转头就看到她哥进来，冷脸那个无语。

“四哥乖。”汤贝摸了摸四哥的脑袋，立马改了称呼。

她哥是过来找沈家人参加森善的董事会议，因为后面森善有几个重点合作以及决策需要董事们共同决策。

沈爸爸尴尬地抬了下头：“……我都忘了。”顿了顿，又说，“明天我要出门，要不让沈时替我参加一下吧。”

面对这样随意的亲家，季柏文也有些尴尬，转头问沈时：“你能请假过来吗？”

一直以来，沈家持股森善，但是不参与经营和决策，不过重要的股东大会还是要出席一下的，毕竟是大股东。但是，沈时这个星期手术都排满了，怎么好请假。

“要不让贝贝参加吧。”沈爸爸提议说，觉得主意不错微微一笑，“贝贝是我们沈家人，完全可以代表我们行使投票权的。”

汤贝蹲在四哥旁边，听到沈爸爸的提议，同四哥一起歪着脑袋，眨巴着眼睛。季柏文听着沈教授这句“贝贝是我们沈家人”总觉得哪里不太舒服。

然后，沈时出声说：“不行，贝贝最近……”

“怎么了？”季柏文倏地皱眉。

“没事，我替爸爸参加吧。”汤贝抢在沈时面前说，生怕沈时说出她身体不适引人怀疑，看着她哥说，“哥，是不是跟着举举手就可以了？”

如果这样，她可以的。

季柏文咳了一声，同意了下来说：“对，差不多就是举举手。”

一时嘴快答应替沈爸爸参加森善的董事会，然后汤贝想到董事会那个场景，觉得脑子有坑才揽了这个事，就算举举手，也要看懂项目书才能举手啊。

总不能跟猥琐男一样……瞎举吧。

既然贝贝答应参加了，沈时便也不多说什么，夜里入睡之前大致跟她介绍了董事会的流程。不过他也没什么不放心，季柏文坐镇，怎么都会照顾好贝贝。

可是开董事会的时候，她就是一只彻底的无知贝了。

“这样好不好？只要项目决策表发到我手里，我就发给你。”汤贝抬着头，商量说，“我呢，就做一个傀儡夫人，真正做决定的依旧是你们沈家人。”

沈时的重点却是：“嗯，你不是沈家人了？”

汤贝摇头，一脸的坚定和不屈："不，我可是汤家人，永远的周庄人。"这句话她当着沈爸爸面不好说，对沈时就无所谓了。

沈时笑啊笑，眉眼里荡着浅浅的笑意，因为穿着睡衣的缘故，笑意里含着一丝风情。汤贝觉得沈时穿那种男士白睡袍一定很好看，像是古代那种风流俊逸的公子哥。

周一一大早，汤贝穿了一套衣柜里最正式的衣服去参加森善的董事会，小皮鞋、黑色小脚裤，然后是波点衬衫、白色小西装。秋意越来越浓，小区里的梧桐叶子已经渐渐泛黄，一阵秋风，便打着旋儿掉下来，纷纷扬扬，像是金色蝴蝶一起飞落下来。

早上出门的时候，她反复问了沈时好几遍，可是不管她穿得多正式，沈时的神情都像是她去参加幼儿园茶话会，而不是上市制药公司的董事会。

其实，汤贝也不想跟森善扯上关系，但知道沈家是森善的大股东后，她反而觉得她和沈时无形之中有一份特别的牵扯和缘分。就像沈爸爸之前无意间对她说的一件往事，沈妈妈还在的时候就跟她家善善定过亲，只是后来善善跟季叔叔离婚，离开了S市。

如果人和人注定产生交集，怎么都逃不开，不如愉快面对啦。

"等会儿我的意见就是你的意见，只要我同意的，你就同意。"车里，季柏文对她交代着。他穿着笔挺合身的阿玛尼西装，无论样子和气势，都是完全的霸道总裁范儿。

"知道了吗？"说完，还特意转过头朝她吩咐一句。

汤贝：……

但是，她可是代表沈家参加董事会，加上都同沈时说好了，不管什么项目决策都发给他看一看再举手，怎么能上了车因为她哥的威胁放弃沈家人的权利呢。

"不，我要自己决定。"汤贝说。

季柏文没有话说，也没有生气，只是将手放在她脑袋上："行啊，如果你能看懂项目书。”顿了下，“作为哥哥，妹妹有出息，我怎么都是欣慰的。”

他就揶揄她吧，反正不管等会儿是听沈时还是听她哥的，她都是一枚傀儡贝。

上午九点半，森善董事会在森善大楼三十九楼的会议室举行，汤贝是新面孔，但不知道是不是她哥已经介绍过她，几位叔叔辈的人都对她露出了和蔼亲切的笑容。

有些人知道她是善善的女儿，也有些人知道她是沈章平的儿媳妇。然而无论善善还是沈章平，都是之前森善药业的一分子。董事会气氛也没有像电视里演的那种拔刃张弩，反而其乐融融；会议室外面摆放着各种茶点水果，中场休息，董事们就一起出来喝茶吃点心。

聊聊自家儿女的情况，探讨探讨哪个国家、哪个城市更适合养老……整个感觉跟她原本想象的一点儿都不一样。汤贝深深怀疑，她参加的可能不是董事会，而是老年人茶话会。

感觉美膳楼每周一次的晨会都比他们要正经一些。

事实上贝贝不知道，越是老狐狸聚在一起，场面气氛越是和谐融合，然而各自心里想什么，利益关系早已经算得清清楚楚。所以季柏文后面觉得贝贝嫁入沈家挺好，比起一些精明算计的长辈，沈章平简单得像是一股清流。

今天董事会上半场是大致交代上一个季度的盈利和公司经营情况，下半场才是真正的重头戏。森善明年几个发展计划合作项目已经由会议秘书一一发到各位董事手里。

季柏文说得没错，她还真不怎么看得懂。

所以趁着中间休息的时候，汤贝把几份计划书都拍照发给了沈时，刚好沈时那边也从手术室出来，也发来消息问她：“开始了吗？”

早开始了，都要下半场了。

她手里一共三份计划合作项目书，第一个是森善同美国一家制药巨头（简称“DW”）联合启动战略合作，共同开发生产全球首创的一款小分子口服降血脂新药。森善提供员工、出土地、出厂房和生产设备，“DW”只需要提供新药的专利使用权。

第二个是如今比较火热的移动医疗项目，通过与专家签订排他性协议，利用线下智能软件和线上APP对心脑血管、高血压等慢性疾病提供健康管理。

第三个，就是森善前几年已经开始在做的基因检测，关注基因诊断在肿瘤全周期的临床应用，面向精准医疗。主要产品和服务是：肿瘤筛查、肿瘤伴随诊断、PGS/PGD，新生儿遗传病基因筛查等等。然而这一部分，森善一直做得不太好，目前前景利润不可观，要么升级模式转变结构，要么就退出这块市场的竞争。

同她在东院的感受不一样，森善是一家药企，不管是决策还是思考方向围绕的重点都是利润和前景。她坐在靠近季柏文旁边的第二个位置，看着大屏幕上显示的一组组数据，中国每年近八十亿门诊量，就可以催生三万亿的医疗服务市场，随着国家医疗改革，医疗市场也就释放出了更多红利。而药企抢占市场，追逐的也就是大环境里的红利。

医生、病人、科学家、药企商人因为目的不同，扮演着完全不同的角色。

手机里，沈时已经给她发来消息，第一个项目他并不看好，第二个项目的确近年来十分火热，但是更偏向创业型医疗公司，何况现在涉入也有些晚了。第三个项目，不等沈时回复过来，汤贝就发送了自己的意见：“我觉得不错呢。”

沈时跟她的意见一样：“就算目前利润不行，后续前景应该是可以的。”

季柏文坐在主位，视线时不时偏转看一眼玩手机的贝贝，心想有人一定无聊坏了，所以这三个合作项目计划，提前开始投票。

第一个，季柏文自己是赞成的，然后看了眼汤贝贝，汤贝默默转过头，没有赞成。

第二个，季柏文自己也不赞同，但是这个合作牵扯一些人情关系，同样在董事会提议出来，全场否定和赞成的人几乎是五五分平。汤贝依旧没有举手。

……有人应该是全程弃票了。

最后关于肿瘤基因检测投票，汤贝举手了，投了继续升级转变营销结构，而不是放弃退出市场。赞同的董事很少。

意外的是，她和她哥站在了同一阵营里。

季柏文露出了一丝笑意，关键时候他家小戏精还是站在了他这边，然而几只老狐狸也露出了尾巴，明明知道贝贝只是沈家的代表，还让贝贝说一说想法。

真正不表态的是季林森，给儿子充分的权力，但也给各位董事尊重和面子。

汤贝也没想到自己会被点名发言，说好只是举举手呢。庆幸的是，手机里沈时发来了一条条信息，像是知道她会被点名发言。

内容，不仅以肿瘤医生的角度看待肿瘤基因检测未来行情，还给出美国市场的数据分析，语言简单又不失逻辑，既有目前市场理性客观的分析，又考虑到了后续商业前景。

汤贝最擅长的是什么，就是装模作样。她说的话都是从沈时发来的信息里摘出来的，不过她没有全照着手机念出来，每个意思说出来之前都用她自己的语言整理总结了一番。

另外，说话方式，她学习了东院的田院长。她在东院拍宣传片，有时候也会记录田院长主持召开的医院会议，听多了田院长那慢悠悠的讲话方式，她也能模仿到七八分。

现在终于也有了发挥的场合。

“咳……”说完最后一个观点，汤贝放下手机，咳嗽一声，对着全场董事说，“我的想法就是这样，当然我只是一个转述者，这些都是我公公沈章平和我丈夫的意见。”

全场董事：……有些震惊呢。

季柏文和季林森也都面露不同的微妙神情，如果季柏文是压抑的笑意里藏着得意，季林森就更复杂一些，他想沈家还真是……娶到了一个好儿媳妇。

当然，贝贝小小年纪就能这样震得住场，绝对是善善的亲女儿。

不，贝贝刚刚之所以能震住这帮董事，绝对是因为她从小到大就是一个……戏精。汤贝贝发言结束，季柏文带头鼓起了掌，然后放下手说：“我同意我妹妹说的几个观点，所以肿瘤基因检测这一项业务的展开，明年依旧是森善的重心。”

汤贝：……刚刚她好像表现得很不错呢。

董事会结束，沈时驱车来森善找她，正巧她哥要单独带她出去吃饭，她哥就对着沈时说：“贝贝今天表现得很不错。”

“噢，是吗？”沈时愉快一笑，仿佛完全不知道她在董事会的表现是作弊得来的。

汤贝老实说出来：“哥，我今天说的话都是沈时发给我的。”

“知道啊。”季柏文语气一转，看着她说，“我的意思是，你演得真好。”

汤贝：……

沈时扯了一下唇，将手搭在她肩膀上，带着她往前走。

汤贝看着季柏文走在前面，真的有些受不了他这副自大的样子，故意悠悠地开口问：“哥，你和舒姐姐进展得怎么样了啊？”

季柏文停了停脚步，往前面的大厦望了眼。

汤贝又说：“不要等我和沈时的宝宝都生出来了，你还是孤家寡人一个。说什么大话让我明年当姑姑，结果呢，一点影儿都没有。”

倒是她，明年就可以让他当舅舅了！

从头到尾，沈时没有过多插话到贝贝和季柏文的兄妹对话里，嘴角含笑地感受着他们一来一往，当贝贝走下台阶的时候，又神情仔细地看着她。

季柏文回过头，总觉得今天沈时和贝贝之间两人感觉不一样。直到点餐，因为沈时难得反复确认菜色，季柏文隐隐猜测出答案。

“贝贝，告诉哥……你是不是怀孕了？”季柏文突然放下筷子问，样子严肃得像是她未婚先孕了一样。

汤贝握了握筷子。就在这时，沈时放下了筷子，握住她的手，替她回答季柏文说：“对……你要当舅舅了。”

舅舅？季柏文承认自己一开始很难接受贝贝怀孕这件事，一方面觉得太早，另一方面，心里有着说不出的失落和遗憾。如果小戏精成为一个妈妈，那她就真的长大了，他再也不能将她当小戏精看待了。这个感受，是一种失意又明确的空落感，如同贝贝出嫁那天他的心情。

但是很快，他的空落感就被沈时刚刚说的“舅舅”两字填充。都说，外甥像舅舅……

汤贝有些不好意思，不过她哥这样的钢铁直男都能一眼看出她怀孕，说明怀孕这事就像咳嗽，无论如何都藏不住。“哥，你不开心吗？”汤贝问了出来。

季柏文皮笑肉不笑地抽了抽嘴角：“没有不开心。”

呃……汤贝觉得她和沈时可能速度太快打击到她哥了，毕竟前不久她哥才对她放话说什么明年就让她当姑姑，结果她和沈时先让他当上舅舅了。

汤贝轻轻地叹了一口气，无奈道：“哥，其实你加把劲，像上次无人岛那样散发你的人格魅力，就算舒姐姐性格比较含蓄，还是有机会的。然后你再努努力，说不准明年真的可以让我当上姑姑呢。”她这样一说，不管沈时还是季柏文，都笑了。

“哎，等明年我又当妈妈又当姑姑，我们家沈时又当爸爸又当小姑夫，想想就很热闹。”汤贝继续笑吟吟地说着，同沈时对视一眼，“要不，我们成立一个包子计划吧，明年争取让我们这个大家庭增加两个包子……有没有信心？”

沈时言语悠悠地配合她：“我们应该没问题了。”他知道贝贝心里打的算盘，无疑还是想刺激一把季柏文。

忽地，季柏文哧的一声笑，停顿片刻，看向她和沈时冒出一句：“无不无聊。”

“不过，鲁大大都说了，敢为最先不耻最后。”汤贝笑嘻嘻，转而又安慰说，“所以哥你也不要有什么心理负担，我这边先给你起个好头。虽然你现在已经远远落后于我了。”

季柏文摇摇头，心底却柔软地触动了一番。他觉得他家小戏精真的有一种能量，让他觉得结婚生子这件事都变得充满了趣味和意义。

“好了，我知道了。”季柏文回答说。

“光知道没用啊，你要有行动力。”

“……”说起这个行动力，季柏文抬眸，凉凉地挤对一句，“的确，这一方面我真比不上你家沈时。”

沈时无奈地将手离开餐桌，最终这个他扯起的话题也由他来结束吧。沈时提起了森善同“DW”的合作，那个温倩带回国的合作项目。

虽然“DW”手握专利，但是比起国内药企不断地壮大，研发成本投入越来越高，同美国那边药企差异已经越来越小。相反，跨国药企当前面临了专利到期和合规销售的两大问题，虽然越来越多巨头药企选择牵手国内制药集团，寻找新的市场机会。

他不太支持森善同“DW”合作开发生产那款小分子口服降血脂新药，并不是出于商业考虑，纯粹是那款新药从各方面数据来说，都不是最好的一线药物。当然，对于那些更好的一线创新药物，他也支持中外合作，展开同步开发和生产新模式，这样可以大大缩短全球创新药物在中国上市滞后的情况，打破“欧美为先”的惯例。

尤其是对于一些抗癌新药。当然这一方面，就需要森善这样的药企协商达成合作协议。

“我以为温倩是你的同学，你多少会给她点情面。”季柏文有意地开口说。

“干吗要给温倩情面啊，就是因为同学关系吗？”汤贝不悦道。

沈时只是看着季柏文，知道季柏文好端端的不会这样说话，果然季柏文低了低头，将手搭在餐桌上，背靠向椅背说：“温倩那边我已经拒绝了，虽然高端降血脂药在国内市场肯定会越来越好，但是温倩那人我真的不喜欢。”

她也不喜欢呢。汤贝心里同样念道。

季柏文接着评价一句：“太强势太主观了。”

这个评价，汤贝觉得像是季柏文在评价他自己呢。

“难怪你和她认识那么久，她从高中追着你到美国，现在又追着你回来，你却没有丝毫心软，果然还是有一定原因啊。”季柏文道。

汤贝：“……”

沈时：“……”

果然，季柏文知道了，不过沈时也没觉得这个需要隐瞒什么；对于季柏文猜测的原因，他却不认同。他不喜欢温倩并不是季柏文说的那两个原因，温倩固然强势主观，但也有她的优点和可爱的地方，只是通通都不吸引他罢了。

喜欢上一个人，本身就是一个很武断不需要仔细思考的事情，他不太清楚温倩为什么对他执念多年，唯一能解释的原因，可能是温倩在他身上投入了太多的期待却得不到他的回应。

越是得不到回应，越是难以释怀。而这样的感情，他作为当事人只能感到无语。

的确，季柏文是故意试探沈时的，当初他不同意贝贝喜欢上沈时，原因还是当年那个为沈时跳楼的女生让他对沈时薄凉的性情有了片面的理解。

最近他越来越意识到，冷淡是沈时的外表，薄凉是他对不喜欢的人和事的态度，对于喜欢的人和事，沈时表现得可是温柔又有耐心，还不缺强大自信。

这样的沈时，一定能当好他……小外甥的爸爸吧。

午餐结束，汤贝发了一条朋友圈。“报复”季柏文上次发她的丑照，她趁着季柏文吃意大利面最丑的时候，拿出手机按了拍摄快捷键，记录了季柏文猝不及防瞪眼的瞬间。

同样，这张照片很糊，像是上次季柏文发她的那种人形都变异的样子。不过她很满意，快速发了朋友圈说：“貌似单身狗胃口都比较好噢。”

汤贝贝这条朋友圈，程莹莹和季子珊下午见面吃饭的时候，一起拿着手机刷到了，如果季子珊看到的第一反应是弯了弯唇，程莹莹则是在心里冷笑了两声。

忙着转业考试，季子珊和程莹莹已经有一段时间没见面了，好几次程莹莹邀请她出来坐一坐，她都直接拒绝了。不过，拒绝次数多了，也不好意思了。

今天难得有空，两人约了一起吃饭。

如果以前，季子珊真的很喜欢程姐在她面前聊汤贝贝，因为她在心里也同汤贝贝较量着，但是具体了解了汤贝贝这个人，尤其是在她妈妈得病这段时间，她发现不管是她还是程姐，都对贝贝有着不太客观的判断。甚至，她也有过迎合程莹莹的“捧高踩低”。

回想起程姐说贝贝心机重、爱慕虚荣、爱装爱演，季子珊心里更是无比羞愧，所以当程莹莹再次说起贝贝的时候，季子珊回应程莹莹说：“程姐，我和贝贝现在是朋友了，你能不能不要再这样说她了。”

程莹莹：“子珊，你……”

“你刚刚说贝贝把那位周庄助理撮合给我哥，可能你不知道，舒瑶跟我哥以前就是同学，根本不需要贝贝撮合，而且舒瑶认识我哥比你还早。

“你和我哥都分手了，何必还想着他呢？而且你话里有矛盾，上次你说我哥是因为你家世不好才放弃你，但是据我所知，舒瑶的家世可能还不如你，所以你不仅不了解贝贝的为人，也不懂我哥，他真不是看重女人家世的男人。

“还有，我已经不喜欢沈时了，你不要再说贝贝和沈时一定走不远这种话，就算他们两人以后分手了，我季子珊也不会去接手。何况，我觉得贝贝和沈时非常合适，就算他们在学历家世上有差异，但是性情能力才华绝对是匹配的。你可能不知道，现在贝贝每周制作出来的视频在我们医院官博转发率都有好几千。

“如果你对我的话有怀疑，你也可以自己去看看贝贝的作品，她真的不像你说的那个样子，她还比你想象的要好很多。”话说到这个份上，季子珊也不好同程莹莹再待下去。刚刚这些话堆积在她心里很久了，但是她一直不好也不敢说出来。

以前她觉得承认贝贝优秀就是否定自己。事实上，她承认贝贝的优秀，她才更看得起自己。

而程莹莹已经被季子珊堵得一句话都说不出来，一直以来，季子珊都是一个听她话的乖乖女，她说什么，季子珊信什么。结果……因为汤贝贝，她经营那么多年的友谊也破灭了？

季子珊离去，程莹莹一个人在餐厅坐了好一会儿，反复浏览着汤贝贝今年发的所有朋友圈，从洛杉矶游玩，东院拍摄宣传片，到确定恋爱关系，结婚，汤贝贝真是顺风顺水到了极致。还有，她的毕业作品还入围了国际大赛。怎么看，今年都是汤贝贝的丰收年。

但是，一个人怎么会永远走运呢？曾经，她能认识季柏文，也觉得自己行了大运呢。

的确，人不可能永远走运，生活也不会只有欢喜和事事如意……

对于自己意外怀孕这件事，汤贝从被迫接受到慢慢接受，一旦接受了，心底的期待也就多了。拿到B超看到报告的时候，她和沈时商量决定告诉家长们了。

B超单上，小豆点已经清晰可见。

当天，她和沈时饭后遛弯还逛了一家婴儿用品店，原因是她被挂在外面的一件小衣服吸引，指着橱柜对沈时说：“爸爸，买下来。”

沈时面露一丝犹豫说：“现在买这些是不是太早了？”

很早吗？她反驳沈时：“早点买又没事……我们家又不缺地方放。”

她和沈时走进了这家婴儿用品店，看起了那些可爱的粉嫩的婴儿用品。沈时那么清冷的性子，看到一个粉色的小物件都拿起来仔细看了一番，拿过来问她：“贝贝，你觉得这个好看吗？”

好看啊！她连连点头。

然而有些事情，期待得太多有时候真的会遭老天嫉妒，或者老天可能是一个喜欢开玩笑的怪癖老人。汤贝后来回想，如果那时候她和沈时没有提早准备婴儿用品，就像岳阿姨说的那样，刚怀孕千万不要对人说，她和沈时的小贝壳会不会就可以如约而至了。

同样，季柏文也是这样想。

得知自己要当舅舅的那晚，他还做了一个“胎梦”，梦到贝贝生了一个小小贝，梦里他和沈时一起研究着怎么给小小贝换尿布，正在两个大男人一起犯难的时候，他就醒了。

夜里醒来，他给舒瑶发了一条很长的消息：“刚刚我梦到贝贝生了一个女儿，很可爱。舒瑶，我们能不能好好聊一聊？我最近对于我们之间的感情和婚姻有了不同的理解。贝贝说我太自大霸道幼稚招人讨厌，像我这样的男人，除了你，可能再也不会有人能真心爱上我，所以你能不能给我一次机会，让我学习一下怎么好好爱一个人？”

深夜发完消息后的第二天早上，季柏文再次出现在舒瑶小区外面，森善和舒瑶现在工作的公司对面楼，他顺道接舒瑶一起上班……

从昨夜做梦醒来到第二天接到舒瑶，今天一整天季柏文心情都很好，下午他结束工作来到办公室落地窗前，望了望外面的高楼大厦，握着手机拨打了贝贝的电话。

嘴角含笑，等着接听。

等了好一会儿，电话终于被接通，不过接听的人不是贝贝，而是沈时。他想，一定是贝贝粗心大意，把手机落在沈时这里了。

“贝贝呢？”他问。

电话里，沈时一时没回答他。

“对了，跟你说个事，我昨天做了一个梦，梦到贝贝生……”季柏文没有说下去，良久之后，他挂上手机。

嘴角挂着的笑意，一点点地消失殆尽。

Chapter23

逢生

因为专业的关系，汤贝一直很喜欢记录一些她觉得值得纪念的事情，有工作梦想的感想，有生活家庭的趣事，也有她和沈时的甜蜜……不过最近记录最多的就是得知自己怀孕后每一天的心情了。她想制作一个怀孕后的纪念视频，等宝宝出生，作为她和沈时送给宝宝的第一份礼物。后面等宝宝再大一些，开始好奇自己怎么来的时候，她和沈时就带着他一起观看她制作的视频；沈时是医生，观看过程里还可以用医学科普的方式告诉他生命的神奇。

可惜……这些计划都因为小豆点的消失暂时搁浅了。

小豆点从她身体里离开，汤贝生理上没有感受到多少疼痛，还没有脑袋磕到墙角来得疼，她只是难过，难过她和沈时从忐忑到开始期待又到失去他。

更难过的是，她和沈时已经将小豆点当作了一个新生命在等待。

摄像机里，确定怀孕第二天的视频画面是，她趴在枕头上，收回打开摄像机的手，朝着镜头叹了口气："唉，还是有点不相信我怀孕了。"

沈时从她后面抱住她说："再睡一会儿吧，现在睡眠很重要。"

第三天，她的反应是："好吧，我接受了。"

第四天，她说起了感想："好像感觉有些不一样了。"

第五天，沈时和她一起面对着摄像机。

……

中间有一个视频，她由于睡懒觉没起来，沈时替她记录了下来；视频里他眉目清俊，模样正经又严肃地凝视着摄像头，良久，才抿出一句话：“她还在睡……不管如何，欢迎你的到来。”

虽然，有些措手不及。

然而，沈时也完全没想到，这个意外来临的小豆点也只是他和她生命里的一个小插曲……像是调皮小孩，跟他们打了个招呼，又快速消失了。

因为身体真的没有什么大恙，汤贝在医院的病房住了一天就回家了；事实上东院黄医生他们都还不知道她怀有身孕，得知她被发疯的肿瘤病人连带滚下楼梯，只担心她有没有脑震荡。

那是今天早上发生的事，沈时查房，她背着摄像机站在楼梯角玩鸟瞰视角拍摄MDT病房花园的清晨画面，她的镜头里，三三两两的病人坐着轮椅出来散步，穿着白大褂的医生匆匆地穿梭其中；郁郁苍苍的樟树底下，还有一位患有宫颈癌的阿姨在开嗓唱歌……

当沈时在六楼查房询问病人情况，她就靠在五楼窗台拍摄视频画面，拍得差不多了，背着摄像机走上楼梯找沈时，就在这时，一位精神失控到疯狂的年轻男孩从楼梯上面跑下来，面容苍白而怪异，后面跟着他妈妈和护士……她觉得情形不太对，本能地往旁边躲了躲。

但是意外真的要来，是躲不过的。

年轻男孩被自己的鞋带绊倒，整个人朝她这里摔下来，她来不及多想，下意识地朝他伸了一下手，试图拉住他，然后就被带着一起滚下了楼梯。

一阵惊呼。

因为她跟着一起滚下楼梯，立马有护士去叫沈时，而她自己完全蒙了，整个过程大脑一片空白，反应过来的时候，小腹隐隐发痛。

某个瞬间，她害怕惊慌到了极点，慌乱得哭了起来。只是她除了小腹疼痛，额头也撞上墙角，脑子像是磕坏了一样，耳朵嗡嗡地响着。

她伸手碰了碰额头，指尖上一片血。

一时之间，她真的不知道该怎么办，只有眼泪哗哗地从眼眶不停地涌出来，男孩的母亲试图扶起自己的儿子，却被愤怒地甩开。

她半个身子还被男孩的脚压着，却无力推开，直到穿着白大褂的沈时飞快地走下楼梯。模糊视线里，他面容慌张，脚步匆匆地朝她跑过来。

然后，稳妥有力地抱起她。

“沈时……”她将头埋在他怀里，双手紧紧地抓着他的白大褂，心里慌极了。这时的沈时，也是一副她从未见过的急切样子。

向来都是不疾不徐从容淡定的人，刚刚出现在她视线里的那一瞬间像是急疯了。

同时，挡在她前面的男孩妈妈，被丁医生拨开……

今天一起查房的还有丁医生，大概是听到护士急切地呼叫沈时，一起赶了下来；沈时之所以能顺势抱起她，是丁医生先上前拉开了男孩的妈妈。

沈时和丁医生没下来之前，场面是慌乱而无措的，后面沈时抱她离开，男孩仍在大声哭诉着逼问着他妈妈：“你就是想放弃我！你们就是要放弃我！”

有时候，人和人相互温暖，但也会不小心相互牵扯连累。

因为早上的事，丁医生还受到了院方的处分，原因是沈时抱着她离去后，丁医生扯起男孩打了他一拳。结果这一拳就被男孩爸妈作为一个要挟院方的理由：事情责任不在他们，是她自己不小心。

的确……是她自己不小心。

不过丁医生被处分的事，汤贝也是后来才知道的。对于早上的意外，基本上大家只知道她摔破了额头，不知道她和沈时的小豆点一起失去了……

夜里沈时碰了碰她包着的额头，她将脸埋在沈时怀里，试图假装轻松地开口说：“原来不是小贝壳，也不是小火箭，是小流星呢。”

良久，她在沈时怀里哭了起来，难受得憋红了脸，最后放声大哭：“我应该听你的，怀孕了就应该好好待在家里，不要来医院拍片……我还说自己身体好没关系，怎么可能摔一下就没了呢……”

“贝贝……”

“可能他也觉得太早了吧。”好一会儿，沈时对她说，喉结起伏，说出的话却很少。

有时候过于强大的男人，面对偶然导致的意外反而更加束手无策。不管作为医生，还是丈夫，没有保住小豆点，沈时比她更难过和自责。

第二天，老汤和善善接到电话就从周庄赶了过来，沈爸爸人在西北考察不知道发生了什么。昨天得知她出事后，季柏文就从森善赶过来，只是也不知道怎么宽慰她。

其实，汤贝真不需要他们的安慰，大家都围着她的感觉反而让她心里莫名别扭。所以老汤、善善过来后，她对沈时说：“沈时，你今天别请假了，有爸妈陪我就够了。”

昨天带她滚下楼梯的那个男孩原本还要由沈时开刀；出了这样的事，沈时还没说什么，他的父母却像是防备着什么，要申请更换主刀医生。男孩之所以发疯是得知他妈已经备孕成功，认为爸妈放弃了自己才导致的心态崩溃。昨天男孩妈妈大概也怕发疯的儿子伤到自己的肚子吧，儿子摔下去，都不敢出手拉一把。

今天早上老汤和善善来到沈家，季林森出门就看到了，还看到他们带着大包小包的东西过来，像是要长久地住下来。中午，季林森站在家中客厅又看到前面沈家二楼露台善善出来收衣服，没一会儿，老汤就出来接手帮忙。

他想，他们是不是又有什么好事发生了？

……如果汤贝知道老汤和善善过来看望她，就惹得对门的季叔叔这样想，真的要吐血了。傍晚，汤贝趿着拖鞋自己下楼吃饭，因为额头上包扎着纱布，样子看着有些沮丧；看到老汤将晚餐搞得这样丰富多样，又扬起了笑脸。

“好丰盛噢。”她走到餐桌前，开着玩笑说，“果然是塞翁失马焉知非福。”

说的什么话……

“这可不是给你一个人准备的。”老汤看着自己的宝贝闺女说，“等会儿你哥也过来。”

汤贝噢了噢，笑吟吟地坐下来：“好久没这样热闹了。”

呃……老汤和善善相互对望一眼，感觉他们的闺女恢复能力还是很强的。

其实汤贝觉得现在就很好啊，一家人在一起吃饭比什么都好。相反，善善、老汤他们过来的时候，她更担心他们会伤心难过呢。好在，大家都只觉得是她当妈妈的缘分未到。

沈时和她哥回来的时候，汤贝正吃着鸡汤拌饭，这是小时候她最喜欢的吃法。沈时朝她走来，她顺道喂了他一口。

“好吃吗？”她问，眼睛微微眨动了一下。

“不错。”沈时尝了一口，细致秀气的睫毛同样动了动，对她说，“再给我一口吧。”

汤贝笑嘻嘻，又喂了沈时一口。

对于小豆点离开这件事，汤贝觉得她和沈时都在故作轻松，将小豆点没了这件事当作一个偶然的意外对待，好在故作轻松也是一个很好的面对态度。

不仅能治愈自己，也能让自己家人感到轻松和释怀。

就是她哥比较强势，来到医院得知事情经过后直接查看楼道监控，可是整件事真的只是一起意外，就算男孩父母不推卸责任，也没办法弥补她和沈时什么……

晚饭结束，善善来卧室找她，特意上来陪陪她。以前小时候每当她受伤或者生病，她都会以此作为借口要求善善陪她入睡，也只有这个时候善善才对她特别温柔。

发生这样的事，如果要说说贴心话，也没有比自己妈妈更合适的人了。所以贝贝从医院回来，沈时就通知了岳父岳母，致歉并请求他们过来陪陪贝贝。

饭后，善善上楼陪女儿，老汤也出去散个步。可能是因为没有体会过要当外公的兴奋，贝贝发生那样的事，老汤只担心女儿身体有没有影响，脑子有没有摔坏，外加感慨那对父母，怎么能趁着儿子手术住院就备孕要孩子。

太令人心寒了。

老汤出去散步，季柏文和沈时也来到了小区篮球场，两人一贯谈话的地方。不知道为什么，贝贝发生那样的意外，季柏文觉得对比贝贝，心里更难受的人是沈时。他一直等着在沈时面前耍大舅子的威风，真发生了什么却说不出什么责备的话。

“……这事还是贝贝自己太不注意了，如果她不伸手拉，完全可以避开意外。”

沈时靠向椅背，不知道说点什么。

季柏文又说：“不过给她一点教训也好，别什么事情都上去帮忙。”

夜色幽幽，沈时呵出一口凉气，解释一句：“只是本能地顺手拉一下而已。”

季柏文松开紧握着的手心，想了半天说：“沈时，你知道吗？前两天我做了一个梦，梦到贝贝生了一个小闺女……我想我的小外甥女一定是太聪明了，觉得早早出来一定是当姐姐，不太乐意，就琢磨着晚点来吧。”

季柏文从未说过这样安慰人的话，声音断断续续却真情实意，可是有时候遗憾和失去都可以用不同的方式理解。这是他从贝贝那里学来的，现在反过来用来宽慰沈时罢了。

沈时低低地笑了一下，人已经站了起来，心里计算着时间，觉得差不多该回去了。

这边，沈时和季柏文走出篮球场，老汤也从小区外面的水果店买了几样水果回来，走过小区木桥的时候，撞上了同样出门散步的季林森。

老情敌见面本来没什么好说的，相互点头致意一下就够意思了，要怪就怪季林森想故作大方地扯两句话，叫住老汤说：“那个，你和善善都是今天来的吗？”

老汤不太想搭理季林森这人，也不想让季林森知道贝贝出了事，随意点点头：“对啊，过来看看女儿女婿喽。”

女婿两字有点扎季林森的心，对于老汤这个人，季林森一向是不喜欢的；不过这也很正常，从季林森的角度来看，善善和亲儿子的心都在老汤那边，连自己看中的女婿都成了老汤的女婿，心里若没有一点别扭反而奇怪了。然而明明心里别扭，季林森面上却要故作大方，看了看老汤手里提着的水果，挤着笑问：“你们是不是又有什么好消息了？”

老汤：……

沈时和季柏文还未跨入沈家，就被赶过来的岳阿姨叫住，岳阿姨面色那个为难，指着不远处的桥头说：“沈医生……那个贝贝爸爸和子珊爸爸吵起来了，你们快过去看看吧。”

沈时：……

季柏文：……

楼上卧室，贝贝靠在床头跟善善说着贴心话，她不太想聊自己的事，所以问起一直以来很好奇的事：当年善善和季叔叔离婚的原因。尤其是参加森善董事会议回来，更加好奇善善为什么离开季叔叔，离开森善。那天董事会上，有好几位叔叔都认识她家善善呢。

“妈，当年你和季叔叔为什么离婚啊？”汤贝转着眼眸，嘴角带着打趣的笑意，“当然我爸是很好没错。”

她只是好奇，有过那么一段传奇爱情的善善，最后却壮士割腕般地舍弃一切。

不管什么伤痛，只要时间足够久，都可以变成云淡风轻的过去。贝贝问的这段往事，曾经是善善难以言说的过去，现在也都属于曾经了。

“我就是觉得季叔叔其实也挺好的，按照世俗眼光，季叔叔无疑也是一个优秀男人……当然我爸也很优秀。”

汤贝扯着吹捧话，完全不知道小区楼下，两位“优秀”的爸爸正言辞激烈地吵了起来。

“汤显正，你脾气怎么那么暴，我们也算是老相识，我好好问候一句都不行吗？”

“好好问候……你那皮笑肉不笑的样子是好好问候？季林森，我看你就是没安好心。”

季林森觉得自己很……憋屈。

一时之间，两人面朝着面，眼对着眼，心里各自憋了一口气。打破僵局的还是季林森，咬牙切齿道：“汤显正，你真是一个蛮不讲理的人。”

“我蛮不讲理？”老汤也扯扯嘴巴，“我蛮不讲理也比你别别扭扭要好……都多少年了，季林森，别以为我不知道你那点小心思。”

这是要翻老账的节奏啊！“我怎么了，我有什么不能说的！”季林森恼怒地反问老汤。

既然有人要问，老汤就举了一个例子说：“刚刚我们都从这里好好地走过对不对，原本点个头就好了，你干吗要叫住我？真的只是关心我们吗，别以为我不知道你心里想什么，你无非就是想从我这里打探善善两句吧！”

季林森抽气：……

“怎么，难道不是吗？”老汤又用一句话堵住季林森。

季林森无言以对，只是呼出了一口气。

老汤看着自己的昔日情敌，咬了咬牙继续说：“其实，有些话我早想对你说了，每次都看在柏文的面上忍下来。都这么多年了，你到底什么时候能放下你那点心思？！

“咱们都是男人，你和善善分开那么多年，也早就各自组建了家庭，就算你觉得当年的事对不起善善，善善现在也不需要你这样惦记！如果你真觉得当年你错了，就好好对待你现在的老婆女儿，别以为女人娶回家就是伺候你，每天摆出一副董事长的架子……善善当年就是受不了你这样的姿态。”

季林森：……

有些话，一憋就是几十年，老汤本想多说几句，看到前方走来的女婿和继子，立马转了转脑袋，装作没有争吵过的样子。

然而，季林森缓不下脸，依旧紧紧绷着。

“好了，我也不跟你说了。”老汤看向立在前面的沈时和季柏文，心里也有些抱歉自己没有忍住暴脾气，走了两步来到沈时旁边，“女婿，我们回去吧。”

沈时：……

顿了下，老汤心虚地看向季柏文说：“柏文，刚刚我对你爸多说了两句……那个你先宽慰两句吧，年纪大了，别气得心脏病犯了。”

季柏文眼神幽幽地打转了一番，答应老汤说：“好的，汤叔。”

沈时带着老汤离开，桥上剩下季林森和季柏文两人，季柏文上前两步，看着某人这一脸憋屈的样子，实在没忍住，扯了下嘴巴，发出了一声嗤笑。

丢人！

难得，对于自己丈夫跟老汤吵架这件事，待季林森回到家中，王晓春的反应也是一句：“一把年纪了，也不觉得自己丢人。”

有人心里惦记个没完没了，活该年纪一大把还被人“教育”一番。

季林森觉得自己可能真的要犯心脏病了。

对于当年的事，每个当事人都有不同理解，对于善善和季林森当年为什么离婚，王晓春原先一直很难释怀，她这般处处小心做人做事心甘情愿，依旧抵不上丈夫曾经那段刻骨铭心的爱恋；直到沈家婚宴看到善善，想想她之前可真傻，人生苦短，为什么要把大把时间和精力放在无谓的较量上面，还暗地里感慨善善没她命好，离婚再嫁了一个厨子，事实上人家善善好着呢，不像自己这般患得患失，守着一个心都不在自己身上的男人。

加上今年还检查出甲状腺癌，连身子骨都输人一截。

季林森是同善善离婚的第三个年头娶了自己，她接手的时候，季林森那个胃可全是溃疡，这些年，全靠她每天一盅盅药膳给调理好的，连带将他的嘴都伺候得刁钻挑剔。这当年也是王晓春内心的一点优越感，毕竟善善活得像是仙女一样，不会像自己这样对季林森付出，做女人也要像自己一样，懂得牺牲自我，才能顾全整个家。

事实上呢，这些年她得到季林森的另眼看待了吗？

然而，对于季林森和善善当年的离婚原因，如果同样的事情发生在自己身上，她肯定没善善那么决绝，甚至用王阿姨的话来说，那个善善太作了，才把董事长夫人的福气作没了。

所以，她的福气是忍气吞声才积累到的福报吗？以前王晓春或许这样认为，得了甲状腺癌后就不这样想了。日子都是自己的，善善和老汤是没他们家有钱，但日子真不一定过得比她和季林森差，甚至她家子珊都羡慕贝贝的成长环境。

的确，不同的人对同一段往事都有不同的理解，甚至随着时间的推移，想法也会改变。这是善善第一次对贝贝提起她和季林森离婚的原因，包括失去的那个女儿。女儿失去也是一起意外，可是让她彻底心寒的是，失去女儿对于季林森来说，还没有他失去一个生意订单来得遗憾。加上当时柏文还离家出走，她心急如焚……

矛盾和失望都是一件事一件事累积起来的，大概她和季林森可能性格真的不合适，才会从爱侣变成了怨偶，但真正让她做出离婚的决定，是柏文回来后就变得沉默寡言。

“当时我妈住在医院起不来，我跑出去找我爸，结果你知道我看到什么，他坐在西餐厅里跟人谈笑风生，旁边坐着一个年轻干练的女人……”沈家的书房，季柏文靠在躺椅上对沈时说，手里拿着一本书。

“不过如果当年我妈那个孩子生出来，可能就没有贝贝了。”季柏文又说，随意翻了翻书，将它放回书架，“所以有些事真的是缘分吧，贝贝和我妈有缘，跟我也有缘。”

“因为这样，柏文一直怨着我，觉得当年是我对不起他妈，但是那天真的只是一个商业合作洽谈，善善都那么好看了……我还有什么心思到外面拈花惹草？”季林森也在家中后花园对女儿子珊聊起了过去，靠在藤椅上叹了口气，看着女儿说，“珊珊，我知道你妈妈对我心里一直也有怨念，觉得当年我给你取名珊珊和善善谐音，你相信爸爸，爸爸真的没有这个意思，你的名字爸爸还是翻了古诗词得来的，绝对不是像你妈理解的那样。”

虽然，也有姗姗来迟的意思。遗憾他和善善失去的那个女儿。

“我知道啊，爸。”季子珊笑着说，摇头表示自己并没有在意这件事，顿了顿，说笑，“不过你真的有翻过古诗集吗？为什么还把我的名字取得那么俗，你真的是大学毕业？好没有文化的样子。”

第一次，季子珊同自己父亲这样随心所欲地聊天，不论当年对与错，只感慨往事如烟，大家都浅笑而安吧。

“季子珊不好听吗？”季林森指了指前面的沈家，小声地对自己女儿说，“那老汤不是更没有文化？随便地给女儿取名贝贝，也不知道怎么想的，我当时第一次听到还以为是小名，结果是大名，唉，太随意了，可能真是文化不够的关系。”

季子珊：……

可是，她觉得汤贝贝很好听啊，朗朗上口，念在嘴里又亲切又甜蜜。尤其是沈哥哥每次叫贝贝的时候，充满令人心动的情意。

名字被人攻击，汤贝靠在善善的怀里打了一个喷嚏，然后摸了摸泛酸的鼻子，抱住善善说：“妈，谢谢你……”

眼眶早已经不知不觉的湿润了，可是心却被填充得饱满而温暖，尤其是她妈讲述那个失去的孩子，神情感慨地看向她说：“贝贝，虽然我很遗憾当年没保住那个孩子，可是有了你，一切都弥补回来了，所以我觉得有时候就是缘分吧，我也非常幸运，得到了一个这么好的女儿。”

“妈……你真的那么想吗？我真的弥补了你的遗憾吗？”汤贝问。

“当然。”善善笑着说，“还远远超出了。”

“我不信。”汤贝将眼泪抹在善善的衣衫上，别扭地说，“从小到大，你都没有好好说过爱我的话。”

善善：……

“要不你现在对我说。”汤贝抬眸说，笑了一下，眼泪又泛滥而出。

这次的事情，对贝贝来说真的是很大的打击，尤其成长在蜜罐又一直顺风顺水的环境里，但是贝贝表现得比她想象的勇敢许多。虽然难过，却没有任何的逃避。

事实上，汤贝还是有些逃避，至少她在沈时面前是这样，她和他一起分享过忐忑和期待，突然失去的感受也更具体了。她在东院那边的拍摄工作暂时中止了，中间黄医生和几位护士来看过她，聊起了丁医生被处分的事，说到这儿黄医生肯定一句说："虽然我和丁医生不太对盘，但这件事上还是非常欣赏他的，敢于出手，真男人。"

关于那对儿夫妻和得了脑癌的男孩，她对那对夫妻很无语，对他们的儿子却恨不起来，脑子里还留着男孩歇斯底里的绝望逼问，也是一个很可怜的人。

一向强势咄咄逼人的季柏文知道男孩是那个情况后，所有怨气也只是针对男孩的爸妈，对于男孩也没有过多的追究和问责。一个觉得被自己父母都抛弃的男孩如果他们再推一把，可能真的没办法面对人生了。不管他手术结束情况怎么样，他还是祝福他。

夜里，大概白天都无所事事，每当晚上汤贝就有些失眠了，沈时又纵容她，每当她睡不着，他就背着她在房间里一圈圈走路……

"沈时，我以后不去东院拍片了……

"每天好好待在家里写剧本。

"拍片真的太累了，一点都不好玩，医院环境还压抑，而且你看我拍了那么多片子，微博的导演认证还通过不了，可能我真的当不了一个纪录片导演。

"不过编剧也挺好的，轻松自由，每天都可以睡懒觉……

"童老板告诉我，我剧本费还可以涨呢。"

"……"

然后，不管她说什么，沈时都是支持她的，当然，也支持她已经话到嘴边的反悔，比如彻底放弃拍片这件事。她想，以后有更好的机会，她还是会继续拍下去的。

后面她可能就不到东院拍片了，汤贝将摄影机里的所有素材做了一个集合，最后制作了一个放在S大附属医院官博的宣传视频。视频里有她在东院接触过的所有的肿瘤病人，他们都有顽强的抗癌经历，现在他们有些已经离去，有些还在同病魔抗争，但是意义都是一样的。

有时候时光并不宽厚，生活也不温柔，每个人的人生道路都有各种岔道，更存在不可抗拒的终点，但是不到最后一刻，还是要竭尽全力没有遗憾地面对余生。

至于结果无从选择又如何，毕竟我们每个人来到这个世上都没有打算活着离开……

这个视频，汤贝将它叫作《逢生》，它已经不是宣传片，而是纪录片。

深秋来临，寒流涌入南方，天气一天一天转冷，紫金小区里的景色却比春夏的时候更漂亮，颜色丰盛多样富有层次感，秋风红叶，丛兰欲秀。

今早气温只有不到十摄氏度。老汤和善善回到周庄，都不忘打电话提醒她穿秋裤，她蜷缩在被子里，连起床的打算都没有。她刚挂上同老汤的电话，又一个电话进来，未知的本地号，汤贝滑动屏幕，将手机放在耳边："喂，你好……"

半分钟后，汤贝从床上坐了起来，然后，她只穿着睡衣睡裤从卧室出来，脚步噔噔地跑下楼梯，对上客厅回过身来的沈时。大概也瞧出了她脸上的兴奋，沈时走上前，笔挺地站在她面前，扯起笑意朝她伸出手，抱着她问："怎么了？"

今天居然兴奋得连懒觉都不睡了。

她吸了一口气，然后以一种不好意思又憋不住得意的口吻说："刚刚一个自称是S市电视台领导的人找我，他说很欣赏我制作的视频，想找我合作制作一档医疗纪录片，你说……是不是骗子啊！"说完，她紧张得动了动腿。

沈时安静了片刻，贝贝虽然说不想拍片了，实际上却不是她话里说的那样，他目光温柔地注视了一会儿，开口说："不管是什么领导，后面要不要接受合作，我们都可以一起去见见他。”

汤贝双脚并拢地站着，仰着脸说：“……我也是这样想的。”

休息并逃避了一段时间，就算不想面对东院发生的那件事，她还是要回东院一趟……跟田院长好好结算报酬啊。虽然，这些事沈时都可以给她处理。

咳，今天张安硕也难得有空，加上联系汤贝的时候得知她要去东院，也来到了东院MDT办公室参观，结果他来得太早，只在办公室看到老同学……丁昇。

“嘿。”张安硕打了个招呼，伸手不打笑脸人，一脸假装的愉快。

丁昇回过头，看到进来的胖子，不是很想搭理，继续整理最近病人的病历档案，不过出于客气，随意地哦了声。张安硕瞧了眼丁昇，真的有些别样的尴尬呢。

结果丁昇站起来，走到饮水机旁，倒了一杯水递给他，指了指所有的位子：“随便坐。”

大丁都表现得这样大方，张安硕也不好拘泥了，拿着茶杯坐在了丁昇的办公桌旁，打算好好叙叙旧聊聊天，坐下来的时候，看到了丁昇压在玻璃底下的大学毕业照。

这张毕业照，他还是一枚水灵的小鲜肉，和大丁意气风发地并排站着。

“欸……大丁，你怎么还把大学照片压在办公桌上啊？”张安硕叫了丁昇大学时候的外号，假装疑惑地问了出来。心里还是觉得丁昇臭嘚瑟呢。就在这时，丁昇抬起头，凉凉地扯出一句：“为了看你——啊。”

什么？！张安硕手一抖，茶杯直接掉在了桌上，茶水也不小心洒在了丁昇的衣服上。“对不起对不起……”张安硕连忙抽出纸巾给丁昇擦拭，擦到丁昇的腹部，不小心触碰到他的腹肌，不免羡慕起来。好像岁月对他是一把猪饲料，却让丁昇瘦出了小腹肌。

咳……汤贝贴在办公室的门上，看着里面的场景，总觉得有一种说不出来的激情四射，尤其是丁医生一口一句嫌弃到极致的不要碰我。试图推开眼前庞大的硕哥。

“嘿……你们在干吗呢？”她瞅着他们，终于忍不住发问。

汤贝是从沈时的诊室那边上来，没想到进来就看到这样的画面，待他们回过头看她，脸上各自带着一丝惊愕。

……不用解释，她基本猜到了事情的经过。

“汤妹，你没必要用这样的眼神看着我们吧。”张安硕率先出声，以玩笑的口吻化解尴尬，结果却是越描越黑的节奏。

实在受不了，丁医生一脸嫌恶地推开张安硕，站起身说：“我要去查房了。”然后，回过头对张安硕说，“我说看你，是不忍直视你现在的样子，没有其他意思。”

原本他也只是想嘲讽一下张胖子，没想到却引发了误会。可是，丁昇也是越说越微妙。张安硕顽皮地眨了下眼睛：“我知道的，大丁，你只是在怀念我们昔日的大学时光。”

同时，送上温暖又不缺亲和力的胖子的笑容。

丁昇莫名地一阵恶心，脚步加快，直接离开MDT综合办公室，汤贝好笑地低了低头，待丁医生经过她时，客气开口：“丁医生，那天的事谢谢你啊。”

“不用……”丁昇停留了一下，“换作其他人，我也会这样做。”

汤贝抿着笑：“那也要谢谢你嘛，回头我和沈时请你吃饭，补上你被扣的奖金。”

丁昇挺了挺肩：“再说吧。”然后，拿着白大褂走出了MDT办公室。

汤贝望了眼丁医生的背影，觉得丁医生的个人形象更高大了，就在这时，一个脑袋从她后面凑过来，她对上张安硕扑朔迷离的眼睛问：“硕哥，你干吗？”

“我没错吧，大丁这个人真的很难讨好。”张安硕转过头说。

如果是刚认识丁医生，她一定也是这样认为，但是经过了那么久的相处，上次的事丁医生还这样出手相助，汤贝完全改变了对丁医生的认识。

“没有啊，我觉得大丁老师就是一个外冷内热又充满正义感和使命感的侠义人士。”

张安硕不能接受这个赞美。

汤贝笑笑，带着张安硕去了外面的花园咖啡厅，两人面对面坐着，点了一样的美式咖啡；看着张安硕穿着社会精英的西装衬衫，汤贝悠悠地感慨：“硕哥看起来也更像成功人士了。”

张安硕端起咖啡，拿捏着腔调回她：“还好还好，不过跟你家沈时比还是差点。”

汤贝笑得那个理所应当。

张安硕拿着吃蛋糕的小刀叉，因为办公室里摸到丁昇那厮都有了小腹肌，对着甜腻的蛋糕下不了手，只拣着上面的杏仁葡萄干吃，他先用小刀叉将它们撬起来，然后小心翼翼地放进自己嘴里，吃得那个胆战心惊。

汤贝想收回自己刚刚那句成功人士的话。

张安硕咧了下嘴，笑得像是一朵花：“干吗还用这个眼神看我？”

“硕哥，我们是不是出生入死的好兄妹？”汤贝开口问，彻底袒露自己眼里的八卦。

呃……

汤贝又微微一笑：“我在想我们这个出生入死的兄妹组合要不要改成姐妹组合。”

张安硕：……

“或者是，好兄弟组合。”

张安硕放下刀叉，直了直肩膀说：“汤妹，你看清楚了，坐在你眼前的硕哥不仅为人正直，性取向同样也是非常直的。”说到这儿，拿起桌上的刀叉，“就像这个刀叉一样……”

不好意思，这个刀叉有些弯。

张安硕撩起头发：“你怀疑我和丁昇，还不如怀疑我和沈医生，好歹我和沈时同居过呢。”

最后半句话，居然还有一丝幽怨。

汤贝笑得合不拢嘴，她怀疑张安硕和丁医生，是因为他们看起来很有CP感，至于为什么不怀疑沈时，当然是……不忍心啊。

张安硕摇头，难得正经起来说：“说起来以前我和丁昇关系不错，后面相互看不顺眼没有联系，应该是年轻气盛导致的。”

他和丁昇是大学本科同学，同宿舍的上下铺，丁昇为人傲慢又孤僻，朋友很少，不像他这样遍地开花，下楼溜达一圈，跟谁都是好朋友。原本他和丁昇的性格根本不是一国的，加上理想信念都不太一致，根本不会成为朋友，感情加深的原因，是每次他打游戏就求着丁昇回来给他带个饭什么的，丁昇大概也怕他饿死在宿舍里晦气，每次都给他带饭菜。一来二去，他和丁昇成了好兄弟。丁昇虽然对他看不顺眼，但是他是唯一死皮赖脸主动接近他的人，就这样，他和丁昇有段时间是形影不离的好兄弟。

尤其是考试前夕。

然而，两人本身性格不合并不适合在一起，成为朋友之后，张安硕才发现要当丁昇的朋友是有要求的，比如不能旷课，不能挂科，不能对医学抱着敷衍的态度。

总之，他要成为丁昇的好兄弟，必须脱胎换骨才行。

但，这怎么做得到嘛！

两人真正闹起来是一次专业考试，他的座位刚好在丁昇后面，大家都是好朋友嘛，加上这种需要各种记和背的临床医学知识考试，丁昇的大脑就是一台复印机……

张安硕说到这儿，汤贝基本猜到了两人为什么闹矛盾了，原因无他，她清楚张安硕的性格，也知道丁医生的为人。

“你找丁医生要小抄吗？”汤贝问张安硕，抬着黑白分明的眼睛，“他没给你？”

“怎么可能，我是那种人吗？”张安硕低下头，吃了一小口蛋糕，心虚地开口说，“我就是找他对一对答案。”

汤贝：……

“但是你说丁昇不理我不就行了啊，后面我找其他人对答案跟他有什么关系，他居然还举报我！”张安硕说得那个捶胸！顿足！

汤贝：……

可怜的硕哥……有时候朋友的原则性太强也是一种甜蜜的负担呢。

“甜蜜？哪儿甜蜜了？”张安硕不解地望着她，“如果是你，你会举报你最好的朋友吗？”

这个怎么能这样比较呢，每个人性格不一样，如果她有丁医生的原则性，她也不会以汤三哥之名写《××传》出道了。

当时这件事真的影响了他和丁昇的革命友情，他质问丁昇为什么要这样对他，丁昇解释的理由还正直得令他无法反驳：“张安硕，你还问我为什么，难道你不应该自己反省一下吗？

“你考入全国最好的学府学医，占用了国家最好的医学资源，结果你的学习态度呢？每天醉生梦死躺在床上打游戏？然后每到考试就临时抱佛脚突击一番？我要说，你这样的行为，不仅是对你不负责任，更是对不起你的父母、老师，还有以后你要面对的病人！”

一番义正词严的批判，张安硕觉得自己可能要以死谢罪了。他说不出任何一句反驳的话，顿了好久才说：“我以后不一定当医生啊。”

“不当医生，那你报什么医学专业？你完全可以去学计算机、金融或者学个兽医也可以啊！我看你对实验室里的老鼠倒是挺好的。”

丁昇真的把话说得太难听了，当时他还是脸皮很薄的小鲜肉一枚，哪受得了这样的羞辱，不过他还是觉得自己理亏，开着玩笑说：“我后面可能去美国留学……也不占用国家的医学资源了，我还可以祸害美国人去。”

丁昇一副跟他完全没办法沟通的样子。

后面自然就是冷战，谁也不搭理谁，直到快要学期结束，他收到了丁昇发给他的一条短信，一向高高在上的丁昇跟他借钱，金额还不小，开口要两千块。

他当然会借给丁昇，要怪就怪他低估了丁昇那高傲不屈的灵魂，以普通朋友的语言回复他说：“只要你跟我道歉，我就把钱借给你。”

毫无疑问，丁昇那人怎么可能跟他道歉；不仅没道歉，还彻底拉黑了他。

委屈！

后面，他和丁昇基本就分道扬镳了，丁昇继续一个人独来独往，而他向来不缺性格合拍的好朋友。然后他去了美国深造，丁昇转到了临床内科，从此天各一方，内心相互鄙视……

汤贝：……好一出上下铺兄弟之间相爱相杀的大戏啊。

“汤妹，我怎么感觉解释之后，你好像更误会了啊？”张安硕一脸纳闷，随后找她征求认同感，“所以你说，丁昇这个人是不是很小气？”

汤贝抿了下唇，感觉有些难判断了呢。

张安硕也知道当年他学医的态度不好，事后他也知道丁昇当时跟他借两千块是为了给一位孕妇垫付医药费，后来这事被院方知道还全校表扬了。得知事情缘由后，他跟丁昇解释了一下，结果丁昇并没有误会他，拉黑他只是单纯看他不顺眼。

“道不同不相为谋。”这是当年丁昇对他说的话。

后来去了美国，张安硕一度觉得学霸是不是都很难相处，直到认识了沈时，才发现顶级的学霸除了恃才傲物这一款，还有沈时那种神仙白月光级别的，对什么都淡淡的，淡淡地看书，淡淡地提出观点，淡淡地练习临床操作，然后淡淡地出类拔萃。

噢，而且，同居的时候对室友也很宽容很有礼貌，从来不会跟他抢吃的，什么高热量美食都让给他，就算有时候他睡死过去，都不会叫醒他。所以，同居两年，他胖成了一个球。

汤贝：……

她对张安硕的理解无话可说，她想说比起沈时丁医生才是“爱”他的那个人。咳咳，不过比起丁医生，沈时对任何事情都相对宽容以及温和，虽然同样也是冷淡地看待问题。

“其实，能一直坚持在一线临床医学的人，都是心怀信念的人。”聊到最后，张安硕感慨这一句，自嘲地说，“不过我就不一样了，当年是家人逼着我填报医学专业。”

可是，真的放弃了还是有些遗憾吧，毕竟在这条路上追寻了那么久。但是汤贝觉得张安硕并不是坚持不下去，每个人也不一定都要走那条最难的路来证明自己的无畏无惧，而是要选择一条更适合自己的路，毕竟人生除了梦想和信念，更重要的是每天的吃、喝、拉、撒！

汤贝把这番话说给张安硕听的时候，张安硕凝视了她两眼：“汤妹，还是我们三观合拍吧，归根到底，我们才是社会人啊。”

……她可以拒绝这句话吗。比起社会人，她更想做一个理想人呢。

中午，汤贝在东院食堂吃好饭，去了田院长办公室。沈时本要陪她，她拒绝了。她在医院出事田院长已经很抱歉了，处分丁医生也是没办法的事，毕竟医生动手打病人真的不合适，幸好那对父母本就心虚，没有将事情扩大，不然如果视频被放到网上，现在的舆论压力那么大，丁医生的职业生涯可能都要被断送了。然而，一个医学生的培养是长久且严格的过程，如果因此损失一位优秀的临床医生，才是医院和社会最大的损失。

汤贝坐在田院长的办公桌前，脑袋低垂，默了很久才说：“其实我之前决定来东院拍片，也是觉得现在医患矛盾越来越大，如果我可以用我的镜头向大众真实地呈现一切，会不会有一点帮助，让大家都对医生这个行业少一点误解，多一些信赖和理解，也让大家对肿瘤和癌症少一点恐惧，多一点希望和正能量。”

是啊，他也是这样的……田院长满脸欣慰地笑着。

但是说到这儿，汤贝却不好意思地抬了抬头：“但我还是没有做好，也没有拍出想要的有影响力的作品，很多事情都想当然地看待和处理，不够客观理性。”

她还是非常不成熟，尤其对人生百态的理解；心理也不够强大，当镜头开始记录痛苦的画面。

“所以田院长，我可能要暂时放弃一段时间了……对不起，后面的合同我就不续约了。”

田院长一时没说话，然后拿出一个笔记本递过来，笑呵呵地说：“那汤导……你也给我签个名吧。”

呃？签名？

“成名了我好证明大名鼎鼎的汤导是我挖掘的呀。”田院长眯着眼满脸笑容地说，“你都说了，前面你制作的视频，东院都是出品人。”

“好。”汤贝笑嘻嘻，接过田院长递过来的圆珠笔，在笔记本空页上签下了汤贝贝的大名。她也希望有一天，汤贝贝可以拍出更好的作品，不负她也曾满怀希冀地填报了导演专业。

第二天周六，她和那位联系过她的S市电视台领导约在茶馆见面，沈时陪他一起去。她还不知道那位领导长什么样子，不过从说话口吻判断，年纪应该比较大了。

“难道我的作品已经走入了老干部的视线了吗？”汤贝坐在副驾驶上说话，撇了撇嘴，看向沈时商量说，“沈时，等会儿你替我发言好不好？”

沈时温和又好笑地问她：“你自己没话说？”

不是没话说，而是自己不好吹自己，汤贝歪过脑袋，看向开车的沈时说：“我怕我控制不住激动，让老干部觉得我不靠谱……”

沈时唇角一勾：“所以我看起来比较靠谱吗？”同时，车子停在了茶楼的停车位。

“嗯，当然了。”下车的时候，汤贝又涂了点口红，盖上前面的化妆镜说，“作为纪录片女导演背后的男人，你还是比较靠谱的。”

沈时衣冠楚楚地坐在驾驶座，然后朝她伸出手，修长的手指在她唇上轻轻一划，蹭了少许她刚抹上去的口红说：“走吧。”顿了下，“我也尽量做好纪录片女导演背后的男人。”

……噢！

突然明白温倩为什么对沈时的所有选择都那般痛心疾首了，曾经响当当的优异男人，现在都甘心变成一个微博认证都通过不了的女导演……背后的男人了。

可是，为什么她心里又是那么甜呢。

茶馆分上下两楼，典雅的中式装修；联系她的电视台领导已经等在二楼包厢，汤贝提前说了带老公一起过来，当沈时露面的时候，中年大叔仍面露出一丝讶异。

沈时朝他点了下头，礼貌地伸出了手。

电视台领导收了收神色，同沈时友好地握了握手，转而看向她，再次笑意吟吟地伸出手："大名鼎鼎的汤三哥，终于见到你了……我可是你忠实的粉丝啊。"

……她的粉丝？汤贝看了看大叔这张成熟严肃的领导脸，不敢置信呢！

中年大叔连忙解释说："是你每期放在S大附属医院官博视频的忠实粉丝。"

汤贝：……噢，想想也不可能是《××传》的粉丝啊。

"坐，坐……"中年大叔指向茶座，对她和沈时说，"我们边喝茶边聊天。"

坐下之后，他又递给了她和沈时两张名片，汤贝原本随意一看，但是看到台长两字，瞬间不随意了。更让她意外的是，台长大人貌似认识沈时，虽然两人夷然自若地交谈着双方的想法，没有提到之前见过面或认识的话。

双方交谈的内容，就是关于台长大人提议制作一部医疗纪录片的计划，坦诚灵感来源于她最近制作的视频《逢生》，看完之后非常有感触。

"如果制作了，我们同样可以叫《逢生》，聚焦癌症肿瘤病人。"台长这样说，然后目光期待地看着她，"所以不知道三哥有没有兴趣呢。我觉得这将会是一档非常有社会意义的纪实节目，现在癌症发病率逐年增加，尤其在中国，一天超过1万人确诊癌症，这个数字非常可怕，但是随着寿命的延长，每个人得癌的概率还会随之提升……怎么让大家正确科学地对待癌症，给不幸患癌的病友一些鼓励和正能量，包括让他们建立更健康的心态、更好的生活方式，我们都可以在纪录片里表达出来。

“当然，这些都是你之前在做的事，也影响了不少人，这里面就包括我。但是一个医院官博的影响力总归是有限的，所以我才打算用S市电视台的资源跟你合作，联手制作《逢生》纪录片，中间我们也会有专业的团队提供给你。”

汤贝：……

她看向沈时，沈时说：“合作方式我们大致清楚了，有几个问题是，贝……三哥在这档纪录片拍摄过程里担任什么身份，每天的工作量，拍摄档期多久，具体拍摄地点等等。”

对对！汤贝连忙点头。

台长大人又开始吧啦吧啦地说起来，说到最后，强调道：“原本这些应该由策划和制片人跟你详谈，但是为了表明我们电视台的诚意，我觉得我亲自过来比较好……三哥，这也是你的一个机会，虽然我知道你们并不缺机会，但是我觉得你是一个有想法有信念的年轻人，我之前也关注过你的作品，如果你不是热爱医疗纪录片，一定不会涉入这个领域。”

……其实并不是呢。

汤贝摇摇头，看了眼沈时，对台长说：“我之所以到东院拍片，主要是……我老公的关系。”噢，她好像忘了介绍沈时了。

然后，台长的反应果然证实了他认识沈时这件事，他看向沈时说：“沈医生，如果可以，更希望你能给我们这档纪录片担任医学顾问……不管从哪个角度，你都是最合适的人。”

这个没错，如果她答应同S市电视台一起制作《逢生》纪录片，不管挂名或不挂名，她的顾问肯定都是沈时。

“另外拍摄地点，我和你们的田院长是老相识了，加上前几期宣传视频反响这样好，我和他已经大致聊了聊……你的手机号码，也是我从田院长那里要来的。”

汤贝：……难怪昨天对于她中止合同的事情，田院长表现得那般和蔼可亲，还说什么欢迎她再次回东院拍片。从头到尾，只有她自己不知道吗？

不过，同电视台合作制作《逢生》纪录片这件事，虽然吴台长说得十分有诚意，各方面都符合她之前对合作的期待，沈时也没有替她立马答应下来，但她还是想再考虑一下，毕竟她是真的打算放弃在医院拍片这件事，结果绕了一圈，她又要回到东院拍摄抗癌纪录片？

不过她和沈时跟吴台长聊得不错，尤其是关于癌症肿瘤的话题。

“实不相瞒，我以前也得过癌。”吴台长说，毫不介怀地袒露自己患过癌的经历，甚至言语之间还透着一丝骄傲。

汤贝看着吴台长这张气色红润健康的脸，真有些不敢置信他患过癌。不过吴台长看起来挺瘦削，却是精气神十足的精瘦。

“胃癌，幸好检查出来早，切了大半个胃。”吴台长解释说，顿了顿，“后面我再也不敢昼夜颠倒地工作，饮食作息都规律了，前阵子我还去东院检查，指标都正常了。”

汤贝有些明白为什么吴台长找到自己了。

因为得过癌，才对癌症有着这样深入的体会吧。毕竟《逢生》是一档公益性纪实纪录片，从商业角度并没有太多回报，能拉到的赞助都是少得可怜。

汤贝和沈时从茶楼下楼，跟吴台长握手道别的时候，吴台长看着沈时说：“回头我上门拜访沈教授。”

汤贝：……果然！吴台长认识沈时！

车里，沈时跟她解释，虽然他和吴台长算是认识，但这次纪录片的事，他真的不知情。

“真的吗？”汤贝扭过头问，心里有些小别扭。

沈时点了下头，眼神澄清地扫了她一眼，他有撒谎的必要吗？

沈时说了他和吴台长认识的原因，并不是吴台长找他看过病，而是他年少时期参加过吴台长策划的一档围棋比赛节目，也是那档节目的播出，他成了几家媒体争相报道的话题人物。然而对于这段经历，沈时不想提及太多，年少气盛不懂得克制并不是什么好事，加上后面他选择出国，才淡出了媒体的视线。

可是，网上并没有沈时参加过围棋比赛的信息啊？

“我参赛的时候用的是化名。”沈时说。

所以，沈时也有小号？快！把小号告诉她！她居然还不知道老公的小号……

小号这个说法让沈时轻轻一笑，也幸好当时他用了化名，除了学校老师同学知道他的身份，其他身份资料还处于保密阶段，加上那时候网络信息也没有现在透明。

回去的路上，汤贝搜索沈时中二时期取的化名“夏时焉”；沈时参赛是初中的时候，也就是她给自己取名“天才贝贝”的时候，对比一下，沈时的中二期还是比她强很多。

若使一流闻见里，故知厌倦有时焉。多有范儿啊！

所以，是她理解的这个意思吗？她问沈时。

“不是。”沈时否定她说，“夏是我外婆的姓氏，时焉是我外公的字，应该是时焉、命焉、造化焉的意思，他以前是一个诗人，不过没有机会安享晚年。”

具体原因没有说出来，意思却表达到位。

汤贝噢了噢，靠在副驾驶悠悠地叹了口气说：“沈时，我发现你们家真是书香门第呢。”

“有吗？”沈时有些好笑，承认下来说，“或许这就是我娶到你的原因吧，毕竟我自己不是什么文化人。”

嘿嘿，汤贝咧着嘴笑，随即绷着脸说：“……不要以为我听不出来你在嘲笑我。”

沈时：……有吗？

作为一个每天握手术刀人生越来越趋向枯燥而平淡的男人，他是真的很荣幸，能娶到大名鼎鼎的汤三哥。

汤贝休息了一段时间，S大附属医院官博每期的宣传视频也停了下来，她登录汤三哥微博浏览底下评论，看到好多熟悉的ID都在问三哥最近在忙什么。然后有人爆料，她原创电影剧本《人间绝恋》已经进入了筹拍阶段，下个月举行开机发布会。

“原来又写狗血剧本去了。”有人对她表示了失望。

“楼上别这样说，生活不易，难道不允许三哥赚点外快改善生活吗？”

“对啊，不过跟你们不一样，比起三哥的视频，我更喜欢三哥写的剧，期待《人间绝恋》！”

汤贝趴在卧室书房的书桌上，突然觉得不管走哪条路，只要好好走下去，都可以获得认同和支持。或许，人生就是一场殊途同归的旅行。

《人间绝恋》正在积极筹拍中，然而丁医生的《人间浮华》因为没有找到合适的编剧，一直没有消息。前两天，她从童老板那里听说，如果再找不到合适的编剧，《人间浮华》这个项目可能就要夭折了。

汤贝联系了《人间浮华》的制片人，让她问问丁医生，如果她想改编《人间浮华》，他能不能放心把《人间浮华》交给她。很快，制片人激动地回复她：“天哪，丁医生说可以！”

天哪……这个语气助词是不是有点多余？！

汤贝再次来到了东院，晃荡到MDT办公室，关于《人间浮华》的改编要求，她还是要跟丁医生好好聊一聊。顺便，好好地问他一句话。

“丁医生，现在你放心把《人间浮华》交给我了吗？”MDT办公室，她坐在沈时办公桌前，笑嘻嘻撇过头问。

丁昇回答她之前，刚好沈时走了进来。“就算我不放心你……”丁医生开口说，态度依旧生硬，话音一顿，看向沈时，“我也放心沈医生。”

沈时：“……咳。”

不管是制作医疗纪录片，还是改编医疗剧，有人身后不是有一位非常厉害的顾问吗？

汤贝：……好吧。

汤贝有段时间没来十号楼了，加上最近气温骤降，老实地戴上口罩。她戴着口罩走路，却被一个人叫住；她回过头，看向提着手包的中年妇人，面容平静。

这个妇人，就是那个男孩的妈妈。

汤贝心里是怨恨过这位男孩妈妈的，可是看着她面容疲倦又抱歉的样子，只能沉默地面对她。这位急着要二胎的母亲对她解释起来，她也是后来才知道那天的事情让她流了产，之所以态度强硬，只是害怕承担责任。

她的生活早就因为儿子生病变得窘迫不堪，唯有强势、变得斤斤计较才能在夹缝里求生。

汤贝本没有什么要质问，可是男孩的母亲不停地说话，可怜地对她说："如果这个孩子没了，我后半生就完了……"

汤贝没再说话。

"汤小姐，你可能不知道，现在那些失独老人有多可怜，而我就是一个普通人。

"我都快五十了，但是汤小姐，你还年轻……以后要孩子也没有太大影响。"

"你别说了……你今天跟我说那么多，不就是想减轻你自己的心理负担吗？"汤贝终于开口，看向男孩妈妈，"那天我拉你儿子是自愿，所以你们也不需要承担什么责任，儿子得了重病，作为父母都很难受，但是我没办法认同你刚刚说我还年轻的这句话。"

"因为我年轻，你就觉得我受到的伤害比较小吗？"汤贝吸了一口气，不认同地说，"好了，我不跟你说了，有些话你应该跟你儿子去解释。"

汤贝脚步匆匆地离开了十号楼，然后坐在花园中间的长椅上消化情绪，脑子里想着这段时间她在东院看到、听到以及经历过的所有事。

她当然知道失独老人很可怜，东院就有一对儿老人失去女儿后每周来东院做义工，每次他们看到她都要跟她多聊几句。医院最不缺的就是悲欢离合，然而还是有很多温暖动人的故事，比如上次合唱团的上官阿姨，虽然她没有结婚生子，但是合唱团的老闺密每隔一段时间就来看她，一帮人在花园里继续彩排练习。还有不敢断更的李修山同学，谁能想到后面他居然在东院遇上了他的读者，是今年刚来东院实习的医学生……

这些人，都是这世上的普通人，她也是普通人，所以对于伤害会怨恨会愤恨，但是这段时间，她还是努力带着理解的心态去释怀伤害。

她告诉自己：尽量对每个人都宽容，因为不知道他们经历了什么；对每个人都感激，因为不知道他们为这个社会做过什么；对每个人都珍惜，因为生而为人，本都是一体的。

晚上，汤贝正式做出了决定，决定跟S市电视台合作拍摄《逢生》纪录片，为了表示对展开新事业的期待，她和沈时一起去吃了大餐。

光彩夺目的旋转餐厅里，底下城市灯火辉煌。

她想发一条朋友圈纪念人生又有了新开始，结果看到她哥先发了一条朋友圈。一贯的简洁装逼风，一张照片一句话，照片是简单的一桌子周庄菜，话也很简单：最爱周庄小菜。

不简单的是，里面的碗筷餐具，好像是舒姐姐和舒婶家的。

所以……她哥已经吃上了舒婶做的饭菜了？

| Chapter24 |

照见星星的她

十一月底，汤贝签下了同电视台的拍摄合同。

十二月，《逢生》策划案基本完成。

新的一年，一月，S市电视台的四组拍摄设备同时进入东院，《逢生》正式开始拍摄。

二月，东院肿瘤MDT科室建立自己的质子重离子中心。

三月，沈时休了一个长假，她和他一起飞大溪地补度蜜月，顺便帮某位霸道总裁完成了求婚。

四月，美膳楼开了第二家分店。

五月，PD-1抑制剂在东院临床结果报告显示，PD-1在中国晚期非小细胞肺癌患者中获得成功，能有效地延长患者生存期。PD-1作为第一个成功跻身肺癌一线治疗的免疫治疗药物，创造了抗肿瘤史上最大的奇迹，现已获得CFDA承办受理，即将在国内上市……

六月，沈时以“千人计划”青年专家的身份赴美参加AACR年会。同时，丁医生的作品《人间浮华》已经由她改编完成，二十集剧本顺利交稿。

七月，第一期《逢生》纪录片在S市电视台晚上九点三十分首播，收获大量好评。

八月，汤贝接到了一通来自中华骨髓库的电话。电话内容是她可能和一个急性白血病的小患者特征符合，问她是否愿意接受进一步血液检测。出于对患者隐私的保护，她只知道患者年龄很小，是一个小朋友。不知道他是哪里人，也不知道他叫什么名字，只知道他是一个只有四岁的小男孩。

她自然是愿意，同一个星期里跟小男孩做了进一步的匹配，身体检测合格。

九月的第一天，汤贝感觉自己睡得正香，迷迷糊糊之间听到老汤在楼下喊她："元元，今天是开学报到的第一天，你再睡都报不了到了！"

开学？要迟到了？汤贝猛地睁开眼睛，从床上弹坐起来，脑子瞬间恢复清醒，看了看卧室的一切，身子缓缓往前倾倒，脑袋落在柔软的被子上……原来她做梦梦到今天要开学了啊。

明明，她和沈男神都已经结婚一周年了。

昨天她熬夜拍片到很晚，今天收尾的大合照场景推迟到下午再开拍，所以昨夜她调了闹钟没有叫醒自己；然而沈时昨晚也陪她拍片到很晚，依旧要早起到东院开晨会。

呃，所以沈时他人呢？

汤贝起来穿上拖鞋，晃荡了一圈，在外面的洗手间找到了正在洗漱的老公。显然，沈时是怕吵到她，才到外面的洗手间洗漱。

"早啊，沈医生！"她漾着笑，道早。

"起来了？"沈时同她一起出声，看了看她的面色，"不多睡一会儿吗？"

她倒是想多睡一会儿，可能最近压力比较大，快要睡醒的早上还做了个梦呢。一起吃早饭的时候，汤贝将早上的"噩梦"说给沈时听。

"你说我怎么那么倒霉呢。"汤贝咕噜噜地喝着杯子里的高钙牛奶，看到沈时朝她伸出手，默契地将脸乖乖地凑过去。沈时替她擦拭掉了沾在唇边的牛奶。

"谢谢老公。"汤贝眉眼弯弯地卖着萌。

沈时轻轻扯唇一笑："等会儿记得跑步。"

汤贝朝沈时比了一个没问题的手势，笑嘻嘻：“忘不了！”

关于捐献骨髓这件事，既然她自己意向明确，沈时无疑是支持她的；他的支持就是每天陪她跑步锻炼，督促她的饮食健康。因为就算她体检及格，也还是要提高身体素质。

这段时间，沈时几乎每天都会陪她一起晨跑，但是今天他要到东院坐诊，还要开晨会，只能她自己跑了。同时，每天高营养的饮食搭配，都快比上怀孕九个月的舒姐姐待遇了。

下午，汤贝来到了东院，拍摄《逢生》最后的大场景。拍好今天的内容，《逢生》第二期“以癌致爱”为主题的纪录片也就拍摄结束了。

《逢生》第一期播出成绩很好，虽然只有五集内容，但是引起了不少关注，所以才开始第二期拍摄，不过第二期今天也要结束了。

后面，她又可以休一个长假了……当然，她还要继续锻炼，等着下月中旬的捐献骨髓。虽说是捐献骨髓，但真正捐的是骨髓里面的造血干细胞。

其实随着医疗技术的提升，现在捐献骨髓都是采用外周静脉血提取造血干细胞，但是对小孩来说，传统骨髓移植的方式得到的造血干细胞移植成功率会高一些。

所以，她接受了传统骨髓捐献方式。

有些事，好像冥冥之中安排好的一样。

骨髓移植的先决条件是为患者寻找HLA配型完全一致的供者。这种相合的概率在非血缘关系中仅有四百到一万分之一，所以她同那个小男孩能匹配成功，也是一种缘分。

她不知道那个小男孩叫什么名字，每次说起来又不好总是他他他代指，就以“小星星”称呼那个得了急性白血病的小男孩。去年她失去了她的小流星，现在有个机会能给另一个小朋友延续生命，也是一件很好的事情。其实，事情能这样巧合，之所以她去年到中华骨髓库登记备份，原因是她缺钱接了一部女主得了白血病的网大剧本，然后大量地查找白血病治疗的相关资料和信息。这里面的大多资料信息，也是沈时提供给她的。

后面，剧本女主角的设定更改，网大规格也升级成了院线级别；十月七号，就正式首映了。然而，还没有上映，已经被毒舌的网友们评选为今年最具扑街气息的电影之一。

加上《人间浮华》最后还是落在她手里，她有段时间还被一部分网友质疑汤三哥到底是什么来头；这部分人，大概不知道《逢生》也是她的作品，如果知道，一定会觉得她来头更大吧。好在她制作《逢生》的时候，以汤贝贝挂名。

因为《人间浮华》又落到汤三哥手里遭遇书粉的不满，为此丁医生还在自己微博上发了一则支持她的声明："跟你们说的完全不一样，汤三哥是我自己选择的编剧，除此之外，她也是我丁某的朋友，我非常信任她的能力，以及做事态度，更感谢她百忙之中替我改编《人间浮华》……"

这则支持声明，丁医生没有跟她说，是她自己偷偷看到的，想起最初丁医生对她的态度，汤贝心里好笑又感动，然后改编起《人间浮华》更加用心。

剧本几乎是一次定稿，因为她有沈时这位二十四小时顾问，写起专业医疗知识简直是手到擒来，加上丁医生一直在东院，她遇到情节问题就到MDT办公室问问他本人的意见。有时候MDT办公室黄医生他们都在，大家一起聊聊天，给她提供一些素材。

所以比起《人间浮华》的剧本，《逢生》这档纪录片拍摄过程要困难许多。

好在，今天已经是最后的拍摄。

下午，除了她，《逢生》纪录片的投资方大人也来了；为了回馈投资方，她在第一期《逢生》纪录片里特意为森善的肿瘤基因检测打了一把广告。

当然，基因检测的确是一个很好的对抗癌症方式。就像沈时说的那句话，永远都是预防是上策，筛查是中策，治疗是下策。所以宫颈癌九价疫苗才在市场上推广得热火朝天。

季柏文过来的时候，她正在拍《逢生》最后一个场景，就是所有工作人员和东院肿瘤科医生们一起拍个合影。刚好，她拉着投资大人一起合影。

“……沈时呢？”季柏文抬着下巴面对着镜头，不忘问她沈时在哪儿。沈时，他当然是在忙了。“他有个重要手术，没办法抽身过来。”她咧着嘴对季柏文解释。

季柏文：“现在你们这两人，比我和舒瑶都忙。”

“能者多劳嘛。”汤贝抿着笑回应。

话音刚落，季柏文将手盖在她头顶，显然是报复她刚刚说的话，汤贝保持微笑的表情，压低声音扯话：“哥，好歹我现在是导演，给我一点面子好不好……”

季柏文哼了哼，这才收回手，斜斜地扯了下嘴巴。心底，却是不缺骄傲，尤其是这些工作人员叫着小戏精一口一个汤导。他终于承认，他家小戏精除了戏多，还真的很厉害。

季柏文要走了，对她说：“替我跟沈时问好，有阵子没见他了。”

“放心吧，我一定跟他说。”汤贝笑呵呵地回话，同样附加一句，“你也替我跟舒姐姐问好，还有我的小侄子。”

“嗯。”季柏文点了下头，提起一件事，“昨天我们播放了你录制的故事。”

汤贝立马激动地抬了下眸：“我小侄子喜欢吗？”

季柏文：“……不知道。”

小家伙在舒瑶肚子里，他怎么知道他喜不喜欢。昨晚入睡前，他和舒瑶各躺一边，听着手机里贝贝录制的童话故事，什么小鸭子小狗一起玩。反正他是不喜欢，不过貌似舒瑶听完感觉挺好的。

这个故事是这样的，最好的胎教不是要给宝宝讲故事吗？可是不管是舒姐姐还是她哥都不是会讲故事的人，所以她才在“百忙之中”录制了一个睡前故事，专门让她哥和舒姐姐播放给她小侄子听。

最后离开前，季柏文还从她这里拿走了一个橘子……汤贝同样从助理买来的一袋橘子里拿了几个，然后上主楼找沈时了。

沈时还在手术室动刀子，下午的手术难度系数比较高；她来到手术外间直播观摩室时，两位实习生给她腾了一个位子出来，汤贝悄悄地坐了下来，观看剩下的手术进程。

这是一台超难度的手术，外面的十六块大屏幕记录着里面手术的操作细节，现在已经到了最后的缝合阶段，沈时穿着手术服戴着手术帽，面容同样被口罩挡着，只露着一双专注而冷静的眼眸。很荣幸，因为拍摄《逢生》的需要，她除了像这样通过大屏幕观看沈时的手术，还亲自到里面手术室录制过手术画面，虽然只有一次……

手术中的沈时，就像是一位沉稳的年轻将军，霸气、冷静、果断……手术刀是他的作战武器，敌人就是讨人厌的病魔。手术快结束的时候，一位新来的实习生用崇拜又羡慕的语气问她："汤导，嫁给沈医生每天都是一种什么样的感受啊？"

呃，汤贝想了一会儿，谦虚地回答："其实是一样的，沈医生就算工作上比较优秀，生活中也是一个男人，我们的婚姻生活很无聊的。"

"真的……"

女实习生露出了少许失望的神情。

事实上，真的无聊吗？完全不是，她只是心机了一把，不然这些新来的女实习生看沈时的眼神更加带有小星星了。

同沈时领证已经一年多了，具体是什么感受，如果用一句话回答，依然常有心动的感觉。

心动在沈时不经意的温柔笑容里，在沈时冷不丁的幽默话语里，在他对她理解又包容的支持里，在她和他相互欣赏相互肯定的眼神里。除了医院里他作为肿瘤外科医生冷静从容理性的样子，她知道的沈时，还有每早起来穿衣时清淡的样子，喜欢听着音乐闭眼享受的悠然样子，收到她给他惊喜时的欢喜样子，偶尔又为她头疼时的无奈样子……

还有在床上，克制又强势的样子。

这些都是只有她能看到感受到的样子。

嫁给沈时，好像真的每天都活在偶像剧里，也只有这样，她才能理想化地去做她所有想做的事情，而她不管做什么，都可以得到他的支持和信任……这样的婚姻生活，又怎么会无聊。

就算是柴米油盐的小日子，也透着两人的风花雪月。

这个手术顺利完成，外面观看的医生和实习生不知道是谁带头，都自发地鼓起了掌，汤贝面颊微热，拿着两个橘子走了出去……

晚上，为了锻炼方便，汤贝在床边和洗手间中间放了一张瑜伽垫，沈时到里面洗澡的时候，她正在瑜伽垫上做“山丘”姿势，一边坚持着撑着后腿，一边同里面的沈时说话，就在这时，底下的手机嘟嘟地响了起来。她用一只手撑着身子，一只手接通手机，随后手机便传来她哥紧张的声音。第一次，她听到她哥用这样紧张的语气跟她说话。

“贝贝……舒瑶好像要生了！

“你和沈时快点来医院，我们已经出发去医院了……

“还有你帮我通知老汤他们。”

汤贝瞬间倒在了瑜伽垫上，半分钟后，她蹲在洗手间外面，急切又激动地求着沈时：“沈时，你快好了吗？拜托，不要洗了……我小侄子都要出来了。”

里面沈时那个无奈，几分钟之后，只穿上半边浴袍，打开了洗手间的门，眼神湿润像是带上了里面的热气，顿了顿，望着她说：“贝贝，我又不是产科医生。”

呃，不管……

“那你也要……快点嘛！”汤贝将提前抱在怀里的衬衫西裤送到沈时手里，哀怨又喜悦地开口说，“我要第一时间过去当小姑姑。”

沈时：……所以，他不是出来了吗？

夜里十一点二十三分，东院产房里，舒瑶生下一子，3.62kg，母子平安；产房外面，守着听到消息的这一刻，汤贝转身抱住了沈时，将头埋在他怀里，悄悄地抹了抹夺眶而出的眼泪，抬着笑脸说：“沈时，我当小姑姑了呢。”

“……恭喜。”沈时说。

“你也当小姑夫了呢！”

“嗯，我很高兴。”沈时替她抹去眼角的湿润，温柔地说。

至于不远处那个乐得像是一只傻狍子的男人是谁……噢，那是她哥啊。

十月来临，沈家花园的石榴树再次硕果满枝头，悄悄红了皮。早在上个月的时候，汤贝就预定了最上面的那个石榴，终于等到它熟透了，急不可耐地让沈时替她摘下来。

可是它真的长得太高了，高高地挂在枝头，摇摇欲坠，沈时一米八多的高个子依旧够不着；沈爸爸就出了一个主意说，可以找一根带有钩子的杆子站在二楼露台将石榴摘下来。

当然，也可以借助四脚梯。总之，办法有很多嘛。

沈时选了最简单的办法，让贝贝爬上自己的肩膀，直接让老婆伸手就够上了那颗石榴，亲手摘了下来。

……沈爸爸觉得自家儿子就是想让儿媳妇亲自摘下那颗期待了一个月才红透的大石榴，什么够不上都是骗人的，明明跳一下就可以够上了。

季林森找沈爸爸下棋，沈爸爸也请季林森吃石榴，中间季林森把手机里的照片给沈爸爸看：“你看我孙子是不是很像我？”

沈爸爸摇摇头：“不像，我瞧着更像我们家贝贝一点。”

季林森：……

沈爸爸继续一脸正经：“都说侄子像姑姑，果然没错。”

季林森：“……”如果这样说，也要像他们家子珊啊。

见季林森一脸郁郁，沈爸爸笑开了花，安慰说：“我跟你开玩笑的……像你像你好了吧。

“我刚刚的意思是，你家孙子就像我们家贝贝一样可爱呢。”

这还差不多……

季林森勉强地嗯了一声，对这话表示接受。如果像贝贝一样可爱，的确是一种赞美。

然而没一会儿，沈爸爸瞧了瞧季林森这副样子，不解地开口说：“但是长得像你有什么好的，还是像孩子他妈好一些，这样长大才是一个美男子。”

季林森：……他以后一定要忍住，再也不要过来找沈章平下棋了！

事实上，季林森上个月出生的小孙子完全是一脉相承的季家人，不管眉眼鼻子都像极了季柏文，既然孩子像爸爸了，自然也像爷爷。

对于季小朋友来说，他没有外公，却有两个爷爷，一个在S市，一个在周庄。从出生到现在一个月里，季小朋友也得到了很多人的关注和喜爱，但是大名还没有，原因是意见太多……加上，爸爸又很挑剔。不过小名定了。

小名是姑姑给取的，叫季芒芒，这个芒是杧果的芒，也是光芒万丈的芒，同时也有“急忙忙”来临的意思。原本，季柏文挺嫌弃这个小名的，他儿子怎么能叫那么娘娘腔的名字，看到给取名的人撇起来的嘴，朝儿子叫了一声“芒芒”，结果躺在他怀里的儿子睁开了眼睛。

季柏文：……那就叫芒芒吧。就当他和舒瑶生了一个杧果。

对啊，芒芒多可爱。汤贝和季子珊发了一模一样的朋友圈，晒了同一张三人合照；她想，芒芒一定比她哥幸福，虽然没有外公，但是他有两个爷爷两个奶奶，当然，还有两个姑姑。可是芒芒脾气不太好，不到一个月就想尽办法折腾爸妈了……

这段时间，她家老汤、善善、舒婶都过来照顾，以至她哥和舒姐姐这里每天都非常热闹。

傍晚，她和沈时也过去蹭个饭，再折回沈家。她要捐献骨髓的事情，她也跟家人说了，因为沈时对善善、老汤解释捐献骨髓对身体没什么伤害，善善和老汤也就没有阻拦什么。

毕竟是做好事。

汤贝知道，他们并不太想支持她，担心抽取骨髓对她身子造成伤害，可是就像老汤说的，她小时候为了帮助其他小朋友划伤了小手，他们同样心疼得要死，但也不能教育她，以后不要再帮助别人了。只能对她说一句：不管做任何事，还是要优先考虑自己。

其实，汤贝心里有个想法只有沈时能明白她。她能接受用传统方式从自己身体里抽取骨髓移植给那个不认识的小男孩，不是她有多伟大，而是她面对过无能为力的事情，也体会过束手无策的无力感。她失去了她的小流星，现在可以用这种特别的方式延续这个世上另一个陌生小男孩的生命，对她自己也是另一种意义上的宽慰。

所以，沈时才会支持她，并帮她跟家人解释。

唯有……她哥有些解释不通。

下个星期她就要抽取骨髓了，她哥还是持否定态度，为此还把她叫到他这里劝阻。一边抱着芒芒哄他入睡，一边摆着脸对她说："如果是外周血分离这种捐献方式我也就不拦着你了，传统骨髓抽取要打麻药，麻药对身体的影响，沈时是外科医生，他难道不清楚吗？"

"可是拔牙都要打麻药呢。"

季柏文一副对她无话可说的样子，怀里又抱着芒芒没办法动手，不然像以前肯定就一个栗子直接落在她头顶。汤贝也郁闷呢，不管她恋爱了还是结婚了，她哥都一如既往地管着她，现在他自己都当爸爸了，还要管着她。

那是因为有人太惯着了！他当然要管着点……现在只是捐骨髓，以后要捐肾怎么办？

汤贝连忙摇头，骨髓可以再生，肾只有两个，就算是万不得已的情况，她也只会给自己最亲的家人。"比如哥你……"汤贝弱弱地扬起笑脸表示说。

季柏文真想把怀里的亲儿子变成大芒果砸过去，看到他脸色不悦，舒瑶上前接过儿子。汤贝收到舒姐姐向她投来的眼神，朝芒芒挥了挥手，快速离开了她哥的地盘。

晚上，她哥给沈时打来电话，沈时接通来电的时候，她刚吹好头发从洗手间出来，靠在墙面盯着沈时接完了整通电话。“好……我会跟她说。”沈时挂上了手机，侧过身望向她。

“我哥，他还是不同意吗？”她问沈时。

“不，他不仅同意了，还希望你不要跟他生气，关于下午训斥你的事。”

“真的啊？”她有些不相信，笑了笑，“为什么呢，都不像他了呢。”

沈时想了想，一语道破原因：“应该是你给自己找了一个好嫂嫂吧。”

汤贝：……嗯，没错，一定是舒姐姐替她跟她哥说了什么，最终她哥才理解了她。

秋天的夜空，闪烁的星星好像都特别好看。明天就要抽取骨髓了，汤贝心里还是有些害怕，毕竟这事不像她之前抽个血那么简单。夜里，她和沈时一起到房间的露台看星星，沈时坐在懒人沙发上，她坐靠在他的怀里，身上盖着一条薄薄的毯子。

然后，眼望明亮的星星，耳听着沈时沉稳的心跳，内心是一片安宁和满足。

“沈时，前一阵子有人问我跟你结婚是一种什么样的感觉，你想知道我的答案吗？”她低眸问沈时，顺便在他怀里翻了个身。

“愿闻其详。”沈时与她对视。

“就像是每天都活在偶像剧里。”汤贝转着眼眸陈述，面颊还有少许的羞涩。

沈时听完笑了，然后用更温柔的声音说：“这应该是一个……很好的评价吧。”

当然，他和她走入婚姻的方式虽然随性，可是她和他的生活也是随心随意，简单的模式里不缺理想和真诚。可以说，拥有这样理想的婚姻，她才能去完成那么多她想做的事，不是她真的多厉害，而是她拥有一个这世上最好的爱人，他爱她、理解她、支持她，还很……宠她。

正因为老天给了她那么多爱，她可不能太小气了，如果有一天老天看她那么小气，再摆她一道怎么办。

“如果说我们家有三美，你知道分别是什么吗？”她又问沈时这种无聊的问题，窝在他怀里更像是猫儿一样腻歪。

“贝贝的样子美，心灵美，还有……”沈时笑着说，故意逗她般。

“不是……”

这可不是她的答案，然后她对沈时说出了妻子的官方答案：“第一美，在沈医生的衬衫里；第二美，在沈医生的笑容里；第三美，在沈医生的眉眼里。”

这是情话吗？

当然了！才发现吗！

回应情话最好的方式是什么，沈时温柔地低下头吻上了怀里人的唇，他想告诉她，从洛杉矶认识她以来，他眼里也有三美，答案是：汤贝贝的语言里，汤贝贝的故事里，汤贝贝的镜头里。

第二天汤贝穿上手术服，躺在东院手术台做骨髓抽取术；骨髓是从她腰部下面两侧的髂骨抽取出来，手术时间两小时左右。全程，沈时陪在旁边，握着她的手。

她没有选择全麻，做了局部麻醉，所以每次抽取骨髓都可以感受到骨针扎进髂骨里的神奇滋味。虽然不痛，却着实让她有些害怕。

刚开始害怕的时候，她就看沈时的眼睛，看着看着又怕自己哭起来。为了转移自己的情绪，她开起玩笑说：“……终于感受到被针扎的滋味了。”

她表现得这样轻松，抽取她骨髓的江医生和护士们都笑了起来；一起前来观望的胡医生还给她拍了照，她左手挡住脸，右手一个胜利的手势。

从头到尾，沈时话很少。

刚刚她不再看沈时的眼睛，就是他眼里那份藏不住的心疼十分戳她的心。终于，在大家有意缓解的轻松气氛里，江医生从她身体里抽取了足够的骨髓。

然后，装进一个特定的保存器里。后面，这份从她身体里抽取出来的骨髓会空运到那个小男孩所在的医院，接着移植到他的身体里……希望她的造血干细胞都是优秀的小兵小将，每一个都有着最好的更新和分化能力，替那个急性髓系白血病的小男孩制造出全新的血液。

骨髓捐献之后，她继续留在东院观察，身体没有任何不适；晚上喝了一大碗老汤炖的补汤，感觉又生龙活虎了。尤其夜里兴奋得难以入眠。

胡医生把她捐献骨髓时拍下的照片发到MDT科室的群里，一起入镜的人还有沈时。看到照片的黄医生他们纷纷发表感慨："还是……沈医生看起来更令人心疼啊。"

汤贝：……被扎针抽取骨髓的人不是她吗？

可是，这张照片里，沈时凝视她的眼神，她看的时候心口也是一阵酸麻，还有着说不出的感动和甜蜜。上个星期，她哥还说沈时不心疼她；从头到尾，沈时只是支持她的意愿罢了。

不管如何，做了好事都是需要被肯定的。对于她这次捐献骨髓的英勇行为，她得到了一本中华骨髓库颁发给她的证书，同时还得到了家人送给她的礼物。

之前反对最激烈的她哥也送给了她一份礼物，礼物简单又粗暴——包了N场《人间绝恋》电影场次，将观看《人间绝恋》电影作为森善员工的周末福利。

咳咳，按照她哥这样的包场方式，《人间绝恋》要场场爆满的节奏啊……

《人间绝恋》首映的反响也超出网友之前的预期和嘲讽，不管是口碑还是票房。汤贝作为这部电影的独立编剧，还是非常骄傲和高兴的。

她现在有两个身份，编剧汤三哥、导演汤贝贝，两个身份做的事情和性质都不一样，但是却有着紧密的联系和共同点，给大众讲述好故事。什么是好故事，用沈时对她的鼓励来说，如果医生的角色是救人命，那么好故事更能起到抚慰人心的作用。

自从拍了《逢生》，她更能体会为大众呈现一个好故事的意义，《逢生》是“以癌致爱”为主题的单元纪录片，里面的故事都是真实记录，关于癌症、关于病人、关于医疗，她没有刻意的煽情和强调，大家却能感受到她拍摄的诚意。

不过比起热门剧，《逢生》还是没有引起太大的关注，远远比不上《××传》带给她的人气和影响力。只能说《逢生》口碑不错，在小众间得到了认可和褒奖。怎么说呢，纪录片毕竟不是大众喜欢的片子，就像圈内前辈杨导说的一样，说喜欢纪录片的人很多，真正看纪录片的人却很少，说热爱纪录片的人很多，但真正拍摄的人并不多。

可是，她拍出来的东西就算只能给小部分人带来思考和感动，汤贝也觉得很有成就感了。今年《逢生》播出之后，她微博收到了很多私信，问的最多的就是关于癌症什么时候能被攻克的问题。

她的答案就是《逢生》纪录片底下的第一条热评：

癌症可能永远都不会被攻克，但是这并不是一种悲观的说法，因为攻克癌症相当于攻克了死亡，事实上我们总需要一个离开这个世界的方式，生老病死永远都是世间常态。现在医学对肿瘤癌症的认识和治疗可能还处于管中窥豹的阶段，医生存在的价值却像是古代那些有巫术的巫师一样，逆天改命。

然而，就算癌症攻克的过程漫长而艰难，医学都是人类探究未知的一种最好的科学方式，医学的进步意义更多是为了延续病患生命，减轻他们的痛苦，不管是科学家还是临床医生，他们所有的努力也都是为了最终有一天，将癌症变成一种与人体亲密共存的慢性疾病。

这样，就算以后不幸得了癌，我们也可以以更轻松舒适的姿态跟这个世界好好道个别，这就是我所理解的“以癌致爱”……

秋天，同样也是一个丰收的季节。

这个月底，汤贝受邀参加S市举办的国际电影节，因为她的《逢生》获得了本届电影节最佳单元纪录片……金奖。

汤贝打算把十月定为她的幸运月。

去年十月她和沈时结婚，收获爱情和婚姻，今年十月她又迎来事业上的大丰收。她写的《人间绝恋》上映了，她改编的《人间浮华》也开拍了，她独立执导的《逢生》获奖了……

面对自己同学朋友的恭喜，她表现得非常谦虚，如果她再不表现得谦虚一些，会有被群攻的可能性。然而，当着家人的面，她连走路都是透着一股嘚瑟劲儿，就像她哥刚当爸爸那几天，随时随地都面带喜悦笑容。

第一次以获奖导演的身份参加S市国际电影节，她除了激动，还有些紧张。幸好邀请函是双份，所以那天沈时也会陪她去参加。

所以，她又淡定了。

作为戏剧学院导演系的学生，她不是第一次参加国内的电影节，之前大一大二的时候，每到S市举办电影节，戏剧学院的老师都会让他们这些学生过去感受氛围。

其实就是在场外做义工……但是这一次，她不是在场外，而是在场内！作为导演界的新秀之星，她还要走上领奖台，在灯光和目光齐聚的领奖台上说一段获奖感言，随便想一想，每个场景都激动得令她摩拳擦掌。

恨不得电影节提前到来。

上台发表的获奖感言，汤贝已经默默地写了好几遍，同时对着镜子练习了上百遍；除此之外，每天晚上还对着沈时“演绎”一番。从面部表情到每一句台词，都要达到满分状态！

此外，她偷偷地在获奖词里加了一句话，打算作为一个惊喜送给沈时。

这一句话，不在她提前写好的获奖稿里，不然提前给沈时看到，电影节那天沈时就算听到她对他的示爱，也没有惊喜的感觉。

怀揣各种小惊喜小激动，终于等来了S市国际电影节颁奖典礼，这天，沈时特意请了假陪她一同出席。因为只能携带一位家属，出发去电影节的时候，她还在家庭群里安抚了一番：“电影节整个颁奖典礼都是直播，你们只要准时收看S台就好了。”

玩笑归玩笑，老汤他们并没有什么意见，不带老公出席难道带老爸或老哥出席吗？要怪就怪汤贝自己嘴欠在群里多说了一句："到时候记得发红包恭喜我啊。"

然后，家人群里就没人理她了。

半晌，沈爸爸弱弱地发来一条文字信息："红包怎么发？"

汤贝珍惜地回复唯一理她的人："……爸爸，等我领奖回来就教你！"

为了参加电影节，她还准备了好久上台领奖穿的衣服，她不是女明星，不需要穿隆重的晚礼服，但是也要相对正式一些。

可是走红毯的正式标准一向是……没有标准的。不像沈时，只要穿上西装衬衫就好了。

纠结了很久，汤贝选了一家大牌的通勤白裙，款式简单只有线条修饰。她原本想塑造干净利落的女导演形象，穿套女士西装上台领奖，不仅帅气，也符合汤三哥的气质。

毕竟，这也是汤三哥第一次在正式的场合里公开露面。

然而，她好像还撑不起气场太强的衣服，穿起来不是不好看，而是有一种硬拗造型的感觉。所以最后她选了一条最简洁的白裙子，不出挑，还将她的气质衬得文静内敛。

脑子里设想了好多遍电影节颁奖典礼的现场，真的来临了，和沈时坐在中前方的嘉宾座，她整个人已经非常波澜不惊了。

大概也是沈时影响了她，面对这样的大场面，她也表现得沉稳镇定了。

晚上八点半，比起身在现场的汤贝和沈时，坐在电视机前的家人和观看直播视频的黑粉要激动许多。尤其是一同待在直播间里的这拨黑粉。

颁奖还没有开始，只要直播摄像机扫向台下的嘉宾，就算只是一扫而过，他们都想从简短的镜头里揪出他们的三哥到底在哪儿。

然后，直播室里有人指出来："就是中前方那个穿着白裙子的女孩。"

找不到……

爆料的人继续说："她旁边坐着一位大帅哥，穿灰色西装，一眼就可以看到的那个。”

终于待摄像机再次扫过台下，他们看到了！

“我的天！”

“三哥原来是妹子啊！”

“……才知道？”

“误会了，我的意思是三哥原来真的是漂亮妹子。”

不过几句话之后，黑粉的注意力很快聚焦到了他们三哥旁边的男人，刚好一扫而过的画面里三哥侧着脸同旁边男人交流，他们正要看个究竟，画面又转移了……

该死！

直到颁奖典礼接近尾声，开始年度最佳纪录片奖项的颁发，当颁奖嘉宾念出《逢生》执导人汤贝贝的时候，观看现场直播视频的黑粉们激动地送上鲜花刷屏。

……

汤贝站起来的那一刻，某高档公寓客厅里的电视机前，季柏文抱着儿子芒芒说：“看到没，那是你姑姑。”然后，嘴巴扯了扯，介绍另一位，“旁边那位，是……小姑夫。”

同个客厅里，老汤、善善、舒婶也都面带笑意地看着前面的曲屏大电视。

“还是你们家贝贝优秀啊。”舒婶依旧习惯性地贬低自己的女儿，似乎又要起个头。

老汤连忙打断说：“……舒瑶才优秀，贝贝可考不上北大。”

舒婶笑笑：“我的意思是，贝贝不仅自己优秀，还找了一个那么好的老公。”

老汤说不出话来了：“……”意思是他的柏文不是好老公吗？

季柏文看向旁边的舒瑶，眉头往上一挑……妈这话什么意思？

“咳……当然我女婿也不错啦。”舒婶意识到不对，赶紧加了一句。

顿时，沙发上所有人都舒了一口气，尤其抱着儿子的季柏文，面色瞬间缓和下来。

同样，季家也看起了S台的电影节直播，主要是季子珊要看，季林森和王晓春也跟着女儿看完了全程。

当汤贝贝站起来的那一刻，季子珊笑着说："贝贝可真厉害。"

王晓春承认沈家的儿媳妇的确很优秀，但是自己女儿也不差啊。

见妻子面色不太对，季林森喝了一口养生茶，拿捏着语气说出了一件事："子珊你这段时间忙着考试不知道，你妈才厉害呢。"

王晓春抬了抬头，已经猜到丈夫要说什么事。

果然，季林森一顿先抑后扬，笑着说出答案："你妈今天正式当选为S市甲状腺癌患者协会的……副主席了。"

季子珊惊喜地睁大了眼睛："真的吗？"

王晓春却将脸一转，不当一回事的样子说："这有什么好说的，又不是特别光荣的事。"

的确，这话也没错……因为他家晓春能入选S市甲状腺患者协会的副主席完全是用钱砸出来的，毕竟钱多又爱做事的副主席真的非常难得呢。

同样黄医生家里，也是一家子一起观看S台的电视直播，当汤汤走上领奖台的时候，旁边儿子已经看得着迷了，感叹道："今天汤汤姐好漂亮啊。"

"哎，对吧，我也觉得汤汤长得好看。"黄医生同样感慨地说，然后转头对自己丈夫说，"如果不是沈医生下手太快，我还想把我们儿子介绍给汤汤。"

"妈——"

"所以遇到喜欢的女孩，下手一定要快，不然只有看别人秀恩爱的份。"黄医生借机教育起儿子说，想到同一个办公室的某位，哂笑一声，"比如我们办公室的丁医生，就不太行……"

所以只能憋在心里喽。

“那个……老婆，这个问题要不要等我们儿子明年高考结束再说呢？”黄医生丈夫犹豫地打断老婆大人的教育。

黄医生：“……”

沈家，沈爸爸没有等儿媳妇回来，自己研究出了红包的发法，终于在儿媳妇登上领奖台的时候，心满意足地将红包发了出来。

……就像是完成了任务一样。

机场里，还有半小时就要登机的张安硕也在登机之前，看完了汤妹领奖的全过程。

然而，昔日大学同学丁昇观看本次电影节的方式是在MDT群里，当汤三哥出来的时候，黄医生对着电视机里的人一顿连拍，然后将照片发到了医院群里。

感情从来都是多面的，喜欢一个人会关注她，不喜欢一个人，也会关注她。

温倩和程莹莹就算不想看这次直播，也都上网搜索了关于汤贝贝的信息……

令温倩心有感慨的是，比起今天出现在电影节上的这两人，去年婚宴上她看到的沈时和汤贝贝还不是最登对的样子。

令程莹莹不解的是，为什么汤贝贝如此顺风顺水，然后她在汤三哥的微博留言里看到一句话：“我真的很讨厌汤三哥，可是我越讨厌她，她好像越厉害……算了，我不讨厌她了。”

这条评论里，最热门的一条回复：“承认自己嫉妒有那么难吗？”

程莹莹晃着酒杯自嘲地想：可能吧，她就是嫉妒汤贝贝。

然而，电影节颁奖现场上，站在台上的汤贝差点出了洋相——

获奖感言只说了一半，因为临时想加一句话，大脑一下子卡壳了，好在她临时应变能力还可以，立马丢出一句最简单的获奖感言：“总之谢谢大家，我会继续加油的。”

不过她的表现，完全符合一个初出茅庐的新人年轻女导演模样，反应也是第一次作品获得奖项最正常的样子。可是，她准备了那么久的获奖感言，全都没用上！感谢沈时的那句话也没有了……

电影节结束回来的路上，汤贝差点捶胸顿足地哭诉起来，她怎么能在关键时候忘词呢！

沈时只能安抚老婆说："我觉得已经很好了。"

"那是你不知道……"她委屈地瞅着沈时，"我有一句话是留给你的……"

原来是这样啊，沈时莞尔一笑："那还真是很可惜呢。"随后，用更愉快的语气建议，"要不你现在对我说？"

获奖的时候说不出来，现在更说不出来了……

沈时改口说："以后不是还有机会吗？"

"以后？"

"难道汤导以后没有更大的目标吗？"沈时笑问。

当然有啊，比如奥斯卡什么的……

"但是以后获奖词还要说英文，我可能更容易忘词呢。"汤贝烦恼地说，然后闭上眼睛靠在副驾驶，她还是先仔细回味一下今天人生赢家的光环吧。

……

在《人间绝恋》最后快要下映的时候，汤贝和沈时在附近的影院一同看了这部由自己做编剧的爱情电影。晚上九点半的场次，结束的时候快要十二点了。

来看这部电影的基本是年轻情侣，她和沈时像是普通情侣一样坐在影厅的最后一排，直到电影快结束，女主角桥在洛杉矶重新遇见男主角梁，桥朝着梁大声表白。

知道剧情和台词的汤贝提前捂住了沈时的耳朵，当桥表白梁的时候，再把自己的手从沈时双耳上移开，然后轻轻地在他耳边说："沈时……你听，这些话也是我想对你说的。"

沈时：“……”

然后，嘴角勾着的笑意越发地迷人。

电影散场，最后一排还留着一对儿男女，男人正在亲吻着他怀里的女孩。

画面……很温柔，也很惹眼。

电影院就在家附近，汤贝和沈时从电影院出来，牵着手走路回去，不知道为什么，汤贝今夜的心情比参加电影节的时候还开心。

内心是一种充满爱的感觉，充实、饱满、磊落又明净。

走在小区路灯下，她抬头看着今夜的星空，繁星点点连成了银河带，像是一道闪闪发光的长翎，落入她眼睛，洒到她心里。

今夜电影院里，她对沈时的表白是：我爱你，以对生命的尊重，以对这个世界的热爱。不管时间如何改变，他都是她心里最好的那个人。

同样也是她头顶上方，那颗最闪亮的星星。

而她，要努力成为他的小太阳，将光照向他。

同样领奖那天，主持人问她为什么年纪轻轻对人物纪录片感兴趣，那天她说的答案很官方，而她心里的答案却是温柔且浪漫的。

如果说每一个人在这个世界上的存在就像是浩瀚宇宙里的一颗星星，那么一定也有明亮也有晦暗，有正在闪耀的，也有即将陨落的。

它们落在不同人眼里，也有着不一样的意义和光芒。

而她，就努力成为那个照见星星的人吧。

| 番外一 |

待月半明时

从放下所有芥蒂接受季柏文的那一刻起，到后面领证结婚，生下芒芒，成为季柏文真正的亲人和爱人，舒瑶放下了原来的心理包袱和犹疑。为什么突然有了这样的勇气？可以用一句她曾经不知道在哪儿看来的话形容：放下一个人她需要给自己找千万个理由，重新爱上他，只需要一个心动的眼神。

后面很多事情，她都选择跟着心走，就像贝贝之前跟她分享与沈时恋爱经过时说的话："其实舒姐姐我也想过，我和沈时不管性格、成长经历、兴趣爱好都不是很一样，也担心以后我们俩会不会出现问题，但是我只要想到以后陪在我身边的那个人不是沈时，我就觉得那些假设性的矛盾都不见了，我只想跟他每天都好好地在一起。"

贝贝的话她无法反驳，但也觉得这样真好，有态度、有底气地面对感情问题。可是当时她觉得自己是不一样的，她不是被家人呵护着长大的贝贝，而是什么事都要自己考虑好的舒瑶。

生活已经很不容易了，如果她像贝贝这样跟着心走，得来的可能不是肯定和掌声，而是两大巴掌。可是，就算一颗深深埋在黑暗底下的种子，它的心也是向着阳光的。

她爸自杀的时候，她遭受很多亲戚议论，说她赚那么多钱却不让她爸治病，只想留着自己在S市买房，听多了这些话，她好像真觉得自己有些自私，忘了这些难听的声音归根到底都是因为穷。她的这些经历，贝贝没有体会，季柏文更不会明白。

这世上很多事，有时候，不只是因为穷；有时候，却只是因为穷。

终于决定在一起的时候，她和季柏文好好地聊了聊原生家庭问题。

那天她和他一起回到了周庄中学，夜自习的时间点，她坐在操场台阶上，季柏文跟几位00后的学弟打篮球。现在孩子都厉害，个个都非常容易地长到了一米八，不像以前，全班男生就属季柏文最高，每天写好作业就趴在桌上睡觉，像是一只弓着身的大虾。

校园篮球场上，二对二，季柏文和另一个男孩组队输了，男孩摇头晃脑地开起玩笑说："哎，我就说不能跟大叔组队，果然打球就是我们年轻人的事。"

语气嚣张，没大没小的。

季柏文以一声哂笑回应，向来坏脾气的他也没计较什么，还出钱请一起打球的男孩喝水、吃烧烤，然后回到她这边。

"大叔？"她笑着叫了季柏文这个新称呼。

季柏文挑了下眉，也按照那些男孩对她的称呼："小姐姐？"

舒瑶好笑地低了低头，她身上穿了一条长裙，外面披着外套，夜里的风有些温软，空气里夹着季柏文身上刚刚打球挥洒出来的男性气息。她想起以前每次体育课回来，季柏文都是热汗淋淋，然后就要跟她换位子，因为她的位子正对电风扇。换的次数多了，老师就问她：怎么又和季柏文换座位了？同学就笑着回老师："老师，他们关系好，随便换呢。"然后季柏文也抬头对老师说："没错。我和舒瑶关系好，随便换。"

只有她努力保持平静的面容，不让自己显得尴尬而局促。

她选择复读的那一年，有段时间压力太大，学习成绩反而下滑得厉害，王老师找她谈话，说早知道她和季柏文的关系了，但是她必须要更优秀，男女感情的门当户对不是家庭条件，而是优秀灵魂的匹配；人生不公平，季柏文的家庭条件注定他会拥有一个更广阔的世界，她只有更努力，才能与他并肩站着。王老师送给她一碗现实的鸡汤，她却红透了脸，着急又难堪地解释说："我和季柏文没有关系……"

王老师一副迷茫的样子："你们真不是男女朋友？"

"不是……"

"噢，那就不要考虑季柏文了，等咱们考个清华北大，找个更好的小伙吧。"

当时她心里想，如果不是季柏文交了女朋友，她还是会上人大的。

……

操场台阶上，舒瑶对季柏文说了她后来没来人大的原因，季柏文侧过头看着她，说了一句对不起。她摇头，如果这个也要说对不起的话，正是说明了之前她和季柏文的感情不是对等的，所以他才要道歉，为她当时的难过和遗憾。

"所以，季柏文，如果我们真要在一起，有些事情可能你还会不适应。"她笑着解释说，"可能你会发现，就算我喜欢你那么多年，也不会像你之前的女朋友那样爱你。喜欢可以不对等，但是爱情和婚姻，都应该是平等的。"

季柏文哧哧地笑了，说："娶到一个北大的高材生，我还担心以后在家里没地位。"

"可是，我的家庭你也清楚，不是麻烦不麻烦的问题，而是一地鸡毛。"

"我家也差不多……我说季家，也是乱七八糟。"

"我妈的性格，你也不喜欢。"

"的确……我以前不太喜欢你妈，因为她常常责怪你，看不到你的优秀和对家人的付出。但是我看她最近也支持我们在一起的，所以我想是不是丈母娘看女婿，越看越满意？"

"季柏文，你要想清楚……"

"我早已经想清楚了，我要娶的人是你，不是你妈……的确你妈是有点凶悍又爱找事，但是我是会怕丈母娘的男人吗？"

"……"

“不，舒瑶，我的意思是，我不怕你妈，但不代表我不会对她好……总之，我会努力将她当做我的家人……”季柏文解释起来，怕她误会。

“我知道。”她说，忍不住笑了下。

季柏文也笑了，有些明白贝贝和沈时俩为什么越面对琐事，感情越笃定，原本是一个人的事，一旦变成两个人，反而像是石子一样可以填充两个人存在的沟壑。

同样，舒瑶也有些意外，这些纠结在她心里的问题，真说出来了反而没有了压力。

“还有你知道么？之前贝贝和沈时决定结婚，我也用同样的话问过她，贝贝是这样回答我，虽然结婚是两个家庭的事，可是结了婚以后就是一家人的事了。”季柏文回视舒瑶，交流起心里的想法，眸光有着一贯的犀利，犀利里又带着极少的温柔，“舒瑶，就算结婚之后，我可能也成为不了理想的丈夫，我们的生活可能没有贝贝和沈时那么理想化，但是我会让你以后不再委屈自己，不用看谁的脸色，更不用为谁多做什么……”

季柏文不是一个会说情话的人，也不是一个会轻易说出誓言的人，真的等到他说出这些话来，她心里不可能没有任何触动。没有犹豫，像是当年季柏文提出一起考人大的夜里，她直接答应了下来。

“好啊。”舒瑶轻轻地点了下头。

如果说之前贝贝和沈时发展速度快，那么季柏文和舒瑶也以同样迅速的方式领证结婚了，大溪地求完婚后，就在贝贝的帮助下举办了一场浪漫而私密的沙滩婚礼。

他和舒瑶两边亲戚都比较复杂，国内的婚宴就推迟到宝宝的周岁宴一起举行。

对，在俩人领证之前，舒瑶怀孕了。

领证结婚之前，季柏文和舒瑶有过一段短暂的“恋爱”，从同桌到上下级，再到确定关系的男女朋友，相处方式没有太多区别，相处态度却完全不同。

在舒瑶之前，季柏文谈过几个女朋友，和舒瑶在一起的感觉同她们都不一样。之前的多半是为了性，现在性……当然很重要，整个感觉却完全不一样。他以为自己足够了解舒瑶，真的在一起后，两人之间他好像更处于被动的那一个。舒瑶不会像程莹莹那样讨好他，也不会像他之前的女朋友那样依赖他，更不会没事找事地找存在感。

有段时间，他觉得他和舒瑶在一起没有男女热恋的感觉，所以每次在床事上，他总是格外卖力，他想要得到舒瑶给他的热烈回应。

有一次他情动地过于忘我，趴在舒瑶耳朵说："瑶瑶，你怎么那么棒……"

舒瑶面色突然变了，良久之后笑着问他："季柏文，我应该没有程莹莹好吧，毕竟你们每次换得姿势更多，也能更尽情尽兴吧。"

寥寥两句话，他差点败下阵来。

然后，舒瑶给他看了程莹莹发来的短信，他才松了一口气。他了解舒瑶，真的在意一件事，她绝对不会提及，但是只要把事情摆出来，就有回旋的余地。

在舒瑶收到程莹莹这条短信之前，程莹莹已经打过电话骂过她一次了，当时她和季柏文还没有在一起，电话里程莹莹讽刺她不要脸，她没有回应，直接挂了。然后是这次，程莹莹在短信里告诉她，季柏文最喜欢什么姿势，季柏文基本时长多久，季柏文喜欢听什么骚话。

"对了，有一次我们一个晚上用掉了一盒。"这也是程莹莹在短信里的原话。

季柏文看完短信，欲要解释，第一句便是极具求生本能："舒瑶，你先别生气。"

舒瑶下了床，穿着宽松睡衣立在床头，目光澄清地看着他说："我没有生气，我只是在想，我是不是真的没做好……嗯，有吗？"

季柏文：……

后来有一次贝贝同他交流夫妻相处心得，说沈时常常用以退为进的方式让她羞愧，季柏文想了想觉得舒瑶好像也耍过这一招。难道舒瑶和沈时两人都修过孙子兵法么？

而他和贝贝，才是被拿捏的一对儿亲兄妹？都属柿子的？

舒瑶在洗手间洗漱的时候，季柏文靠在外面，把程莹莹发来的短信每个字都解释了一遍，面子尽失，就像一只犯错讨好主人的哈士奇。

“程莹莹就是一个疯子，她的话你信么？什么一个晚上一盒，单个装吗？”

“舒瑶，我之前是谈过几个女朋友……我……”

真的到了脱裤子也无法自证清白的这一刻，季柏文才深深体会到沈时说的一句话，沈时和贝贝刚在一起，他不信沈时在美国没谈过女朋友，恶意地揣测了两句，沈时只是云淡风轻地回应他：“季柏文，难道你真不渴望同自己真正喜欢的人来一场由身到心的交流吗？”

当时，他听到这句话，只想着贝贝是不是被欺负了，得知还没有，又放下心，然后回过头特意交代贝贝几句话。沈时的确也厉害，看似云淡风轻，原则性比谁都强，对人对事淡漠温和，却也异常挑剔。当然，有前女友并不可怕，也不是要人命的事，但是由于之前眼瞎随便找一个，分手之后，还是会存在很大的风险。

短信的事，季柏文没有找程莹莹，也没有给她打电话，这是舒瑶的要求。他觉得他和舒瑶永远存在着一种遗憾和另一种甜蜜，遗憾是她太了解他，甜蜜也是她太了解他。

不过用沈时的话来说，不管两人存在怎样的过去，性格如何不一致，如果相爱着，总会找到一种相处的平衡和默契。舒瑶不是会造作的人，生活和成长经历养成了她基本有问题就立马解决，没问题就不要找问题的原则。她给季柏文看短信，不是找问题，而是以解决问题为出发点，两人聊开后，她和季柏文的相处反而多了一份轻松。对往事，不逃避、不美化，对彼此，多一些尊重、少一些揣测。

S市很大，想要撞上一个熟人也比较困难。短信之后，舒瑶和季柏文再见到程莹莹是在商场试衣服。一月的时候，她和季柏文要回周庄见一见她的亲戚，她想买一身新衣服。下班之后，季柏文陪就她逛起了商场。

两人的消费观不一样，既然刷季柏文的卡，她就按照他的提议逛那些大牌店。

然后，她正要拿着季柏文挑选的几套衣服走进试衣间，程莹莹从另一个试衣间出来，不远处，也站着一个等着的男人。

程莹莹昂首挺胸地走出来，对着镜子接受导购小姐的赞美。

无视她和季柏文。

季柏文同样对前女友视而不见，扫着前排所有的新款，又从中选了好几件；她想劝阻，又觉得何必呢，她拦季柏文的原因是什么？

另一个导购小姐已经高兴至极，笑着说："你女朋友穿起这几款来也会很好看喔。"

季柏文绷着脸，提醒说："不是女朋友，是老婆。"

……

季柏文和她这次回周庄，是她妈的要求，总要带着未婚夫见一见几位至亲的叔叔嫂嫂舅舅舅妈；季柏文也觉得有必要见一见她的亲戚们，不然他们还觉得他白白抢走了人。

那天，叔叔家涌来了一蜂窝的人，她家亲戚多，有对她家关照过的，也有一直看笑话的，面对她和季柏文，全是笑脸相迎。

晚上，季柏文没有睡在自己家，而是来到了她家阁楼里，她从小住着的小卧室。阁楼高度不过一米八左右，季柏文上来的时候，还需要微微弓着身子，以免碰到头。

夜里，他坐在阁楼里，翻着她上学时候的书，突然想到什么，抬起头对她说："舒瑶，小时候我从你家走过，想着你住在阁楼里，当时觉得你好像是童话书里的公主……"

公主？她还有被人当做公主一样看待过吗？舒瑶觉得不可思议，内心又很触动，就算季柏文扯谎话骗她。

没有扯谎，就算不是公主，她在他这里从来都是优秀而聪慧，比公主要好很多。

舒瑶静静地低下头，继续看她自己的书，心里的沟壑已经被一双手熨帖，平整而充满暖意。

她妈选了一个好日子，让她和季柏文回来见亲戚，刚好也是月圆之日，她和季柏文待的阁楼里只有一扇小窗，微微侧头，可以望见外面悬着的明月……

今夜没有星光，只有那么一轮大圆月，半隐半现地藏匿在云层里，照着底下缓缓的小桥流水，像是没有年月日地变迁一样。

至于，她和季柏文，相识于微时，离别于年少，待月半明时，年华已矣。

然而，终将敌过了流年似水。

| 番外二 |

岁月星辰

夜里的紫金花园，安静下来可以听到蛙叫虫鸣。暗淡的花园路灯下，树影重重，月色朦胧，头顶清辉拨开层层乌云悄悄倾泻在窗台，隔着二楼垂挂的米色纱窗，同里面伏案工作的台灯光线浅浅交汇。

里面，汤贝对着电脑打了一个哈欠。终于赶好了芒芒周岁宴视频的剪辑工作，整个人瞬间瘫在功能椅上，动了动胳膊，便将脑袋趴在了长桌上，视线飘向对面看书的沈时。

看他，瞅他，瞪他！

对面的男人，正姿势闲适地卧在她新买的懒人沙发上看书，看的也不是什么专业书，而是前阵子她推荐给他的一本悬疑破案小说，一页又一页地翻阅。

眼巴巴地望了一会，沈时抬起头与她目光交汇，询问她："剪辑好了？"

她双手托腮，嗯了声，表示完成了。

沈时放下书，欲要站起来，她目光依旧粘着他，问："这本小说好看吗？"

这是她看过最烧脑的一本国外译文小说了，尤其看到结局，十分惊叹作者精密的布局，然后就将这本小说推荐给了沈时，主要她还有一两个不解的地方。

“还没有看完。”沈时说，然后拿着书来到她这边，从书桌上拿了纸和笔，刷刷地写下一串公式推理，告诉她小说里的一道推理算法有问题。

汤贝：“……”无聊，就他厉害！

沈时哂然一笑，然后拎了她的转椅，双手搂着她，一起观看她制作的芒芒周岁纪念视频。她靠在他怀里，找到一个最为舒适的位置。

有时候两人相处很美妙，明明处在一个室内，却各自安静地享受着完全不同的精神空间，抬眸一望，心间笼罩着一种温暖又情动的感觉。

奇怪的是，她和沈时也不是刚恋爱的时候啊。对此，汤贝自己的总结是，感情好，没办法！

电脑屏幕里，放慢速度播放着芒芒的周岁纪念视频，每一帧都看得出汤贝处理地格外仔细，其中一个场景她还加了特效，画面里芒芒变成了小小奥特曼，气势凌然，迎面走来的季柏文变成了大怪兽。

……然后，小小奥特曼打败了大怪兽爸爸。

看到里面生动的画面，沈时轻轻一笑，清雅含笑的声音从她耳边痒痒掠过：“不怕某人生气又要教训你了？”

话里的某人，自然是指她哥季柏文了。

沈时这样一说，她也配合地自叹一下，然后抿着唇回过头说：“不是有你给我撑腰吗？”她和他没有在一起之前，她找男朋友的前提要求就是不能怕她哥。沈时作为老公呢，不仅不怕她哥，偶尔还能拿捏她哥。

“小姑夫。”汤贝突然以芒芒的身份叫了一声沈时，亲昵又不客气地圈住沈时的脖子说，“小姑夫要不要单独准备礼物？”

这里的礼物，就是给芒芒的周岁礼物。下周就是芒芒的周岁宴，作为小姑姑，她给芒芒的礼物就是这份充满着纪念意义的成长视频。沈时和她是一份子，但是作为芒芒唯一的小姑夫，是不是要格外意思一下呢？

沈时抱着她，顿了下，笑着告诉她：“怎么办，还没有。”

汤贝：“那我们明天一起去买，好不好？”明天刚好沈时休息。

沈时握着她的手：“正有此意。”

第二天，汤贝和沈时一起给芒芒选了周岁礼物，最后共同挑选了一组玩具。导购小姐把玩具包装好，递给他们，笑着说："你们是我见过最年轻最登对的爸妈。"

沈时没有回话，接过包装袋。

汤贝抿唇一笑，解释说："芒芒是我哥的儿子。"

哦……哦。导购小姐尴尬地眨了下眼睛，再次看了她一眼。她和沈时走出了专卖店，手牵着手，她望着沈时悠悠地调戏说："沈医生，按理说你也不小了，怎么看起来就跟小哥哥一样呢。"

沈时微微撇了下头，开口说："大概是托三哥的福吧。"

有时候沈时要特意打趣她，就叫她三哥，然后她就回应他一声沈哥，简直是基情满满。

下周二，汤贝携夫沈医生回了周庄，同她哥哥嫂嫂、芒芒一同在美膳楼碰面。芒芒的周岁宴，两家早早决定安排在周庄美膳楼举行，因为S市季家那边办过百日宴，芒芒的周岁宴就放在了周庄，顺便搞了一个抓周的活动。

一周岁的芒芒，不管是眼睛鼻子，都是以她哥的模子出厂，尤其是一本正经地绷着脸的样子，都能唬住人了。用善善的话来说，完全就是她哥小时候的模样。

周岁宴，季家那边来的只有季子珊，带了两个大红包过来。其他就是简单的几桌人，都是周庄这边她家和舒家关系最近的亲朋好友。然后午宴结束，就是芒芒的抓周大事了。

今天一共让芒芒抓周的物件有字典、书、笔这类代表文学才情的，有尺子、计算机、算盘这种代表商家或生意人，还有信用卡、印章、笛子、玩具球这些各式各样的小玩意。

芒芒虽然还不会走路，但已经是爬行小能手，只是对面一堆物件的诱惑，芒芒用眼睛撇了两眼，继续稳稳地坐在前方一动不动。面对所有人期待的眼神，就连季柏文都紧紧地盯着芒芒，看自家儿子到底会选什么。

大概明白了“围观群众”几十双眼里散发的炽热意味，芒芒开始往前方物件爬，稳稳地，他先拿起了一本书，然后放下，换成了一张……黑卡。

这张黑卡自然是她哥的，所以芒芒作为妥妥的富三代，选了信用卡貌似也是合情合理，只是某爸爸貌似不太满意，一声不吭地将芒芒抱了起来。

芒芒却看向她，伸出了小手手，沈时替她接过了芒芒。汤贝立在沈时旁边笑得合不拢嘴，沈时抱着芒芒侧目瞧她：“我听柏文说你小时候也抓过周，选了什么？”

呃，她哥跟沈时说了她小时候抓周的事，却没有跟他说她选了什么？可是答案有些丢脸，汤贝转了转眼睛没有回答，然而沈时的问题被老汤听到了，抢答般地回答了沈时：“贝贝抓到了柏文的腿。”

咳！汤贝默默地弯了下唇，点头承认。没错，小时候老汤还老是拿她抓周的事笑她，说她从小就懂得抱她哥的大腿。

但是，这样一个奚落她的机会，她哥居然没告诉沈时答案？

沈时抱着芒芒说：“说了，但我觉得不可能，怕柏文诳我，所以才问问本人。”

汤贝：……

所以，想要故意奚落她的人不是她哥，是沈时啊！汤贝斜了沈时一眼，结果她看到了什么，芒芒居然学着她斜眼的样子，同样斜了沈时一眼。

眼珠子先是打了半圈，然后抖了抖眼皮，直直地往沈时那边送了一个眼波。

“芒芒这是对着沈哥哥抛媚眼吗？”旁边季子珊一脸迷惑，不可思议地感慨出声。大概也发现了自己成为了关注的焦点，芒芒又像是刚刚那样瞧了沈时一眼。

“哈哈哈哈！”大伙笑到不行。只是奇怪，芒芒到底怎么学会的抛媚眼？在哪儿学的抛媚眼？

还能在哪儿学！季柏文从沈时这里接回儿子，无奈地瞧了自家妹妹一眼，一副他儿子被她带坏的样子。

"……"汤贝摸了摸鼻子，感觉自己有些冤。

然后轮到沈时立在她旁边眉目温柔地笑啊笑。汤贝转了转头，不免在心里反省了一下，难道她每次斜眼看沈时的样子其实是在抛媚眼？！

沈时：……难道不是吗？

转眼，又快到了芒芒两周岁生日。距离芒芒生日还有三天，她哥上周去日本谈商务合作，舒姐姐一起同行。原本舒姐姐不在这几天，是阿姨和舒嫂一起照顾芒芒，因为昨天舒婶洗澡的时候崴了脚，阿姨到医院照顾舒婶，芒芒就被季爸爸接到了季家这边。

傍晚，汤贝和沈时刚回到家，芒芒就迈着小步子朝他们走来。两岁的季芒芒不仅可以稳妥地走路，说话口齿也比较清楚，而且表达起来相对其他小朋友更言简意赅。尤其一本正经地说出"抱抱""吃饭饭"这些话，小小的霸道总裁已经初具模型。

芒芒是季爸爸带过来的，同她哥和季叔叔的关系不一样，芒芒非常亲近爷爷。主要现在季叔叔和以前忙工作不顾家的样子截然相反，退休后每天的事情就是来沈家下棋，逗孙子，锻炼身体……

因为芒芒的关系，这两年她哥和季叔叔的关系，都有了明显到肉眼可见的改善。

晚饭，岳阿姨包了饺子，芒芒也留在沈家吃饺子。饺子是菠菜皮，一个个嫩绿可爱地翻滚在热汤里，汤贝虽然是芒芒的亲姑姑，也不太清楚芒芒的食量，所以在微信里问舒姐姐，拍了一张饺子照片过去："这样大小的饺子，芒芒可以吃几个？"

舒姐姐发了一段语音过来，汤贝打开却是她哥的声音："你自己问季扬。"

季扬是芒芒的大名，当时从三个大名里选了最简单的季扬，原因很简单，叫起来清朗上口，写起来也简单大方，秒杀季骏琛、季星澜、季浩曦这三个看起来气势十足，写起来却坑爹的大名。她汤贝贝就是一个例子，还没上幼儿园就可以把自己名字写得工工整整。

晚上，汤贝和沈时带着季芒芒到商场选生日礼物，回来的路上芒芒由沈时抱着，她替芒芒拿着礼物。

礼物是芒芒自己选的，一架可以简易操作的儿童飞机。汤贝有点手痒，虽然她拍摄视频的时候也时常用无人机设备，但是她已经好久没玩过儿童飞机了……

“芒芒，等会儿姑姑陪你玩一会儿怎么样？”汤贝走在后面，与前面趴在沈时肩膀的芒芒商量说，然后扬了扬手中的儿童飞机，一脸笑嘻嘻。

她这样一说，抱着芒芒的沈时就明白了她的意图，回头看了她一眼，顿了下，出声问芒芒：“芒芒，你要陪姑姑玩一会儿吗？”

呃，汤贝瞅着沈时留给她的后脑勺，觉得他这话说得实在让她没面子，怎么就变成芒芒陪她玩一会儿了？汤贝抬着下巴将鼻子朝着沈时，轻轻地发出了一道哼。

沈时笑了，继续逗她似地问芒芒：“是贝贝陪芒芒玩，还是芒芒陪贝贝玩？”

然后只见季芒芒一脸勉强又带点认真的思考之后，回答沈时小姑夫：“芒芒陪贝贝玩。”

汤贝：“……”

她想告状，跟她哥告状，现在不仅沈时欺负她，他儿子也学着欺负她了。她这位小姑姑已经没有威信可言了！

紫金花园的篮球场，汤贝操作着手中的遥控器，不停地向芒芒展示向不同方向和角度操作的儿童飞机，边玩边问芒芒：“芒芒，姑姑厉不厉害？”

这一次，沈时没有联合芒芒揶揄她，同样望着她问芒芒：“姑姑厉害吗？”

“厉害，厉害。”芒芒点着脑袋，小手拍掌的样子秒变一只小可爱。

汤贝继续操作遥控器，将飞机缓缓下降，同时学着航空公司空姐的语气，播报飞机降落地面的讯息："亲爱的季芒芒小乘客，芒芒号飞机已经降落在紫金花园机场,外面温度……二十三摄氏度,飞机正在滑行,为了你的安全，请先不要站起来或打开行李架，等飞机完全停稳后,再解开安全带……"

她话音落下，芒芒也指着大飞机咧着嘴说："爸爸回来了！妈妈回来了！"

汤贝笑了，明白芒芒为什么看到飞机降落就说爸爸妈妈回来，可是她哥和舒姐姐明天才能回来呢。童言童趣一向是最有意思，芒芒有时候虽然有点霸道，却比她哥那个别扭样可爱多了。

芒芒生日这天，她哥和舒姐姐自然都回来了。芒芒一周岁生日宴在周庄，二周岁的生日会就安排在季家，一家人陪芒芒吹个蜡烛，再吃个晚饭。

晚饭时，她和沈时也到了季家。季子珊恋爱了，男朋友是一个律师，虽然不是什么大帅哥，但举止得体、长相舒服，对于这个准女婿，季妈妈显然是满意的。男人对季子珊也很细致体贴，面对季家人不卑不亢，对季柏文这个大舅子同样毫不畏惧。

这一点，汤贝觉得尤其可贵。

去年夏天的时候，季子珊跟她聊过这个男人，大学校友，同样也是S市本城人，原本之前交集并不多，去年成为森善的法律顾问，同季子珊慢慢建立联系，然后，也就顺其自然地在一起了。当时季子珊聊起来的时候，说这个男同学很沉闷、很死板，但是今天芒芒生日会，男人表现得并不像季子珊形容的那般无趣。

最近汤贝在做一个流浪猫狗的公益纪录片，拍摄途中不小心被一只流浪野猫抓伤了手臂。周六，沈时陪她到防疫站打疫苗。前阵子媒体曝出的疫苗事件让汤贝心生畏惧，东院MDT科室也在讨论这些疫苗造假的问题，科室里的医生对这个事都很愤怒，疫苗造假已经不是谋财而是杀人了。比如她这次打的狂犬病疫苗，生产过程需要经历培养病毒毒株，病毒灭活、浓缩、纯化、精制这几道工艺，如果没有完善和严格的监管，问题疫苗就会流通到市场。

信任这件事有时候是一大于百，一旦涉及原则问题，更容易出现裂痕，愈演愈烈。回去的路上，汤贝刷新朋友圈，看到季子珊晒了一组和男朋友在游乐场游玩的照片。

她轻点指尖，点赞，留下一颗小爱心。

前两天，她给老汤和善善发芒芒生日会的照片，老汤玩笑般地提起什么时候给芒芒添个妹妹或弟弟，如果两个宝宝年龄相差不大，可以更加相亲相爱地长大。她想了想老汤的建议，觉得甚是有理，参考她和她哥季柏文，就是年龄相差太大，从小被他压制。原本她和沈时的小星星会早于芒芒，可惜小星星同她和沈时的缘分比较浅……

只是关于再次制造宝宝这件事，自从那次意外后，沈时就格外谨慎了。

"那个，我家老汤上次催我们嘞。"副驾驶座上，她朝沈时"商量"起来。

沈时缓缓地冒出一个音："……嗯。"

什么意思？

沈时依旧一副沉稳淡然的样子，一点都不担心自己快成为高龄奶爸了，车子停在红灯前面，沈时再次出声："但是我觉得还有些早，贝贝觉得呢？"

她就知道！沈时是这个答案！也不知道为什么，她现在也不是很想要宝宝，所以沈时的回答还是很贴近她的心意的……

晚上，汤贝靠在躺椅观看自己拍摄的视频，翘着双腿，然后洗漱自个儿入睡，正睡得迷迷糊糊，感觉自己被揽入一个温柔宽厚的怀抱里。就算在睡梦里，汤贝也知道是沈时回来了，伸出双手回抱着他。下午，沈时回东院做手术，然后连着夜里加班。沈时是忙的，但是他对她的爱，是忙里偷闲里的有条不紊，是成熟沉稳里的宽厚温柔。

"沈时……"她呢喃出声。

回应她的是，一个吻轻轻落在她唇间。夜深了，月色藏匿云层里，窗外星星正闪烁。

待芒芒三周岁生日过去，不管模样和性格都有了雏形，着实是一个颇有性格和想法的宝宝了。样子像爸爸，性格是爸爸和妈妈的综合，霸道不缺细心，正经严肃，也藏着容易害羞不禁逗的另一面。

芒芒今年生日，汤贝因为在美国纽约电影学院进修导演课程，没办法陪最爱的小外甥了。因为课程紧张，自从来到纽约电影学院学习，她和沈时也是聚少离多,每天最多在视频里碰个面。其实，今年汤贝本有打算，怀个小时时或小贝贝，她同沈时商量这个问题，沈时也没有再说她年纪小，感觉当了小姑夫那么久，也有点想做爸爸了。

不凑巧的是，今年她得到了纽约电影学院进修一年的机会，整整要一年时间，所以问题来了——她要么放弃进修机会，要么再推迟备孕。老实说，汤贝真的为难了好久，也犹豫过放弃进修机会，用她哥季柏文那只大猪蹄子的话来说："进修有家庭重要吗？"

进修当然没有家庭重要，可是进修不代表放弃家庭啊。

"对，贝贝年纪小，有机会到外面学习是好事。"沈时这样说。

"对，贝贝年纪小，但是是谁那么早把她拐走的。"季柏文反驳沈时，顿了下，"沈时，这一次，我可是站在你的角度想问题。"

沈时付之一笑，回话："对于贝贝，我一直希望婚姻不是束缚她活力的绳索，而是支持她前进的后盾。"

老公都亲自放话了，大舅子还有什么意见。当天夜里她由于过度感动，抱着沈时又亲又咬，像是一只卖乖的大狗狗，然后被沈时按住狗头约法三章。

第一，进修期间同异性保持好关系和距离。

第二，每天报备学习日常。

第三，照顾好自己，健康作息。

……

汤贝觉得自己从恋爱到婚姻，跟一般人不太一样，当别人享受恋爱时，她和沈时快速领证进入了婚姻；别人在茶米油盐的婚姻里消耗激情和爱意时，她和沈时在婚姻里慢慢悠悠地谈情说爱；当别人在围墙里扮演妻子角色，怀孕生子抚育儿女时，她踏出国门重新进修提升自我。

虽然出国进修一整年，但不代表她和沈时分居一年不相见，又不是牛郎织女星，即使纽约和S市隔着一个太平洋。最初她去纽约，沈时请了一周的假陪她办理入学手续，沈时要回国的时候，她在学校大门抱着他，依依不舍地撒娇道别，像是顽皮小孩被家长无情丢出国锻炼那般，委屈得不行。

“要不跟我回去？”沈时眸光含笑地问。

呃，那还是算了。她松开抱着沈时的双手，正了正色，也开始同沈时约法三章。

第一，在医院不准招蜂引蝶。

第二，每天报备工作日常，以及心情好坏。

第三，不要太想她。

前面两点，沈时一一点头，至于第三点，他尽力而为吧。

都结婚了，怎么舍得放养贝贝到纽约进修一年。不过舍不得又如何，贝贝除了是他妻子，还是一个独立的个体，婚姻不应该是一潭死水，而应该是可以滋养生命个体的土壤。

来纽约第一个月，汤贝还处于适应阶段，每天和沈时视频都是虚心好学的乖宝样。

第二个月，汤贝有些油条了。

第三个月，汤贝完全适应了同沈时分居的生活，感觉还不赖。

第四个月，沈时过来了一趟，陪了她一周。

……

一年时间说长不长，说短不短，她在纽约电影学院进修快结束的这个月，沈时赴美参加洛杉矶ASRM年会，做医学专题的学术演讲。

沈时说年会结束来纽约，然后带她一起回国，她却想着再去一趟洛杉矶；而且越临近回国的日期，她越想念沈时。那是一种日与俱增的思念，前所未有的想念，明明她和沈时每天都有视频聊天。凑巧的是，电影学院提前一周结束了进修课程，汤贝直接买了纽约飞洛杉矶的机票。

沈时说不出在洛杉矶酒店大堂见到贝贝时的心情，感觉像是一阵风突然吹开了窗户，哐当一声，他看到了故意藏在窗帘背后的人……而此时此刻，她戴着一顶鸭舌帽，嘴角轻扬地看着他，宽宽的帽檐，挡不住底下那双灿若春光的眸子。

胸腔一腔潮水徐徐涌上，褪去之后，留下一枚可爱的贝壳。

面对面，她在乐，他在笑。然后相互走近，他伸出双手抱住了她，低下头，吻住了她的唇。对于感情，沈时一向自持内敛稳重，可是他必须让她知道，分别的这段时间，他有多想她……

贝贝，他的贝贝。

芒芒四岁，上了双语幼儿园，最爱的人是妈妈，最怕的人是爸爸，最崇拜的人是穿白大褂的小姑夫，当然，他也很崇拜贝贝，贝贝是小姑姑，小姑夫最爱的人。小孩子的世界观很小，很美好，季芒芒就算身体里有着霸总的基因，目前也不例外。

是一只简单又单纯的小可爱。

今年芒芒生日是在周庄老庭院庆祝，汤贝策划了一个庭院生日会，一家人聚在老房子的庭院里，吹蜡烛、吃蛋糕。除了自家人，还邀请了街坊邻居的小孩子们，小朋友的糕点、零食、水果一层层地放在盘子里。傍晚，院里的老树被点亮，从树梢落下来一闪一闪的小星星。待小客人们一一被家长领回去，汤贝打开手机里的一首曲子，连接位于庭院一角的蓝牙音箱。

音乐缓缓响起，舒缓柔软的曲调徐徐落进耳畔。这是一首属于善善老汤那个年代的英文歌，很老的歌了，调子轻轻扬扬的，却有着特别的动人和真挚。

原本她和沈时，她哥和舒姐姐，善善和老汤都围坐在藤椅旁……因为收到她的“不停眨眼”的信号，沈时不得不站起来，然后从从容容又面容挂笑地朝她伸出手。

老汤和善善、她哥舒姐姐的视线，全都默契地朝她和沈时飘过来。她咳了一声，矜持地“接受”沈时的跳舞邀请。

终于明白她和沈时准备做什么，旁边某人嘴角一抽，轻呵一声。汤贝不予理会，坦然自若地伸出手环抱住沈时，在这迷人且温馨的夜晚，当着家人的面，与沈时跳起了舞。

因为，最后的家人跳舞环节，也是今天芒芒生日会的一部分。

昨晚回到周庄，芒芒偷偷跟她说了一件事，幼儿园组织家长联谊会，活动的时候，很多小朋友的爸爸妈妈都手牵手跳舞，但是他的爸爸妈妈没有跳舞，尤其是他爸，皱着眉头凶巴巴地坐着。

“贝贝姑姑，我爸爸妈妈是被逼婚的吗？”芒芒这样问她，仿佛说出了心里猜测。

汤贝想不到芒芒知道“逼婚”这个词，更意外芒芒会有这样的猜测，明明她哥和舒姐姐越来越心意相通，夫妻感情越来越好。

“我感觉他们一点都不相爱。”芒芒转头看向她。

“哪有，他们很相爱啊。”她对芒芒强调。

“姑姑和小姑夫这样才是相爱的。”芒芒反驳她，以她和沈时作为理由。

四岁的小孩，虽然世界美好单纯，但已经有了他的想法和判断，只是因为她哥和舒姐姐没有当着外人亲密跳舞，芒芒就觉得两人不恩爱？汤贝哭笑不得，可是她还没办法跟芒芒解释，他的爸爸妈妈看起来不太“恩爱”的原因，只是某人习惯板脸，端着霸总的架子，舒姐姐又是内敛沉静的性子，两人相处起来就没有她和沈时那么……情感外放？

所以，今天在芒芒生日会，她在最后安排了家庭舞会的环节。为了在舞会起到带头作用，她和沈时前两天可是排练了好几次。

夜风轻拂，汤贝和沈时一进一退地跳着舞，她靠在沈时怀里，歪过头挑衅地看向某位霸总，终于，某人拉着自己的夫人站了起来。

然后是老汤和善善……

座位上，芒芒小朋友一副害羞又兴奋的样子，仰着脑袋，眼里像是亮起了小星星。

芒芒的生日后，她和沈时又要听老汤的“谆谆教导”了，内容自然关于她和沈时一再推迟的造人计划，加上今年她又接触到一个感兴趣的纪录片拍摄项目，犹豫要不要接下来，然后，老汤就急了。

客厅早餐桌上，她跟老汤说着这部公益纪录片的拍摄想法、制作意义、呈现效果，老汤听得眼皮一抖一抖，神色无奈地顿了顿，余光扫向对面的沈时，重重地叹了一口气。

老汤这个反应，汤贝心里偷乐，面上却是十分不解的样子，对上老汤的目光，眨了眨眼。

老汤一副不想看她的样子，故作生气地撇过头，吸了一口气，直截了当地说出了心中的不满：“汤贝贝，你还想不想让我当外公了！”

“还有沈时，难道你要一直由着她吗！”

沈时先是咳嗽一声，唇角轻抿，接受老汤的这番质问。旁边，汤贝讨好地支着头，语气故作幽幽开口：“可是，我没有说要接下来啊。”

“不接？”老汤转而看向她，有些不相信地说，“为什么不接？”

为什么？的确，刚刚说的这部关于医改主题的纪录片，她很有兴趣，只是……为时已晚啊。汤贝继续喝了一口杯子里的牛奶，终于面向老汤说：“爸，你难道没发现这次我回来——胖了点吗？”

问完，她又一记眨眼。

老汤：“……”

此胖非彼胖啊。

老汤：“……”

然后，这个炸弹般的消息由沈时亲自确认，低下头反复笑了笑，而后抬起面容注视岳父岳母，陈述说：“贝贝有孕已经十周了。”

同样一大清早，季柏文和舒瑶带着儿子，去了周庄中学校门口外的早点铺吃早餐，季柏文正要说话，就被舒瑶打住："以后少说贝贝。"

季柏文先是顿了下，然后像是灰太狼似地抬头解释说："我是替沈时急。"

舒瑶却摇头："但是，沈时自己根本不急。"

季柏文："……"对，沈时不急，他这个当舅舅的着急行不行！所以前阵子就当着家人的面劝了贝贝两句，结果那她根本不理会他的意见。

忍不住，舒瑶笑了，继续摇了摇头，开口说："这次你这位当哥的还真是疏忽了。"

疏忽？他疏忽什么了？季柏文心里大约有了猜测，随后就从舒瑶眼里得到猜测。不过，为什么这次怀孕贝贝和沈时瞒得那么好，因为前段时间沈时在北京医院交流工作待了两个月，贝贝也在北京待了两个月，前两天他们才一块回到周庄。

突如其来的好消息，季柏文不得不承认一件事，微抿着唇说："沈时还真有计划。"

总是这般不疾不徐，安然自然。

或许，这就是所谓的——沧海拾贝，慢慢来。